해피
메모리
투게더

2023
SF 스토리 공모전
수상작품집

해피
메모리
투게더

유파랑
조예나
민이안
강엄고아
김상윤
강태준
유나무

Meta

차례

해피
메모리
투게더

유파랑

유파랑

하루 종일 16인치 노트북 앞에 앉아 낮에는 코드를 밤에는 소설을 쪄낸다. 새와 나무와 동물을 좋아하고 다정함이 가득한 세계를 꿈꾼다. 주변에서 있을 법한 일과 먼 미래에 일어날 것 같은 일 사이를 오가며 글감을 수집한다. 단편 앤솔러지 『성리학 펑크 2077』로 작품 활동을 시작했다. 제3회 브릿G 로맨스릴러 문학 공모전에서 우수상을 수상했고, 2023 SF스토리 공모전에서 대상을 수상했다.

다세대 주택들이 어지럽게 얽힌 동네의 평범한 가정집 대문을 열고 들어갔을 때, 눈에 들어온 건 새하얀 내부였다. 깔끔한 타일로 반듯하게 마감된 벽, 흰 대리석이 깔린 바닥, 보드라운 털 깔개가 걸쳐진 모던한 테이블과 의자까지. 지친 들개들조차 몸을 누이지 않을 만큼 낡고 지저분한 외관과는 전혀 다른 모습이었다. 소운은 벽에 걸린 동그란 거울에 슬쩍 얼굴을 비춰봤다. 오랜만에 바른 체리색 립밤이 무척이나 어색했다.

일반적인 손님은 이럴 때 어떻게 하더라. 잠시 고민하다가 목을 가다듬으며 헛기침을 두 번 하니 작은 방에서 부스럭거리는 소리가 들려왔다. 이내 뚜벅거리는 발소리가 가까워지더니 커튼이 차르르 젖혔다.

"아, 12시 예약 손님 맞으시죠? 성함이……."

"이소운입니다."

"잠깐 앉아계시겠어요? 아직 작업 중이라서요."

사장으로 보이는 남자가 그렇게 말하고는 앞치마에 손을 닦으며 다시 안쪽으로 들어갔다. 고개를 들어 벽에 걸린 블랙 앤 화이트 디자인의 시계를 보니 오전 11시 50분이었다. 소운은 스치듯 포착한 남자의 얼굴을 떠올리며 기억 속의 몽타주들을 하나씩 짚어나갔다. 까슬한 턱수염에 검은 뿔테 안경. 범죄자의 자격요건이라도 되는 듯한 그 외모와 일치하는 인상이 너무 많았다. 유일하게 눈에 띄는 거라곤 남자의 왼쪽 귓바퀴에 있는 푸른색 보석이 박힌 피어싱뿐이었지만, 탈부착이 자유로운 액세서리는 신원을 좁히는데에 혼란만 가중할 뿐, 아무런 단서도 되지 못했다.

10분 정도 흘렀을까, 희끗희끗한 머리칼의 중년 남성이 안쪽에서 나오더니 털모자를 쓰며 현관으로 걸어 나갔다. 곧이어 따라 나온 사장은 큼직한 걸음으로 소운에게 다가와 불쑥 손바닥을 내밀었다. 소운이 떨떠름한 표정을 짓자 그가 느릿느릿 입을 열었다.

"마인드 칩이요."

아. 탄식을 작게 내뱉은 소운이 주머니를 뒤져 정육면체

의 벨벳 상자를 그의 손바닥에 올렸다. 사장은 상자를 열고 투명한 보호대 사이의 금빛 칩을 형광등 아래로 들어 올려 관찰하기 시작했다. 소운은 움찔거리는 손을 테이블 아래로 내려 슬그머니 주먹을 쥐었다. 사장이 들고 있는 건 단순한 마인드 칩이 아니라 휘인 그 자체였다. 휘인의 기억과 마음. 말하고, 미소 짓고, 움직이던 휘인의 모든 것. 섣불리 범죄자의 손안에 놓일 만한 물건이 아니었다. 비록 휘인은 자의로 그 손길을 받아들였지만.

사장은 흡족한 표정으로 테이블 위에 올려진 작은 기계 장치에 칩을 밀어 넣었다. 달칵하는 소리와 함께 칩이 빠르게 안으로 모습을 감췄다. 휘인. 소운은 손을 뻗고 싶은 마음을 꾹 누르며 속으로 휘인의 이름을 되뇌었다. 장치에서 노란불이 깜빡이기 시작했다.

"업로드하는 데 시간이 좀 걸려서요."

그가 테이블에 하얀 김이 피어오르는 머그컵을 내려두며 소운의 방향으로 밀었다. 안에는 녹차로 보이는 투명한 연녹빛 액체가 찰랑이고 있었지만, 소운은 컵을 거들떠보지도 않고 점멸하는 장치 불빛만을 응시했다. 사장은 소운을 지긋이 바라보다가 입을 열었다.

"기억은 결정하고 오셨나요?"

"아뇨, 사실 어떤 걸 선택해야 할지 잘⋯⋯."

"이해합니다. 어려운 결정이니까요."

사장은 이해한다는 듯이 빙긋 웃더니 손등으로 턱을 긁었다. 찰나에 들려 올라간 그의 왼팔 소매 틈으로 붉은 기가 채 가시지 않은 길쭉한 상처가 보였다.

뒷문으로 도망치는 시술자의 왼팔을 찔렀습니다.

불현듯 소운의 머릿속이 차가워지면서 사건기록지에서 읽은 한 문장이 떠올랐다. 두 달 전, 창이동 불법 시술소 습격 작전에 참여한 경찰의 증언이었다.

"손님, 그럼 타입은 정하셨겠죠?"

"타입이요?"

"시술 예약한 게 아니시던가요?"

그가 고개를 갸우뚱하며 미심쩍은 눈빛으로 되물었다.

"아 그, 그게 말이죠."

소운은 잠시 말을 더듬었다.

"그러니까, 친구가 추천해서 온 거라서요. 슬픔을 이겨내는 데에 좋을 거라고, 한번 가서 상담이라도 받아보라고, 그런데 상담 슬롯은 꽉 차 있어서 시술 슬롯에……."

"그러시군요."

사장의 미간이 찌푸려졌다. 이윽고 정적이 흘렀다. 상담은 불가능하니 이대로 일어나서 나가달라는 말이 나오지 않을까 예감하던 와중에 그가 다시 입을 뗐다.

"기억 삽입은 처음이신가요?"

소운이 고개를 강하게 끄덕이자 그가 서랍장에서 태블릿을 꺼내 조작하더니 테이블 위로 내밀었다. 화면에는 간단한 형식의 가격표가 띄워져 있었다.

● **인조 기억 - 60** (커스텀 디자인 시 비용 추가)
● **마인드 칩 기억 – 30**
● **유명인 기억 - 가격 별도 문의**

"유명인 기억?"

"아이돌이나 연예인의 팬들을 위한 아이템이지요. 간단하게는 콘서트 1열 직관, 팬 사인회에서 악수나 포옹을 한 기억, 더 나아가면 그 이상까지 있죠, 있는데……."

사장이 소운을 훑어보더니 다시 말을 이어나갔다.

"손님은 그런 걸 원하시는 게 아닌 거 같은데요?"

소운이 눈만 깜빡거리자, 사장은 그럴 줄 알았다는 듯 희미한 미소를 짓더니 검지를 뻗어 가격표의 첫 번째 항목을 짚었다.

"여기, 기억 삽입이 처음이신 분들에겐 인조 기억을 추천드리는 편입니다."

"인조 기억이요."

"예. 직접 만들기도 하고 사서 가져오시기도 하죠. 원하시면 숍에서 보유한 재고도 몇 개 있고요. 샘플로 하나 보여드릴까요?"

사장은 화면을 터치하더니 영상 하나를 틀었다.

영상은 일인칭 시점으로 높은 절벽에서 뛰어내리면서 시작했다가, 이내 떠오르며 구름 사이를 매끄럽게 스쳐 올라갔다. 시야의 가장자리에 하얀 깃털이 펄럭였다. 눈앞으로는 커다란 은빛 달이 자리하고 있었다.

"우리 숍뿐만 아니라 전 세계적으로도 가장 인기가 많은 '플라이투더문'입니다. 해외에서 유명한 기억 제작자의 최신 작품이고요. 가격이 비싼 이유는 인위적으로 만들어낸 것이기 때문에 안전하게 시술하려면 별도의 변환 과정이 필요해서 그렇습니다."

"멋지네요."

소운의 입에서 무미건조한 대답이 흘러나왔다. 그 모습을 지켜보던 사장이 왼쪽으로 시선을 주더니, 아직 노란불이 들어와 있는 장치를 눈짓하며 말했다.

"이것도 아니시면, 남은 건 하나뿐이네요."

소운이 고개를 작게 끄덕이자, 사장이 다시 입을 열었다.

"가져오신 마인드 칩이요. 돌아가신 분의 건가요?"

"아니요."

아직은요. 마음속에서 채 뱉어내지 못한 대답을 삼키며 소운은 입술을 깨물었다.

휘인이 의식을 찾지 못한 지 벌써 석 달째였다. 주치의는 의식을 잃은 지 반년이 넘어가면 깨어날 수 있는 확률이 거의 없다고 단언했다.

사장이 말을 이어나갔다.

"그러시군요. 마인드 칩 기억을 삽입하려는 손님들은 대부분 이미 돌아가신 분의 칩을 가져오시죠. 가족, 연인, 친구. 아, 요즘은 반려동물의 칩을 가져오는 분도 종종 있습니다."

"그렇군요."

"어떤 기억을 삽입하실지는 손님의 자유입니다. 선택에 도움을 드리기 위해 몇 가지 말씀드리자면, 보통은 칩 주인의 가장 행복한 기억을 선택합니다. 방금 나가신 손님은 사고로 딸을 잃었는데, 여름캠프에서 패러글라이딩을 하던 딸의 기억을 삽입하셨어요. 함께 하늘을 날고 싶다고 하시더군요."

소운은 조금 전에 스쳐 지나간 중년 남성의 얼굴을 떠올려보려 애썼다. 희끗거리는 머리와 깊게 패인 눈가의 주름. 그의 눈은 웃고 있었던가?

"……또 어떤 분들은 칩 주인과 함께한 기억을 고르기도 하지요. 첫 키스나 결혼식처럼 특별했던 추억을 고르거나,

밤 산책이나 주말의 데이트 같은 일상적인 기억을 원합니다."

사장은 소운 앞의 컵을 끌어당겨 가져와 한 모금 들이켜더니 다시 입을 열었다.

"대다수는 이 두 유형의 기억을 삽입하길 원하고요, 이도 저도 아니면 드물게⋯⋯."

그때 띵 하는 소리가 울려 소운과 사장은 동시에 왼쪽으로 고개를 돌렸다. 마인드 칩을 넣은 장치의 빛이 초록색으로 바뀌어 있었다.

"업로드가 끝났네요."

자리에서 일어난 사장은 소운에게 잠시 기다리라 하곤 장치를 들고 방에 들어갔다.

시야에서 그의 뒷모습이 사라지자마자 소운은 군더더기 없이 매끄러운 움직임으로 주머니에서 단말기를 꺼냈다.

— 어디야? 뒷문은 찾았어?

소운이 급하게 메시지를 써서 전송 버튼을 눌렀을 때, 방 안쪽에서 뚜뚜 하는 기계음이 들려왔다. 다급하게 화면을 들여다봤지만 단말기는 속도 모르고 그저 잠잠했다. 이내 발걸음 소리가 점차 가까워졌다.

"젠장, 얘는 뭐 하느라 답장이 없는 거야."

짧은 욕설을 중얼거린 소운은 단말기의 무음 모드를 재

차 확인한 뒤 재빨리 단말기를 집어넣었다.

"준비됐습니다. 들어오시죠."

아슬아슬하게 단말기를 외투 주머니에 밀어 넣자마자, 절반쯤 젖혀진 커튼 사이로 사장이 고개를 내밀었다.

주머니에서 단말기의 묵직함이 느껴졌다. 보이지 않는 볼 안쪽을 깨문 채로, 소운은 어두운 방을 향해 걸음을 내디뎠다.

* * *

서류를 내야 하는 곳은 완화의료센터 사무실이었다.

에스컬레이터에 올라서서 가쁜 숨을 돌리는데, 아침 햇살이 들어오는 아래층 분수대 앞으로 남녀 한 쌍이 지나갔다. 보라색 비니를 쓴 환자복 차림의 여자는 남자의 부축을 받고 있었다. 천천히 분수대를 한 바퀴 돌아온 여자가 남자에게 쓰러지듯 기대자 남자는 여자의 관자놀이 부근에 입을 맞췄다. 그때 발아래 에스컬레이터가 덜컹거렸고, 조금 멀미가 일었다. 소운은 두어 칸 남은 에스컬레이터 계단을 단번에 뛰어 올라갔다.

그들을 다시 만난 건 엄마의 휠체어를 밀며 병실에 들어섰을 때였다. 여자와 대화하던 남자가 몸을 돌려 이쪽을 바라보자, 그들의 옆 침대가 비어 있는 게 보였다.

"안녕하세요."

파리한 안색의 여자가 옅게 미소를 지어보였고 남자도 고개를 끄덕였다. 둘 다 특별히 기억에 남는 인상은 아니었다. 병원에서 스쳐 지나갔던, 지금도 복도를 서성이고 있을 수많은 면면들. 어쩌면 거울 속 소운의 얼굴과도 닮아 있을 얼굴이었다.

"젊어 보이는데 어쩌다가 참……."

엄마는 침대에 올라가면서 귓속말로 소운에게 속삭였다.

그러나 소운의 시선은 여자를 흘끗 지나쳐 남자에게로 향했다. 냉장고를 열고 무언가를 부산히 찾는 듯한 남자의 뒷모습을 물끄러미 바라보고 있는데, 갑작스레 그가 고개를 돌려 소운과 눈을 마주쳐왔다. 손에는 붉은 홍옥 두 알이 들려 있었다. 소운이 고개를 끄덕이기도 전에 남자가 씩 웃으며 팔을 뻗어 사과를 하나 쥐여줬다. 둥그렇고 차가운 무게감이 손에 묵직하게 감겨왔다.

그날 오후에 다시 경찰서에 들렀다가 밤늦게 병실로 돌아왔을 때, 사람들은 제각기 텔레비전을 보거나 잠을 자고 있었다. 잠든 엄마에게로 향하던 소운은 옆자리의 남자가 두꺼운 종이 뭉치를 노려보며 볼펜 끝을 입에 물고 잘근거리는 걸 눈치챘다. 자리에 앉은 소운은 똑같은 서류가 탁자 위에 올려진 걸 발견했다. 간호사가 두고 간 '마인드 업로드 동의서'였다.

소운은 보조 침대에 털썩 걸터앉아서 서류를 마지막 장으로 휙 넘겨 동의 칸에 체크한 뒤 자신의 이름을 적고 사인했다. 기나긴 서비스 약관은 군이 읽을 필요가 없었다. 마인드 업로딩 서비스에 대해서는 이미 누구보다 잘 알고 있었으니까.

강력계에서 지능범죄 수사팀으로 옮긴 소운이 맡았던 첫 사건은 '이지 마인드' 사건이었다.

이지 마인드라는 사명의 스타트업이 마인드 업로딩 기술을 대중들에게 저렴하게 제공하겠다며 등장한 건 5년 전이었다. 실리콘 밸리의 유명 벤처 캐피털에서 시리즈A 투자 유치를 받았다고 홍보하며 이목을 끌었는데, 때마침 미국 연방 경찰이 혼수상태에 빠진 피해자로부터 마인드 업로딩 기술로 기억을 추출하여 범인을 잡았다는 뉴스가 세계적으로 화제가 된 직후였다.

10년 전, 아시아 모 대학의 컴퓨터공학과 연구진은 '첫 키스' '엄마' '보름달'처럼 추억을 자극하는 단어가 입력되면 뇌의 시각을 담당하는 부분이 활성화된다는 사실에 착안하여, 기록한 뇌파로 인공신경망을 학습시켜 실시간으로 머릿속 이미지를 재구성하는 기술을 발표했다. 그러나 당시엔 아무렇게나 뭉친 찰흙 덩어리가 흐물거리는 것처럼 해상도가 선명하지 않았기 때문에 큰 주목을 받지 못했다.

이 기술이 유명해진 건 세계적인 화이트 해커로 활동하는 어느 익명의 프로그래머가 해당 기술을 발전시킨 고해상도 버전을 '마인드 업로딩'이라는 이름으로 개인 웹사이트에 발표하면서였다. 코퍼스라고 불리는 대량의 말뭉치를 플래시 카드처럼 사람에게 노출하면서 그로부터 연상되는 기억 이미지를 영상으로 인코딩하는 원리였다.

대략 두 시간 정도면 한 사람이 기억하는 모든 기억을 영상이나 이미지로 생생하게 녹화할 수 있었다. 물론, 기억의 재구성에 '정신'을 뜻하는 마인드라는 용어는 쓰면 안 된다는 주장이 제기됐고, 이어 기억과 정신의 관계에 대한 진부한 논란이 파생됐지만, 그 기술이 인간이 여태 상상해오던 '마인드 업로딩'에 가장 가깝다는 걸 부인할 수는 없었다.

상한 우유 거품처럼 지독히 부풀어 오르는 의심과 희망 사이에서, 이지 마인드 측은 한층 더 나아가 자신들이 개발한 특수 장비를 통해 시냅스 패턴을 스캔하면 기억 간의 유기적인 연결망을 생성하여 정신까지 재현할 수 있다고 주장했다.

그들은 전국의 대형병원을 돌아다니며 로비에서 설명회를 개최했다. 환자복을 입고 로비에 놀러 나온 아이의 마인드를 즉석에서 업로드하면, 스크린에 생성된 아바타가 눈을 천천히 깜빡이다가 아이 옆에 서 있는 피로한 인상의 여자에게 '엄마, 안녕.'이라고 말을 건네는 장면을 연출하는 게 핵심 수법이었다.

아픈 가족을 둔 사람들, 급작스럽게 곁을 떠난 이를 붙잡고 싶어 했던 사람들이 수없이 피해를 봤다.

기억 데이터와 뇌 스캔만으로는 정신을 구현하지 못할 뿐만 아니라, 업로드 서버가 위치한 실리콘 밸리의 주소에 폐업한 주유소만 덩그러니 놓여 있다는 사실이 밝혀졌을 때는 대부분의 피해자가 세상을 떠난 후였다. 기억은 한 바이트도 남기지 못한 채로.

사회를 떠들썩하게 만들었던 이지 마인드 사건이 종결되고, 얼마 지나지 않아 정부의 주도하에 국립마인드센터가 건립되었다. 사람이 죽으면 흙과 재가 남고, 이젠 비트와 바이트로도 남는 게 당연한 세상이 왔다. 그러나 정작 소운도 이렇게 빠른 시일 내에 누군가를 데이터로 남기게 될 줄은, 원하지도 않았고 상상하지도 못했다. 소운은 쓴 입맛을 다시며 펜을 내려뒀다.

동의 서류를 간호사에게 주고 돌아가는 길에 소운은 반대편에서 걸어오는 남자를 발견했다. 가볍게 목례하고 지나치던 소운의 팔이 강하게 붙들린 건 그때였다.

소운이 놀란 눈으로 쳐다보자 남자는 자신도 미처 예상치 못한 행동이었는지 화들짝 팔을 놓고는 한참을 입만 달싹이다가 마침내 입을 열었다.

"저기요."

그는 작지만 분명한 목소리로 물었다.

"마인드 업로딩 전문가라고 하시던데 뭐 좀 여쭤봐도 될까요?"

"네?"

소운이 오후에 자리를 비운 새에 엄마는 벌써 남자와 친해진 모양이었다. 딸의 신상에 관한 엄마의 말은 과장이 아니라 왜곡 수준이었지만, 소운은 일단 들어보자는 마음으로 남자가 이끄는 세 칸짜리 의자에 엉덩이를 붙였다.

"마인드는 무조건 센터의 서버에 올라간다고 하던데요."

"그렇죠."

"혹시 개인적으로 소장할 방법은 없을까요?"

남자의 질문에 소운은 얼마 전에 개정된 마인드 법률안에서 스치듯 읽었던 관련 조항을 떠올렸다.

"마인드 센터에 방문해서 반출 요청하면 될 겁니다."

말이 끝나기가 무섭게 그가 숨을 푹 내쉬며 얼굴을 쓸어내렸다.

소운은 뒤늦게 몇 마디를 덧붙였다.

"과정이 복잡하긴 합니다. 직계 가족만 신청할 수 있는 데다가 담당 주무관에게 사유서도 제출해야 하고요. 알다시피 요즘 보안규정이 좀 많아져서요."

"그건 괜찮아요. 오전에 물어본 간호사는 아예 안 될 거라고 했거든요."

"데이터에 언제든지 접근하고 싶으신 거면 굳이 소장하실 필요는 없어요. 요즘은 어디서든 생체 인증만 하면 되니까요. 클라우드상에 백업도 삼중으로 돼 있고요."

"아, 그런 게 아니라서요."

"하지만 리더기도 있어야 하고, 전용 저장장치인 마인드 칩도 필요할 거예요. 이게 그냥 동영상처럼 재생할 수 있는 건 아니라서요."

남자는 이미 알고 있다는 듯이 고개를 끄덕거렸다.

그 모습을 유심히 바라보던 소운은 천천히 입을 뗐다.

"그런데 그거 둘 다 가격이 만만치 않을 텐데요."

소운은 병원에선 가급적 무디게 놓아두려 했던 형사의 촉이 날카로워지는 걸 느꼈다.

"왜 필요하신 거죠?"

취조하듯 묻는 어투에 남자는 당황한 눈치였다.

소운이 시선을 피하지 않자 그가 잠시 우물거리다가 입을 열었다.

"기억 삽입에 대해 들어보신 적 있으신가요?"

"기억 사…… 뭐라고요?"

남자는 휴대폰 화면을 키더니 영어로 된 아티클을 하나 찾아서 내밀었다.

"기억 삽입. 마인드 업로딩 기술의 창시자가 새로 개발한 거라고 하던데요, 영어로는 마인드 인터폴레이션이라고, 우울증 치료용으로 나온 피하 칩을 해킹해서 뇌에 기억을 주입하는 거래요. 외국에선 신종 마약처럼도 쓰인다더라고요."

"그러니까, 상대방의 기억을 역으로 내 머리에 주입한다?"

"그런 셈이죠."

"대체 그걸 어디서 할 수 있는데요?"

그가 바지 주머니를 뒤적거리더니 명함 한 장을 꺼냈다.

까만색의 명함에는 흰색 굴림체로 창이동 몇 번지라는 주소 하나만 달랑 적혀 있었다.

"친구가 줬어요. 슬픔을 이겨내는 데 좋을 거라고요. 이딴 거 필요 없다고 싸우긴 했는데 저도 모르게 받아버렸네요."

소운은 마지못해 휴대폰 카메라를 켜서 명함을 찍었다.

이런 걸 믿으세요? 그런 물음이 목구멍까지 올라왔지만, 이지 마인드 사건의 피해자들과 여러 차례 면담한 담당 조사관으로서 그들이 어떤 희망을 붙들고 있었는지는 누구보다 잘 알고 있었다.

"그럼, 여자 친구분의 기억을?"

남자가 고개를 끄덕였다.

연인의 기억을 자신에게 삽입한다. 상상조차 못 해본 그 발상에 소운은 입만 벙긋거렸다.

"……여자 친구를 많이 사랑하시나 보네요."

한동안 말을 찾지 못하던 소운이 어렵사리 대답했다.

위로해야 할 타이밍에 이런 쓸모없는 소리를 하다니. 소운은 자신의 직업병을 속으로 자책했지만 남자는 무언가 생각에 빠진 듯 먼 복도만 바라봤다.

— 내일 출근하면 기억 삽입술에 대해 알아봐 줘. 신종 사기 수법같아.

남자의 눈치를 보며 소운은 친한 후배 형사에게 몰래 메시지를 적어 보냈다. 그동안 남자는 말없이 명함만 만지작거렸다. 마침내 마른 입술이 떼어지기 전까지.

"바보 같은 생각인 거 알아요."

그래도.

"여자 친구의 기억이 있다면 언제든 함께 있는 기분이 들지 않을까 해서요."

갈라진 목소리로 말을 마친 남자가 고개를 떨구었다. 남자의 굽은 등 뒤로 병원 복도가 길게 이어졌다. 문득 경찰서의 어두운 복도가 겹쳐 보이기 시작했다.

이지 마인드 사건의 피해자, 가족, 증인들. 사건이 종결되고도 끝나지 않는 악몽의 기억에 갇혀버린 사람들. 소운은 무심코 남자의 등에 손을 올리려다가, 이내 다시 손을 거둬들였다.

"부끄럽네요."

한참 후에 남자가 붉어진 눈을 비비며 멋쩍게 웃어 보였다. 그리고 클립보드에 끼워진 동의서를 거칠게 넘기더니 마지막 칸에 이름을 휘갈겨 적었다.

휘인. 그제야 소운은 남자의 이름을 알았다.

* * *

커튼을 젖히고 들어간 안쪽 방은 밖에서 예상한 것보다 훨씬 어두운 암실 같은 공간이었다. 어둠 속에서 눈을 여러 번 깜빡이자 비로소 내부가 눈에 들어왔다. 소름 끼치는 붉은 조명 아래에 치과 의자처럼 보이는 물체가 보였고, 그 옆에는 전혀 어울리지 않게 푹신해 보이는 고급 가죽 소파와 스크린, 그리고 홈 시어터 장비들이 멋스럽게 배치되어 있었다.

소운은 스크린 아래로 연결된 마인드 칩 장치의 초록 불빛을 발견했다.

"여기 리모컨에 빨간색 버튼 보이시죠? 누르면 녹화가 돼요. 원하는 부분에서 녹화를 시작하시면 됩니다. 아래 시간 바 기준으로 10초까지 녹화 가능하고요."

사장이 소운에게 리모컨을 하나 쥐여주며 말했다.

소운은 자신이 무엇을 해야 하는지 뒤늦게 알아차렸다. 허락받지 않은 휘인의 삶을 엿보고, 그중에서 자신에게 삽입할 기억을 골라야 하는 것이다.

영화관 VIP석처럼 편안하던 소파가 문득 견딜 수 없이 불편해졌다.

"여기서 그만두시는 분들이 많습니다."

사장의 시선이 느껴졌다. 소운이 여기서 멈출지도 모른다고 여기는 듯했다.

소운은 고개를 저으며 리모컨을 꽉 쥐었다.

"다 보는 데는 한 시간 정도 걸릴 겁니다. 끝나면 밖으로 나와서 알려주세요."

그가 나가자 방 안에는 소운만이 홀로 남았다. 서둘러 꺼낸 단말기 화면에는 후배가 보낸 답장이 떠 있었다.

— 뒷문은 찾았는데 옆에 다른 주택들로 이어져 있어요, 추적하는 중이에요.

당장에 포위는 불가능하다는 말이다.

소운은 다리를 떨며 초조해져 오는 마음을 다잡았다. 창이동 작전 실패 이후에 어렵게 밟은 꼬리였고, 이번에도 놓치면 영영 숨어버릴지도 몰랐다.

— 서둘러. 2단계 돌입했어.

후배와 만든 은어였다. 1단계는 상담, 2단계는 관람, 3단계는 시술이다. 1단계, 혹은 2단계 직전에 끝내기로 마음먹은 작전이었지만 벌써 2단계에 돌입해버렸다.

"선배, 최대한 1단계에서 시간을 끌어야 해요. 안 되면 대뜸 엉엉 울기라도 해요."

"그게 되면 내가 여기서 이러고 있겠냐? 드라마 오디션 보고 있겠지."

과거 후배가 했던 당부처럼, 사장과 상담하며 조금 더 시간을 끌었어야 했다. 소운은 낭패감에 휩싸였다. 초조하게 무거워지는 공기 속에서, 어쩌면 자신이 휘인의 기억을 훔쳐보고 싶은 마음에 휩쓸려 버렸는지도 모른다는 생각이 들었다. 그가 어떤 유년 시절을 보냈는지, 어떤 경험을 거쳐 지금과 같은 어른이 됐는지.

그리고, 휘인의 기억 속 나는 어떤 모습일지.

여기까지 생각한 소운은 머리를 휘휘 저었다.

지금은 이런 생각을 할 때가 아니었다. 소운은 손을 뻗어 리모컨의 세모 버튼을 눌렀다. 화면이 밝아지고 휘인의 마인드가 재생되기 시작했다.

* * *

휘인을 바라보게 된 건 언제부터였을까? 종일 남을 속이고 뒤통수치는 사기꾼들을 상대하다가, 아픈 연인을 정성껏 보살피는 그의 모습을 보았을 때? 아니면 사라져 버릴 듯한 희미한 얼굴을 하고 있다가도 소운과 엄마에게 웃으며 인사할 때? 그도 아니면 처음 만난 날에 먹음직스러운 사과를 건넸을 때? 사실 그게 중요할까. 소운은 생각했다. 어차피 뒤늦게 자신의 마음을 알아챘을 때 이미 휘인은 사라진 후였다.

소운의 엄마와 휘인의 연인은 몇 시간 차이로 떠났고, 장례식장은 벽 하나를 두고 붙어 있었다. 매점으로 가던 길목에서 마주친 그들은 자연스럽게 서로의 첫 문상객이 됐다. 각자의 슬픔에 빠져 있다가 '어떤 분이셨어요' 하는 질문에 답을 하고 '어떻게 만나셨어요' 하는 질문의 답을 들었다. 그러던 중에 소운의 두 번째 문상객이 왔다. 마침 인근에서 당직을 서던 친한 후배였다.

"선배가 알아보라던 기억 삽입 말인데요, 안 그래도 내사 진행 중이더라고요."

기억상실증에 걸린 것 같다면서 동네 병원을 찾은 한 사람이 있었다고 한다. 몸엔 아무런 외상의 흔적도 없었지만 지난 일주일을 통째로 기억하지 못했다. 건망증 진단을 내리려는 의사의 눈에 목덜미에 난 작은 십자 모양의 상처가 눈에 들어왔다.

"20년간 키우던 강아지를 한 달 전에 떠나보냈다고 하더라고요."

강아지가 제일 좋아하던 빨간 공을 자신이 이빨로 직접 물고 가는 기억이 점차 선명해진다는 엉뚱한 주장을 처음엔 아무도 믿지 않았다. 하지만 외투에서 나온 명함의 주소와 일주일 전 휴대폰 위치가 오차 범위 내에 들자 경찰은 조사에 착수했다. 그는 그날 불법 마인드 시술소에 간 게 맞았다. 이어 해외에서 암암리에 성행하고 있는 기억 삽입술의 부작용이 사소한 기억상실부터 시작해 기면증과 혼수상태까지 유발할 수 있다는 사실이 밝혀졌다.

후배와 소운의 대화를 휘인은 옆에서 잠자코 듣기만 했다. 이내 양쪽 모두에게 문상객들이 찾아왔고, 소운과 휘인은 인사도 제대로 하지 못한 채 각자의 자리로 돌아갔다.

휘인이 연락해온 건 그로부터 한 달이 지난 후였다. 소운이 점심을 먹으러 나가기 위해 막 일어서려던 차에 책상에 놓인 내선 전화기가 울렸다.

"민원실에 전화해서 마인드 업로드 관련해 형사님과 상담하고 싶다고 하니 연결해주던데요? 정말 전문가가 맞으셨네요."

퇴근하고 만난 그가 능청스럽게 말하며 모과차를 한 모금 들이켰다.

소운은 휘인이 연인에 관한 추억이나, 전에 고민하던 기억 삽입에 관해 말을 꺼낼 거라 예상했다. 그러나 휘인은 그 어느 것도 필요하지 않다는 듯이 그저 일상적인 얘기만 늘어놨다. 둘은 카페에서 차를 마시다가 번호를 교환하고 헤어졌다.

다음 날은 휴일이었고 휘인은 소운의 휴대전화로 연락을 해왔다. 마침 지방 선거를 앞두고 있어서 둘은 만나서 늦게까지 정치 얘기를 했다.

다음날에도 또 전화가 걸려왔다. 그날 둘은 과하게 익힌 숙주 볶음이 나오는 술집에서 저녁을 때우고 강변을 산책했다.

그렇게 휘인과 소운은 오래된 동네 친구처럼 시시한 농담을 주고받으며 이따금 깔깔 웃고, 회사 이야기를 하거나 사건 이야기를 하고 맛집을 공유했다. 휘인이 먼저 연락할 때도 있었고, 소운이 먼저 연락할 때도 있었다. 야근한 날은 긴 대화 없이 근처 기사 식당에서 밥만 먹고 헤어졌다. 계절이 바뀌는 동안 만남은 어느덧 일상이 됐고 거기에 이유나 변명은 필요하지 않았다.

그러나 이유가 필요 없는 건 이별도 마찬가지였다. 연락이 끊긴 건 엄마의 첫 기일이 돌아오기 일주일 전이었다.

휘인의 휴대폰이 꺼져 있었다.

물론 언제든 어떻게든 멀어지리라 예상하지 못한 바는 아니었다. 우연히 둘을 목격한 동료가 휘인과 어떤 사이냐고 물었을 때, 소운은 그저 아는 사람이라고 얼버무릴 수밖에 없었으니까. 친구라고 하기엔 어쩐지 껄끄러웠고, 지인이라기엔 일상을 속속들이 알고 있었으며, 그렇다고 해서 발전이 있는 남녀 사이도 아니었다. 애매한 사이는 언제고 책임지지 않고 멀어질 수 있는 법이었다.

그러나 한 시에 한 데서 사랑하는 사람을 보낸 사이, 거기엔 분명한 무언가가 있지 않았나? 틈틈이 삶을 덮쳐오는 슬픔과 공허함을 받아들이거나 맞서게 해주는 건 어떻게든 지속될 일상에 대한 믿음이었고, 그들 사이의 기묘한 유대감은 그 믿음에 굳건히 자리해 있었다. 적어도 얼마 전까지는.

"어쩌면 이제 슬픔을 극복했는지도 모르지."

아니, 끝내 슬픔에 함락되길 선택했는지도 모른다. 결과적으로 그는 더 이상 소운을 필요로 하지 않았다. 그러나 소운의 눈은 끊임없이 휘인의 얼굴과 뒷모습과 발자국을 찾아 헤매고 있었다.

연락이 두절된 초조한 나날들 속에서 소운은 비로소 깨달았다. 그가 다른 누구도 아닌 바로 자신의 곁에 있어주기를, 오직 자신으로부터 위안을 얻어주기를 바란다는 걸.

후배에게서 다급하게 전화가 온 건 엄마의 첫 기일, 소운이 당직을 서며 꾸벅꾸벅 졸고 있던 새벽이었다.

"선배, 좀 와보셔야겠어요."

후배가 찍어준 주소가 어쩐지 낯익었다.

신호등을 기다리는 사이에 소운은 갤러리 앱을 거슬러 올라가다가 모자이크 속에서 검은색 배경의 사진을 하나 발견했다. 그날 병원 복도에서 휘인이 보여준 명함이었다. 엄지와 검지를 밀어내며 사진을 확대하자 흰색 글씨를 알아볼 수 있었다. 창이동 14-3번지. 후배가 보내준 주소와 정확하게 일치했다.

젠장. 욕설을 내뱉은 소운은 신호등을 무시하고 거칠게 차를 몰았다. 목적지에 가까워질수록 자신이 보게 될 장면이 점차 선명해졌다.

마침내 도착한 주택가에는 휘인이 있었다.

깊은 잠에 빠져, 창백하지만 옅게 미소 지은 얼굴로.

*　*　*

블록버스터 영화처럼 손에 땀을 쥘 정도로 흥미진진하리라 기대하진 않았지만, 이건 지루해도 너무 지루했다.

휘인의 기억들은 아무런 연관 없이, 뒤죽박죽인 시간 순서로 재생됐다. 처음엔 반쯤은 신기하고 반쯤은 불편한 마음으로 봤지만, 어느새 화면은 그저 무의미하게 흘러가고만 있었다. 그럼에도 소운은 눈을 뗄 수가 없었다. 마치 무언가를 발견하길 기다리는 것처럼.

나는 무엇을 찾고 있는 걸까? 소운은 하늘로 던져지는 학사모를 지켜보며 자신에게 물었다. 떨어지는 학사모에 코를 맞는 장면이 재생되는 걸 멍하니 보고 있는데, 속이 울렁거리며 소운이 종종 형사의 직감이라 칭하는 내면의 목소리가 소리를 내기 시작했다.

뭔진 몰라도 저런 건 확실히 아니지. 넌 네가 찾는 게 뭔지 알고 있잖아?

아니야.

알고 싶잖아.

아니야, 나는…….

궁금하잖아? 휘인이 어떤 기억을 삽입하기로 선택했는지.

목소리가 궤적처럼 웃음소리를 남기며 사라졌다.

소운은 머리를 움켜쥐었다.

전화를 받고 창이동으로 달려가던 그날 밤부터 지금까지 소운의 머릿속에는 오직 한 가지 물음만이 반복됐다. 휘인, 너는 알고 있었잖아. 그게 어떤 위험을 무릅쓰는지 알고 있었잖아. 1년이라는 시간을 잘 버텨냈다고 생각했는데, 대체 그렇게까지 해서 간직하고 싶은 기억이 뭐야?

답은 이미 나와 있었다. 쓰러진 휘인 옆에 죽은 연인의 마인드 칩이 발견됐다. 그는 사랑하는 사람의 기억을 삽입하다가 부작용으로 의식을 잃었다.

과연 어떤 기억이었을까? 대체 어떤 기억이 그를 그토록 사로잡은 걸까? 1년을 버텨내고도 도저히 포기할 수 없는 연인의 기억은 어떤 기억이었을까?

소운은 그걸 모른 채 견딜 수 없었다. 개인적인 집착이라 해도 좋고, 형사의 집요함이라 해도 좋았다. 소운은 그걸 알아야 했다. 범인을 잡겠다는 핑계로 기어코 여기까지 들어온 건 그 답을 제 손으로 직접 알아내기 위해서란 걸, 소운은 그제야 인정했다.

이제 할 일은 명확했다.

소운은 머리를 감싸 쥔 손을 내리고 리모컨을 들었다. 그리고 장면들을 빠르게 감기 시작했다. 마침내 낯익은 창이동 시술소의 내부가 보일 때까지. 휘인의 기억이 다시 재생

되자 익숙한 사장의 목소리가 들렸다.

"여기 리모컨에 빨간색 버튼을 누르면 녹화가 돼요. 원하는 부분에서 녹화를 시작하시면 됩니다. 시간 바에서 10초까지 녹화 가능하고요."

휘인은 자신에게 삽입할 연인의 기억을 고르기 위해 앉아 있었다. 그의 손에 리모컨이 쥐어지자 화면이 작게 요동쳤다.

"여기서 포기하시는 분들이 많습니다."

화면이 좌우로 흔들렸다.

"다 보는 데는 한 시간 정도 걸립니다. 결정하시면 나와서 알려주세요."

사방이 고요했다. 휘인이 리모컨을 들어 전원 버튼을 누르자 스크린이 밝아졌다. 여자의 마인드는 초등학교 앞에서 파는 병아리를 지켜보는 장면으로 시작했다. 짧은 기억이 넘어가고, 반짝거리며 돌아가는 놀이공원 회전목마 앞에서 휘인의 입술이 가까워지는 장면으로 바뀌었다. 화면이 잠깐 어두워졌다가 다시 밝아졌다. 장면은 이제 유채꽃밭으로 바뀌어 있었다. 아래로 흩날리는 치맛자락이 보이고, 발밑으로 샛노란 꽃잎들이 으스러졌다. 친구들이 왁자지껄 떠드는 소리가 들려왔다.

휘인은 그 모든 장면을 똑바로, 흔들림 하나 없이 바라보고 있었다.

휘인의 시야가 미세하게 흔들리기 시작한 건 세면대에 피가 튀는 장면이 나올 때부터였다. 학창 시절과 대학 시절의 기억들 중간중간 병원의 기억들이 끼어들기 시작했다. 여자는 꽤 오랫동안 투병 생활을 한 듯, 드문드문 나오던 병원 장면들이 갈수록 빈번해지기 시작했다. 그 모든 장면 속에는 휘인이 존재했고, 휘인을 바라보는 여자의 시선은 점차 석양처럼 늘어지고 있었다.

"사랑해."

둘이 서로에게 사랑을 고백하는 무수한 장면에서도 리모컨을 든 휘인의 손은 움직이지 않았다. 사랑해, 고마워, 미안해. 그 어떤 장면에서도 휘인은 녹화 버튼을 누르지 않았다. 흘끗 아래를 보니 재생 시간이 거의 남지 않은 상태였다.

조바심이 일기 시작하던 그때, 화면에 낯익은 뒷모습이 작게 비쳤다. 어쩐지 익숙한 무늬의 스웨터였다. 눈을 가늘게 뜨고 살펴보던 소운은 뒤늦게 깨달았다. 그건 호스피스 병동에서 엄마를 돌보던, 다른 누구도 아닌 소운 자신의 뒷모습이라는 사실을.

여자의 시야 속 소운의 뒷모습은 이리저리 흔들리고 있었다. 하지만 요동치는 건 자신이 아니라 여자였다. 소운은 가장 강력한 모르핀 진통제마저 잘 듣지 않아 괴로워하던 여자의 모습을 기억해냈다. 휘인은 그럴 때마다 그 곁에서 여자의 손을 꽉 잡고 이마를 쓰다듬어주곤 했다. 어지러운 의식 너머로 손이 따뜻했다.

손가락이 움직인 건 그때였다. 휘인의 검지가 정확하게 빨간색 녹화 버튼을 눌렀다. 행복하지도 즐겁지도 않은, 여자가 가장 고통스러워하는 그 순간에서.

여자의 마인드는 그렇게 끝났고, 마인드 관람을 마친 휘인이 시술을 받기 위해 수술 의자에 눕는 기억까지 재생된 후에 휘인의 마인드도 끝이 났다.

이윽고 화면이 어두워졌지만, 소운은 그 자리에서 얼어붙은 채 움직일 수가 없었다. 거대한 벌집이 귓가에 박혀버린 듯 머릿속이 윙윙거렸다. 의문들이 혼란스럽게 머리를 채웠다. 휘인은 대체 왜 저 기억을 선택한거지? 실수로 잘못 고른 게 아닐까?

외투 주머니에서 단말기의 진동이 느껴진 건 그때였다.

— 선배, 연결된 통로는 다 찾았어요. 경찰들 풀어서 골목 막고 있는데 20분만 어떻게든 더 끌어줘요.

겨우 정신을 차린 소운은 방 안을, 심지어 스크린 뒤편까지도 샅샅이 둘러봤지만 바깥으로 통하는 문은 그 어디에도 보이지 않았다. 뒷문은 다른 곳, 어쩌면 거실로 통해 있는지도 몰랐다. 이제 사장을 잡아둘 길은 하나뿐이었다.

―3단계 진입. 가능한 한 빨리 들어와.

소운은 눈을 질끈 감았다 뜨고 사장을 불렀다. 그리고 리모컨을 빠르게 조작하여 휘인이 학사모를 던지던 장면으로 이동해서 리모컨의 빨간 녹화 버튼을 연거푸 눌렀다.

방에 들어온 사장에게 소운은 낮은 목소리로 말했다.

"여기, 이 부분으로 할게요."

* * *

긴 여름 해가 아직 건물 사이에 걸터앉아 있었다.

휘인의 얼굴엔 뭇 연인들이 서로에게만 보여주는 해맑은 미소가 가득했다. 소운은 자신이 지금 꿈을 꾸고 있다는 사실을 눈치챘다. 주위를 둘러보니 자신은 하늘색 린넨 원피스를, 휘인은 그에 어울리는 파란색 줄무늬 티셔츠와 반바지를 입고 있었다. 손을 잡고 강변을 걸었다. 새카만 하루살이 떼가 얼굴로 달려들어 푸푸 하고 숨을 내뱉자 휘인이 킥킥대며 웃더니 손을 뻗어 얼굴을 가려줬다. 눈앞이 어두워지자 싱그러운 풀 내음만이 사방에 가득했다. 너와 함께 있다면 아무래도 좋아. 소운은 미소 지었다.

감은 눈꺼풀 사이로 빛이 들어왔다. 태양보다 강렬한 붉은빛. 소운은 살며시 눈을 떴다. 가장 먼저 보인 건 머리 위

의 붉은색 조명이었다. 몸을 움직여보려고 했으나 팔다리
에 힘이 들어오지 않았다.

"조금 더 누워 계세요. 아직 약 기운이 남아 있을 겁니다."

사장의 목소리에 소운은 방 안의 수술 의자로 향했던 걸
기억해냈다. 친한 동료들의 이름을 한 번씩 중얼거려보고
이어서 다른 기억들도 잘 떠오르는 걸 보니 다행히 부작용
이 나타나진 않은 모양이었다.

초록색 수술복을 입은 사장이 트레이에서 뭔가를 집더니
의자 뒤로 향했다. 강한 알코올 향이 코를 찔렀다. 따끔한
감각과 함께 목뒤가 시원해졌다.

"시술은 잘 됐어요. 삽입한 기억은 시간을 두고 천천히
떠오를 거예요."

"감사합니다."

소운이 기운 없는 목소리로 대답했다.

고작 학사모 던지는 기억을 삽입한 걸 가지고 나중에 휘
인이 나를 원망하진 않겠지. 다른 기억을 고를 걸 그랬다는
생각이 문득 들었지만, 사실 어떤 기억이든 상관없었다. 후
배와 경찰들이 곧 들어올 것이다. 작전은 성공했다.

"그런데 손님."

사장이 뒤편에서 부스럭거리더니 무언가를 불쑥 눈앞에
들이밀었다.

"이상한 물건을 가지고 계시더군요."

소운의 단말기였다.

다급하게 손을 뻗어 단말기를 낚아채려 했으나 움직여지지 않았다. 단순히 약 기운 때문이 아니었다. 무언가 강한 힘이 사지를 옭아매고 있었다. 고개를 내린 소운의 눈에 들어온 건 팔다리를 결박한 테이프였다.

"이러시면 곤란합니다. 저는 손님들이 원하는 일을 해드리는 것뿐인데요."

사장이 단말기의 끈을 잡고 공중에 빙빙 돌리며 원을 그렸다. 심장이 걷잡을 수 없이 뛰었지만 소운은 애써 심호흡을 했다. 시간을 더 끌어야 했다.

"언제부터 알았지?"

"처음 들어올 때부터."

느긋하게 단말기의 비밀번호를 풀어보려는 사장의 손길에서, 소운은 그가 체포 작전에 대해서는 모르고 있다는 사실을 깨달았다.

안도의 한숨을 내쉬려던 차에 사장이 입을 열었다.

"그를 사랑한 건가?"

순간 얼어붙은 소운의 표정을 본 사장이 대답하지 않아도 된다는 듯이 픽 웃었다. 뻔한 이야기긴 했다. 죽은 연인의 기억을 삽입한 남자가 쓰러지고, 얼마 후에 그 남자의 마인드 칩을 가져온 여자. 우스운 삼각관계였다.

"특별히 선물을 하나 해드리죠."

"뭐 하는 거야?"

수술복을 벗으려던 사장이 다시 옷의 매듭을 묶고 있었다.

아직 초록 불이 깜빡거리고 있는 마인드 칩 장치를 수술대 위 컴퓨터로 가져간 그는 무언가를 조작하는지 마우스를 여러 번 클릭했다.

소운은 애써 붙잡고 있던 이성이 사라지는 걸 느꼈다.

"휘인의 기억에 무슨 짓을 하는 거야!"

"걱정하지 마. 아무 짓도 하지 않아."

사장이 반짝거리는 무언가를 들고 가까이 다가왔다. 몸부림쳤지만 그의 손길을 피할 수는 없었다. 날카로운 통증이 아직 마취기운에 얼얼하던 목덜미를 다시 한 번 파고 들었다. 깨진 유리 조각이 날아와 박힌 듯한 고통이 깊숙이 퍼져 나갔다.

"힘들게 구한 시술소를 이대로 두고 떠나는 게 아까워서 말이지."

수술복을 벗고 장치를 챙긴 그가 방을 떠나려는 그때였다. 쾅! 현관문이 뜯어지는 소리가 들리고 고함이 울려 퍼졌다. 사장이 쓰러지고 총을 겨눈 채 가까이 다가오는 후배와 형사들이 보였다.

"선배!"

후배가 총을 집어넣고 소운에게 달려와 결박을 풀어줬다. 하지만 소운은 여전히 목덜미를 장악하고 있는 고통에 숨을 헐떡이고 있었다. 다문 입 새로 신음이 흘러나왔다.

"아팠다면 미안해. 나도 마취 안 하고 시술한 건 처음이거든."

형사들과 여전히 대치 상태에 있던 사장이 소운 쪽을 돌아보고 말했다.

그는 수세에 몰려 있었다. 총을 든 형사들이 더 늘어나자 그는 천천히 손을 귀 옆으로 올렸다.

됐어, 작전 성공이야.

소운은 정신이 몽롱해지는 와중에도 그렇게 생각했다. 그러나 힘겹게 고개를 돌려 바라본 사장의 얼굴은 전혀 엉뚱한 말을 하고 있었다.

"하지만 말이야, 이제 너도 이해하게 될 거야. 그가 왜 그런 선택을 했는지."

말릴 새 없이 그의 손이 왼쪽 귀의 푸른 피어싱으로 향했다. 엄지로 푸른 보석을 강하게 누르자 퍼석 하는 소리와 함께 보석이 깨지고, 찰랑거리는 푸른 액체 속에 숨겨져 있던 금빛 칩 하나가 살 속으로 사라지는 동시에 그가 바닥으로 쓰러졌다. 형사들이 달려들고, 고통에 몸부림치며 소리 지르는 그의 손에 수갑이 채워졌다.

다른 형사들은 모두 보지 못했지만 소운은 그 순간 확실히 보았다.

사장의 입가에 띠워진, 휘인의 것과 같은 희미한 미소를.

* * *

오랜만에 제복을 입고 방문한 경찰서 옆의 감나무에는 흰 눈이 소복하게 쌓여 있었다. 소운은 청에서 열린 포상식에 다녀오는 길이었다. 불법 마인드 시술소 소탕 작전에 가담한 형사들과 함께였다. 하지만 소운은 시상대에 오르지 못했다.

"너 그렇게 제멋대로 할 거면 강력계로 다시 돌아가!"

상부의 허락을 받지 않고 참여한 작전이었다. 작전 계획서에 적힌 '익명의 정보원'이 소운이라는 걸 뒤늦게 안 소운의 상사는 길길이 뛰었다. 목숨을 건 대가로 소운은 한 달간의 정직처분을 받았다. 더 큰 징계를 받지 않은 건 작전이 대성공한 덕이었다.

한 달 만에 배지와 출입증을 돌려받은 소운은 자리로 가는 대신에 곧장 유치장이 있는 뒤 건물로 향했다. 거기엔 오늘 자로 한 계급 특진한 후배가 초조히 기다리고 있었다.

"선배, 이거 들키면 저 다시 월급 깎이는 거 알죠?"

"야, 취조해달라고 부탁한 건 너잖아."

후배를 따라 들어간 취조실에는 사장이 수갑을 찬 채로 기다리고 있었다. 사흘 만에 정신을 차린 그는 모든 질문에 답을 거부하고 있어서 체포 당일을 기억하는지조차 확인할 수가 없었다. 피의자의 마인드 업로드를 요청한 영장도 아직 법원에서 허가가 나오지 않은 상태였다.

소운이 맞은편에 앉자 그가 말없이 고개를 들었다.

"어디까지 기억하지?"

소운이 질문했다. 그는 대답하지 않았다.

"그동안 얼마나 많은 사람에게 시술했지?"

그는 입을 꾹 다문 채로 깍지 낀 손가락만 까닥거렸다.

"기억상실, 기면증, 의식상실 등의 부작용이 발생할 가능성을 알고 있었나?"

소운은 다시 물었으나 대답은 돌아오지 않았다. 이후에도 몇 개의 물음을 던졌으나 그에게선 아무런 말을 들을 수 없었다.

소운은 그를 노려보다가 일어섰다. 취조실에서 나가려던 그때, 등 뒤에서 남자의 낮은 목소리가 울려왔다.

"전부 떠올랐나?"

소운은 잠시 그대로 가만히 서 있었다.

"다 떠오르면 이해하게 될 거야."

사장의 웃음소리가 귀를 간지럽혔다. 소운은 대답하지 않은 채로 문을 쾅 닫고 취조실을 나왔다.

"저놈, 다 기억하고 있어. 과거를 좀 파봐. 세상을 떠난 사람들 위주로."

어리둥절한 표정의 후배를 뒤로하고 소운은 홀로 텅 빈 복도로 걸어 나왔다.

지끈거리는 머리를 붙잡고 발을 내딛다 보니 문득 수없이 걷던 병원 복도가 겹쳐 보이며 휘인이 병원 의자에서 고개를 떨구던 모습이 떠올랐다. 기억들이 그물처럼 펼쳐졌다. 카페에서 모과차를 마시던 모습이, 경찰서 앞에서 야근한 자신을 기다리던 모습이, 그리고 하늘 높이 올라간 휘인의 학사모와 고통에 몸부림치는 손을 꽉 잡은 휘인의 창백한 얼굴이.

그건 여자의 시점이었다.

사장이 소운의 목에 주입한 건 여자의 기억이었다.

휘인이 영원히 간직하려던 기억, 자신의 연인이 가장 고통스러워하던 그 순간의 기억이었다. 모르핀 진통제조차 듣지 않는 고통의 순간들. 기억의 파편들은 밤낮을 가리지 않고 침몰한 배의 잔해들처럼 불쑥 떠올랐다. 퍼즐 조각들이 맞춰질수록 느껴지는 고통도 선명해졌다.

그럴수록 소운은 더욱 휘인의 선택을 이해할 수가 없었다. 연인의 수많은 행복한 순간들, 휘인이 그녀와 함께 느낀 무수한 기쁨과 환희의 기억들 대신에 하필 그녀가 가장 고통스러웠던 순간을 고른 건 어째서일까?

순간 이마에 급작스러운 통증이 느껴져 소운은 주저앉았다. 아직 완전하지 않았던 기억의 마지막 조각이 차오르고 있다는 걸, 아무도 말해주지 않았지만 소운은 알 수 있었다. 마침내 완성된 하나의 이미지가 머릿속에 밀려들었다.

휘인의 커다란 손이 이마의 땀을 훔쳐주고 있다. 어지러운 의식 너머로 느껴지는 손이 따뜻하다. 그러나 그 찰나에 작열하는 고통이 소운을 감싸 안았다.

휘인.

소운은 속으로 울부짖었다. 비로소 온전해진 기억이 휘인과 함께한 모든 순간과 응집하며 끝내 하나의 깨달음으로 거대한 파도처럼 소운의 마음속에 밀려들었다.

사랑을 가장 강렬하게 재현해낼 수만 있다면, 그곳이 천국이 아닌 지옥일지라도 누군가에겐 영원한 안식처가 돼주리란 걸.

그리고 자신 또한 그 일부가 되어버렸다는 걸 말이다.

＊　＊　＊

　　휘인이 깨어난 건 그로부터 두 달 후였다. 후배가 그의 소
식을 전해줬지만, 소운은 휘인을 보러 가지 않았다. 피해자
였던 그가 깨어난 덕에 정체돼 있던 수사는 급물살을 탔고,
사장은 재판에 넘겨졌다.

　　그리고 예상대로 그 며칠 뒤, 휘인은 소운을 찾아왔다. 박
스에 짐을 담아 차로 옮기던 이른 점심시간이었다.

　　어쩜 저렇게 예상대로일까.

　　소운은 멀리서부터 뚜벅뚜벅 걸어오는 그를 보며 피식
웃었다. 어쩌면 저 한결같은 면을 사랑했는지도 모른다는
생각이 들었다. 단단한 손길로 사과를 내밀던 그 모습을. 한
사람만을 사랑하는 변함없는 그 모습을.

　　"형사님, 설마 그만두시는 거예요?"

　　"아뇨, 강력계로 다시 옮깁니다. 아무래도 나는 그쪽 적성
인 것 같아서."

　　둘은 아직 새순이 돋지 않은 감나무 아래에 앉아서 자판
기 커피를 홀짝였다. 휘인이 먼저 그날에 대해 물었다. 소운
이 다소 과장을 곁들여 작전 당일에 벌어진 일을 늘어놓자,
중간중간 감탄사를 내뱉던 휘인은 그녀의 말이 끝나자 물
었다.

"제가 학사모 던진 기억을 갖고 계신 거죠?"

"떨어지는 학사모를 혼자 놓쳐서 콧등에 맞은 것까지 다 알고 있죠."

"이런, 그거 무덤까지 가져갈 비밀이었는데요."

둘은 동시에 웃음을 터뜨렸다. 쌀쌀한 초봄의 바람이 그들을 휘감고 지나갔다. 휘인은 새 직장을 구해, 한동안은 연수원에서 지내다가 초여름은 되어야 돌아올 것 같다고 말했다.

"혹시 집에 파란색 줄무늬 반팔 티셔츠 있어요?"

느닷없는 소운의 물음에 휘인이 눈을 이리저리 굴리며 생각에 빠지더니 이내 고개를 끄덕였다.

"있어요. 그런 건 누구나 하나쯤 있지 않나. 그런데 그건 왜요?"

"별거 아니에요."

휘인은 영문을 모르겠다는 듯 갸우뚱하다가, 시계를 보더니 점심시간이 끝나간다며 조만간 연락하겠다는 말을 남긴 채 자신이 들고 있던 핫팩을 쥐여주고 떠나갔다.

소운은 그 뒷모습을 끝까지 지켜봤다.

시술소에서 잠들어 있을 때 꾼 꿈이 다시금 떠올랐다. 초여름 강변에서 데이트와 햇빛을 가려주는 휘인의 다정한 손길. 그건 소망이었을까, 아니면 기억이었을까?

끝내 그것만큼은 알 수 없었다. 그러나 평생 어떤 기억들과 함께 살아가리란 건 분명했다. 한 사람에게서 비롯된 지극히 사적인 기억들, 그러나 이젠 나와 너와 그녀, 우리 모두에게 있는 기억들과 함께.

기억이 쌓여 추억이 만들어지고 추억이 쌓여 사랑이 된다면, 휘인, 그렇다면 나도 그녀처럼 너를 사랑한다고 말할 수 있는 것 아닐까. 나와 우리는 기억을 공유한 사이니까.

조금씩 날리는 눈발 사이에서 소운은 핫팩을 쥐고 있던 손을 펼쳐 눈가에 가까이 가져갔다. 찬 공기에 쌀쌀히 아려오는 코끝과 이마에 한 줌의 온기가 기억처럼 덮여가기 시작했다.

해피 메모리 투게더

문이소(F/SF작가)

「해피 메모리 투게더」는 마인드 업로딩과 다운로딩이 가능한 근미래를 배경으로 펼쳐지는 SF 수사물로 소중한 사람을 떠나보낸 이들의 로맨스가 더해져 장르적 즐거움이 배가된 작품이다. 타인의 기억을 추출해 자신의 기억에 넣는다는 기억삽입술을 소재로 과거와 현재, 너와 나의 기억을 넘나들며 사랑과 추억에 관한 이야기를 엮어냈다.

작가의 안정적인 문장력과 촘촘한 서사구조는 전체 응모작 중 단연 돋보였다. 서사적 묘미를 위해 인물을 대상화하거나 감정 과잉을 조장하지 않은 담백하고 우직한 연출력 또한 탁월했다. 소재나 세계관을 장황하게 설명하지 않고 서사에 자연스럽게 녹여낸 세심함도 좋았다. 가장 뛰어난 미덕은 이야기가 끝난 뒤 선물처럼 남는 여운이다. 사건이 해결되고 일상으로 돌아가는 주인공의 뒷모습을 보면서 독자는 죽음, 사랑, 추억에 대해 생각하게 된다. 지금 내 곁에 있는 소중한 이에게 다정히 인사를 건네고픈 마음을 느끼면서 말이다. 작가가 주인공과 함께 독자에게 따스한 추억을 선사하는 멋진 작품이다.

처음부터 알고 있었다고 한다면

조예나

조예나

한양여자대학교 문예창작과에 재학 중이다. 2023 SF스토리 공모전에서 「처음부터 알고 있었다고 한다면」으로 최우수상을 수상했다. 우연한 계기로 글을 쓰기 시작하여, 보다 좋은 글을 위해 고민하고 노력 중이다. 작가 소개란의 내용을 차차 늘려가는 것이 목표이다.

내가 이번 우주선 발사 프로젝트의 일원으로 최종 선정되었다는 사실을 알게 된 건 이미 할머니가 돌아가신 후였다. 최종 합격자 발표 전에 이미 할머니께 내가 선정되었다고 알려 드린 적이 있었다. 나로선 그게 거짓말이 아니게 되어서 다행이었다.

나사가 발견한 포탈은 발표 즉시 사람들의 이목을 끌었다. 수십 년 전 완공된 달기지 건설 프로젝트 이후 이런 큰 규모의 소식은 오랜만이었기에 더 화제였다.

하지만 중요한 건, 그저 포탈의 존재가 알려졌을 뿐이지 그에 대한 정보는 아무것도 없다는 것이다. 아직은 포탈을 대상으로 어떠한 조사도 진행되지 않았다.

따라서 그가 언제 생긴 포탈인 건지, 애초에 정말 '포탈'이라는 것이 맞는지, 사실 그냥 그렇게 보일 뿐은 아닌지, 만약 실제라면 그 너머에는 무엇이 있는지 등, 사람들이 궁금해하는 내용에 답을 내려 줄 수 있는 사람은 아무도 없었다. 그런데도 포탈은 과도한 관심을 받았다.

사람들은 포탈을 보며 그 너머를 상상했다. 그곳에는 또 다른 우주와 또 다른 지구가 있을 것이라 말하는 사람도, 포탈은 시간 여행 장치이며 건너편으로 가면 과거나 미래로 떨어지게 될 것이라 떠드는 사람도 있었다. 경고를 한답시고 제 몸만 한 표지판을 들고 거리를 돌아다니는 사람도 있었다. 표지판에 적힌 글은 외계인의 침공을 대비하라거나, 우리가 먼저 쳐들어가야 한다는 내용이었다.

나는 길을 걷다가 또 다른 지구의 땅을 미리 사 두자는 찌라시를 받고 한참을 바라봤다. 대체 무엇이 그들에게 확신을 주었는지 궁금했다. 분명 포탈은 우리가 발견하기 훨씬 전부터 그 자리에 있었다. 발견되고 나서도 아무런 변화 없이 계속 가만히 존재하기만 했다.

하지만 포탈은 자연스럽게 사람들에게 있어 무언가의 상징이 되어 있었다. 그리고 이제는 다들 진실을 알고 싶어 했다.

사람들의 기대와는 달리 조사는 잘 진행되지 않았다.

각국에서 앞다투어 정찰 우주선들을 보냈지만, 어째 죄다 중간에 원인도 모르게 파괴되거나 실종되었다. 항상 나사와의 연결이 함께 끊어져서 더는 그 위치조차 파악할 수 없었다.

많은 시도 가운데 가장 기대를 받은 것은 프로젝트 유리였다. 세계 몇 개국의 합작으로 이루어진 그 프로젝트는 일반 대중들의 이목을 끌기 위해서라는 이유로 우주비행사 유리가 탑승한 채로 진행되었다. 유리의 존재는 관심을 받기 충분했다. 유리 덕분에 프로젝트는 우주에 관심이 없는 사람들마저 그 이름을 알 수 있게 될 정도로 유명해졌다. 기대를 받은 만큼 지원을 받을 수 있었던 유리는 역대 가장 멀리까지, 그리고 포탈의 가장 가까이 다가가는 데 성공했다. 하지만, 그도 충돌을 피하지는 못했다.

우리가 알 수 있었던 건 유리의 우주선이 반파되었다는 사실이다. 그것이 충돌 직전의 유리가 본부로 보내려고 시도한 것 중 유일하게 우리에게 닿은 내용이었다.

우리는 끝내 저 너머를 알 수 없는 것인가, 하며 모두가 탄식하고 있기도 잠시였다. 그걸로 끝인 줄로만 알았던 유리가 연결이 끊어진 지 며칠 지나지 않아 다시 신호를 보내왔다. 포탈 너머에 도착했다는 내용이었다.

사람들은 포기에 가까웠던 유리의 신호에 크게 기뻐했다.

유리는 순식간에 모두의 영웅이 되었다. 유리의 얼굴과 이름이 뉴스의 1면을 장식했으며 오늘을 유리의 이름을 붙인 기념일로 제정하자는 목소리도 나왔다.

짧은 축제를 마친 사람들은 빠르게 다음 프로젝트 얘기를 꺼냈다. 로봇이 성공했으니 마땅히 인간의 차례라는 뜻이었다. 우주비행사 유리는 인간의 외형을 한 로봇, 안드로이드였다. 모두는 인간이 안드로이드에게 뒤쳐져서야 되겠냐며, 그의 뒤를 이은 인간 프로젝트로 관심을 돌렸다. 그리고 내가 참여하게 된 프로젝트가 바로 이것이다.

유리에 대해 떠들고 있는 기사를 보는 내내 사람들이 중요한 것을 놓치고 있다는 생각이 머릿속을 떠나지 않았다. 굉장히 이상했다. 유리가 보고한 내용은 '나는 포탈을 통과했다'가 전부였다.

그러니까, 그래서 통과한 포탈 너머에는 무엇이 있는지, 또 다른 우주가 맞긴 한 건지, 아니면 전혀 생각지도 않았던 무언가를 발견한 건지. 애초에 자신은 그곳에서 뭘 어떻게 하고 있는지. 아무것도 알 수 없었다. 유리의 그 한마디에서 다들 무얼 보고 있는 것일까. 이 현상을 마치 나만 이상하게 생각하는 것처럼 느껴졌다.

사람들은 모든 일에 있어 쉽게 질렸다. 꽤 주목받으며 진행되었던 휴대용 투명 디스플레이어 개발이나 해저 도시 건설 프로젝트는 기술의 한계라는 벽에 막혀서 제자리걸음이었다. 달기지 건설 완공이 무색하게 대규모 이주 프로젝트 같은 일도 없었다. '낭만'이라는 단어가 사용되지 않은지 오래였다.

사람들은 매사 효율을 따졌고, 지나치게 쓸모를 저울질했으며, 모든 것에 있어 그 가치만을 중요시했다. '그냥' '좋으니까' '하고 싶으니까' 이런 말들이 점차 드물게 사용되다 이제는 거의 암묵적으로 금기시되었다.

그러다가 포탈의 존재가 드러나게 된 것이다. 그래서 더 포탈에 관심이 쏠렸을지도 모르겠다. 정체를 알 수 없는 무언가의 너머에, 허무맹랑할지언정 내가 내심 원하고 있던 게 나를 기다리고 있을지도 모른다는 소리는, 진작에 낭만이 사라진 세상임에도 불구하고 모두가 아닌 척 한번 기대볼 수 있을 그런 솔깃한 말이었기 때문이었다.

프로젝트는 빠르게 진행되었다. 나와 같이 우주선에 타게 될 사람들을 만났다. 평소에도 늘 받아오던 훈련이 더 고강도 훈련으로 바뀌었다.

내 육체는 분명 아직 지구에 있었지만, 날이 갈수록 우주에 적응해가고 있었다. 훈련을 마치고 집으로 돌아갈 때마다 우주에서 지구로 귀환하는 느낌이었다.

프로젝트에 전 세계인들의 염원이 올라가 있었다. 그러나 사실 나는 이를 신경 쓰지 않았다. 그저 그 시간 동안 내내 내 할머니를 생각했다.

* * *

할머니의 꿈은 우주비행사였다. 언젠간 우주를 보리라, 지구를 떠나리라, 이 지긋지긋한 집안을 벗어나리라. 오랜 역사와 꾸준한 인기를 가진 식당의 맏이로 태어나 어렸을 적부터 자유가 없었던 할머니는 학창 시절 내내 그런 생각을 했다.

도서관에서 매일 과학 잡지를 읽었고 과학 서적을 빌렸다. 우주의 모습과 변화를 생생히 담았다는 비디오가 보고 싶어 큰맘 먹고 사서는 가족의 눈을 피해 방 깊숙한 곳에 숨겨 두었다가 가족 모두가 잠든 밤, 어두운 방에 홀로 앉아 이불을 뒤집어쓰고 화면 속 우주를 바라봤다.

끝없이 확장하는 까만 우주의 모습을 보면서 저곳 어딘 가에는 분명 제 자리가 있을 거라 확신했다. 할머니는 지금 지구에는 자신의 자리가 없다고 생각했다.

할머니는 점차 꿈을 구체화했다.

중학교를 졸업하고 고등학교로 진학할 즈음 나사는 달기지 건설 계획을 발표했는데, 그때부터 할머니는 그를 목표로 공부하기 시작했다. 물론 가족들에게는 비밀이었다. 숨기고 숨기다 입시 때가 돼서야 자신의 뜻을 밝혔다.

물론 부모님, 그러니까 나의 증조부는 크게 반대했다고 한다.

그거 해서 뭘 벌어먹고 살겠다는 소리냐, 얌전히 식당이나 물려받을 것이지 너 아니면 식당은 어떻게 하냐, 왜 사서 고생을 하려고 하느냐. 할머니는 그런 반응을 충분히 예상했기 때문에 곧바로 근 십 년간 모아 온 자료들과 앞으로의 계획을 꺼냈다.

긴 논쟁 끝에 증조부는 두 손 두 발 다 들었다.

할머니는 천문학 전공에 광물학 부전공으로 지망 대학에 입학했다. 금전적 문제는 전적으로 집안의 지원을 받아 해결했기에 공부에만 집중할 수 있었다. 그렇게 그녀가 바쁘게 학교에 다니는 동안 달기지 건설 또한 무사히 진행되었다.

할머니는 높은 성적으로 학교를 졸업하고 대학원에 진학했다. 그때 할머니에게 새로운 기회가 나타났다. 한창 진행 중이던 달기지 건설에 필요한 인원이 늘어나면서 공개적인 2차 우주비행사 모집을 시작한 것이다.

할머니는 재빨리 현재 제 상태를 점검했다.

천문학 석사에 광물학 학사인 할머니는 영어와 중국어, 불어 가능자였으며 신체는 문제가 될 만한 흠이 없었다.

미리 준비해 두었던 지원서를 재차 점검하고는 곧바로 지원했다. 오랜 기간 할머니를 바로 옆에서 바라본 가족들 또한 이제는 전부 그녀를 응원했다.

할머니는 우주로 간다는 생각만 했다. 더는 그것이 단지 지구를 떠난다, 집안을 벗어나겠다는 의미가 아니었다. 할머니는 우주로 가는 것을 원하고 있었다.

하지만 결국 할머니는 우주로 가지 못했다. 지원서 접수 몇 개월 뒤 원만하게 서류 전형 합격 통지를 받은 할머니는 이후 면접을 위해 미국 워싱턴으로 출발했다.

그러나 공항에 도착하기도 전, 사각지대에 있던 오토바이를 보지 못한 대형 버스의 사고에 휘말렸다. 그녀는 의식을 잃은 채로 병원으로 이송됐다.

그녀가 깨어나자마자 의료진에게 가장 먼저 물은 것은 날짜였고, 그날은 바로 면접일이었다. 또한 할머니의 한쪽 발목은 사고 차량 앞바퀴에 말려 들어가는 바람에 절단되어 있었다.

물론 장애인이라고 지원을 할 수 없는 것은 아니었다. 당시에도 의족을 착용하고 훈련받는 우주비행사가 있었으니까. 하지만 그는 이미 오래전부터 의족 생활을 하던 사람이었으며, 그 밖의 다른 우주비행사들은 선천적인 경우거나 몸에 칼을 대지 않은 경우였다. 그때 할머니의 상황과는 크게 달랐다.

가장 중요한 것은 그녀의 의지였다.

할머니는 애초에 처음부터 생에 단 한 번뿐인 기회라고 생각하며 뛰어든 일이었다. 그렇게 한번 꺾인 마음은 쉬이 회복되지 못했다. 재활을 거부하고 병원에 남아 오랜 시간을 병상에서 보냈다.

가족의 끈질긴 설득과 애원으로 겨우 의족을 착용했다.

뒤늦게 시작한 재활은 예정보다 수년이나 더 걸렸다. 퇴원 이후 할머니는 혼자 멍하니 보내는 시간이 길어졌다. 그리고 그대로 부모님의 식당 일을 도왔다.

식당은 할머니가 처음으로 부모님께 우주비행사 얘기를 꺼냈던 그 시절과 크게 다르지 않았다. 꾸준히 계속 이어지고 있었다. 증조부가 할머니의 우주행을 반대할 적에 했던 말과 같았으며, 한순간에 끝나버린 할머니의 꿈과 반대였다. 그때 할머니의 나이는 삼십 대 초반. 지금의 내 나이와 비슷했다.

* * *

내가 할머니의 사연을 이토록 자세하게 알고 있는 이유는 단지 할머니가 직접 말했기 때문이다.

할머니의 앞에 앉아 처음 이 얘기를 듣기 시작한 그때의 나는 아직 학교도 들어가지 않은 어린애였다. 할머니는 그날 이후 우주에 대한 꿈을 완전히 접었다고 말하며 웃었다.

할머니의 그 말을 믿을 수 없었다. 그러니까, 말하는 할머니의 눈이 빛나고 있었기 때문이었다.

나는 우주에 큰 관심이 없었다. 그래서 우주 얘기를 하시는 할머니를 보며 그저 할머니의 눈에 집중했다.

분명 듣는 사람은 바로 앞에 있는데 어딜 보고 있는지 알 수 없는, 아득히 먼 어딘가를 바라보는 할머니의 눈. 그 순간만큼은 세상의 어떤 것보다도 할머니의 눈이 빛났다고 생각했다.

할머니는 사실 이와 똑같은 이야기를 그때의 나와 같은 나이의 내 아버지에게 했었지만, 나와 달리 아버지는 별로 반응이 없었다고 했다. 그것이 못내 아쉬웠던 할머니는 그로부터 30년이 지나 태어난 나에게도 털어놓은 것이다.

이 사실만으로도 할머니가 꿈을 버렸다는 말을 믿기 힘들었다.

대체 우주라는 게, 꿈이라는 게 무엇이기에 사람의 눈을 저렇게 빛나게 만들고 또 사람을 거짓말쟁이로 만드는지 생각했다.

어린 시절부터 수십 년을 그려왔음에도 한순간의 사고로

송두리째 잃어버린 꿈을, 다시 도전할 용기는 없지만 그렇다고 완전히 버릴 수는 없는 그런 꿈을. 다 커버려 할머니가 꾸었던 우주비행사가 되어 있는 지금도 여전히 할머니의 말뜻을 이해하지 못했지만, 할머니의 눈이 내가 어릴 때와 마찬가지로 꾸준히 빛나고 있음은 알았다. 그리고 대체 무엇이 그 빛을 만들어 내는지 궁금했다.

* * *

수십 년이 지난 후에야 그 눈빛을 가진 사람을 한 명 더 만났다.

이번 프로젝트의 우두머리인, 선장님. 지난 수십 번의 비행으로 쌓아 올린 압도적인 경력과 눈부신 활약. 우주에 관심이 전혀 없는 일반인도 이름만 들으면 바로 떠올릴 수 있는, 최고의 인지도를 자랑하는 우주비행사. 베테랑 중의 베테랑, 전 세계인이 인정하는 우주 영웅. 이것들은 전부 내가 지난 오랜 시간 동안 선장님에 대해 들어 온 빙산의 일각이다. 좀 과한 것 같으면서도 선장님은 이 모두를 충족하고 있었다.

선장님과의 첫 대면은 본격적인 훈련이 시작되기 전, 프로젝트의 동료들이 처음으로 한자리에 모였을 때였다. 이 프로젝트의 인원은 총 네 명이었다. 임무 전문가인 나와 동기, 선장 보조이자 조종사인 선배님, 그리고 선장님.

먼저 도착해 두 사람을 기다리고 있던 우리에게 선장님과 선배님이 나타났다. 선장님은 분명 마흔이 훌쩍 넘은 나이었음에도 삼십 대, 잘하면 이십 대 후반으로도 보일 정도로 동안이었다. 책 속의 사람이나 TV 속 연예인을 실제로 보는 느낌이었다.

동기는 저 멀리서 나타난 선장님을 발견하자마자 내 팔을 잡고 흔들며 호들갑을 떨었다.

언젠가 우주비행사 면접을 준비하고 있던 내게, 병상에 누워 계시던 할머니가 잡지에 실린 선장님의 인터뷰를 읽어주신 적이 있었다. 나는 그럴 때마다 남이 잘나서 성공한 얘기 들어봤자 뭐하나, 싶으면서도 할머니의 눈을 보기 위해 잠자코 그 자리를 지켰다. 교육생 시절 동료들의 입에서 가장 많이 거론된 사람도 선장님이었다. 우리가 우주비행사로서 첫 걸음을 시도 하던 때 선장님은 첫 비행에 성공했고, 그때의 선장님의 활약은 이제 눈 감고도 외울 수 있을 정도였다.

넷이서 얼굴을 마주 보며 둘러앉았지만, 나와 동기는 여전히 어색하게 눈치만 보고 있었다. 긴장한 우리를 알기라도 했는지 선배님이 먼저 어쩌다 우주비행사가 됐냐며 물었다.

동기는 외과의사였다. 평생을 병원에서 살았지만, 그러다 이번 프로젝트 소식을 듣고 약간의 환상과 함께 이쪽으로 뛰어들었다고 한다.

동기의 말을 들은 선배님은 가족 대부분이 천문학 종사자여서 자연스럽게 어렸을 때부터 우주에 관심이 많았고, 우주비행사가 되기 위한 정석적인 길을 밟아왔다고 했다.

두 사람은 뭔가 서로 정반대라면서 웃었다.

이런 순간마다 정말 곤란했다. 뭐라 할 말이 없었다. 처음 우주비행사가 되겠다 마음먹었을 당시의 나는, 그저 너무 이른 나이에 저버린 할머니의 꿈을 다시 우주로 보내주고 싶었을 뿐이었다.

할머니는 분명 건강했지만, 언제나 아득한 어딘가를 보고 바랐기 때문인지 그리 많지 않은 연세부터 시름시름 앓았다.

할머니는 다시 병상에 누운 후에도 여전히 우주 얘기를 했다. 매일 같이 나사 공식 계정의 새글을 확인했다. 병실 텔레비전에는 늘 우주 다큐멘터리가 틀어져 있었다. 재미 없는 거, 그냥 드라마나 보자는 옆 사람의 원성을 들어가며 봤던 다큐는 할머니의 상태 악화로 인해 옮겨진 1인실에서나 상시 재생되었다.

입으로는 우주를 꿈꾸지 않는다고 말하면서 눈으로는 우

주를 올려다보시는 할머니에게 뭐라고 감히 물을 수 있는 사람은 없었다.

그리고 언젠가 할머니에게 물었다.

"할머니, 사실 아직도 우주에 가고 싶으신 거죠?"

할머니는 웃으며 부정했다. 그러나 나는 굴하지 않고 말을 이었다.

"그게 아니라면 왜 매일 우주를 보시는 건가요?"

이번에는 할머니에게서는 어떠한 말도 나오지 않았다.

잠자코 기다리던 나는 면회 시간이 지나버려 결국 답을 듣지 못하고 병실을 나와야 했다. 다음 날, 같은 시간에 찾아간 할머니는 어제 못다 한 대답을 했다.

"그럴지도 몰라."

창문 너머를 바라보는 할머니의 표정이 보이지 않았다.

"하지만 후회되지는 않아. 아마 나는 다시 도전하진 못했을 거란다. 그러기엔 너무 자존심이 셌으니까."

"자존심?"

"포기는 했지, 포기는 했는데, 버리진 못한 거야. 우주에 나가보고 싶다는 그 마음을……. 뭐라고 말하기가 어렵네. 꿈이라는 게 그런 거란다."

꿈이라는 게 뭘까, 꿈이라는 게 뭐길래 그러는 걸까. 뭐길래 그럴 수 있었을까. 어떠한 궁금증도 해소되지 못한 채로 새로운 의문만이 늘어났다. 그래도 그날 이후 할머니는 나에게만큼은 조금 솔직해졌다.

처음에는 분명 집과 세상과 지구로부터의 탈출이었지만, 공부하는 과정에서 '새로운 세계'에 대한 열망이 생겨났다고 한다.

더는 탈출이 아닌 모험이었다.

새로운 곳을 향한 발돋움. 알고 싶다는 욕망. 할머니는 고등학생 때의 내가 우주비행사가 되겠노라 선언했을 때, 그 선언이 나의 꿈이 아닌 할머니의 꿈을 위한 것임을 꿰뚫어 봤기에 응원보다는 안타까워했다.

"나 대신 우주에 나가는 거라면 그럴 필요 없단다."

"할머니의 꿈을 이뤄드리기 위해…… 우주비행사가 되기로 한 건 아니에요."

"그럼 그게 너의 꿈이니?"

아무 대답도 하지 못했다.

이렇게 하면 할머니를 기쁘게 해 드릴 수 있으리라 생각했다.

마침 나는 꿈이라는 게 뭔지 모르고, 그래서 꿈이 없고, 할 것도 없으니 이왕 할머니의 잃어버린 꿈이라도 이뤄드릴 수 있으면 좋지 않을까, 하는 단순한 이유였다.

몇 년 전 모 가전제품 기업에서 신제품으로 가상 현실 기기를 출시한 적이 있었다. 거대한 캡슐처럼 생긴 그 기기는 간단한 버튼 조작만으로도 탑승한 사람을 가상 현실에 접속시켰다.

통칭 MVR(Machine of Virtual Reality)은, 무엇보다도 그 간편함 덕분에 출시 직후 엄청난 인기를 끌었다.

방구석에 누워 세계 여행을 간다는 말이 구식이 된 시대, 이제는 방구석에서 우주까지 갔다. 영화관이 빠르게 쇠락해진 것에 비해 MVR을 가져다 놓고 시작한 장사는 날이 갈수록 번성했다.

언제 그 가게로 할머니를 모시고 가 가상 우주 체험을 한 적이 있었다. 그날 기기에서 내려오는 할머니는 어쩐지 기분이 썩 좋지도 나쁘지도 않아 보였다. 당연히 기뻐하실 줄 알았는데, 잘 이해되지 않았다. 그때 내 기분이 딱 그거였다. 기뻐하실 줄 알았는데.

할머니는 나사의 포탈 발견 소식이 세간에 공표되자 어떻게 관련 업계 종사자인 나보다 먼저 그 소식을 알았는지, 눈을 빛내며 신나라 했다.

물론 나더러 저길 가라는 얘기를 한 건 아니었지만, 그런 할머니를 보며 다짐했다. 내가 반드시 포탈을 통과해야겠다고. 더는 할머니를 위해서가 아니라, 그게 내 꿈이기 때문도 아니라, 단지 사람의 눈을 빛나게 하는 것이 무엇인지를 알기 위해서였다.

진작에 포기했지만, 버릴 수는 없으며, 남이 이뤄 주기를 바라지도 않는, 여전히 사람의 눈을 빛나게 하는 것. 내가 보고 자라 온 것이 우주를 보며 빛나는 할머니의 눈이었기 때문에 나는 그것이 우주에 있다고 믿었다. 그래서 나는 우주비행사가 되기로 했다.

하지만 어떻게 그걸 그렇다고 말하겠는가.

나는 그냥저냥 답했다. 평범하게, 오래전부터 우주를 꿈꿔 왔던 척, 무한한 동경인 척 꾸몄다.

글쎄요, 저는 꿈이 뭔지도 모르겠고 그저 사람의 눈을 빛나게 하는 게 우주에 있다고 생각해서 그 긴 시간 동안 죽어라 공부하고 훈련해서 여기까지 왔어요, 라는 말은 내가 들어도 이상했다.

그래도 다행히 두 사람은 의심 없이 고개를 끄덕여 주었다.

마지막은 선장님의 차례였다.

선장님은 잠시 무언갈 생각하는가 싶더니, 반짝이는 눈과 장난스러운 표정으로 이제까지 단 한 번도 공개하지 않았던 얘기를 해주겠다며 웃었다.

"나는 외계인 친구가 있어, 그리고 그 친구를 만나기 위해 우주비행사가 되었지."

선장님의 말에 도통 어떻게 반응해야 할지 몰라 가만히

있었다.

예전부터 선장님과 알고 지내던 선배님도 처음 듣는 눈치였다. 정적을 깨고 누군가의 멋쩍은 웃음소리가 이어졌다. 아마 우리 세 명중 하나였을 것이다. 그렇게 우리가 웃자 선장님도 따라 웃었다. 선장님의 말을 진담으로 받아들인 사람은 한 명도 없었을 거라 생각했다.

* * *

우주 공간에 진입한 우주선이 완전히 분리된 이후, 몸에 고정된 안전장치를 풀어내고 유영하듯 앞으로 천천히 나아갔다. 거대한 유리창 너머로 우주가 보였다. 그제야 내가 정말로 우주에 나왔다는 사실이 실감 나기 시작했다.

기분이 이상하고 속이 울렁거렸다.

자연스럽게 할머니를 떠올렸다. 할머니가 소녀 시절 품고 있었던 그 꿈을, 할머니는 원하지 않았지만, 내가 이어받아 우주로 나온 것이다.

그런 감상도 잠시, 며칠이 지나자 빠르게 심드렁해졌다. 그냥 지상에서 보던 것과 별반 다를 게 없다는 생각만 들었다. 비행사들이 내내 신경을 곤두세우고 있어야 하는 시절은 지났다. 대부분은 자동 항법 기능이 알아서 처리한다. 배정된 자리에 앉아 자동 항법 기능의 보조를 맞추는 것이 내일의 전부였다.

굳이 우주로 사람이 나올 필요가 없다는 생각이 들었다. 그야 인류가 안드로이드에 뒤처질 수 없다는 말은 이해하지만, 결국 그 안드로이드도 인류가 만들어 낸 과학의 산물이 아닌가.

우리는 그저 일정한 기간 단위로 본부에 우리가 별 탈 없이 잘 있음을 알리고, 관측을 통해 가끔 새롭게 발견한 것들을 취합해 보고했다. 단순히 포탈을 무사히 통과해 그 너머에 무엇이 있는지 확인하는 것만이 우리가 우주에 나온 이유요 유일한 목적이었다. MVR을 통해서 봤던 우주와 지금 내가 보고 있는 우주가 뭐가 다른지 잘 알 수 없었다.

훈련생 시절 동료들의 말을 듣다 보면 우주라는 건 낭만 그 자체였다. 우주로 나가게 되면 분명 나라는 존재에 대해서는 전부 잊어버리고, 속절없이 빠져들 것이라 떠들었다. 하지만 정작 실제로 마주한 우주는 그저 조용하고 어두울 뿐이었다. 내게는 마치 자기가 언제 그런 약속을 했냐고 묻는 것처럼 보였다. 방금 지나친 별이 어제 지나친 별과 같은 별인지 다른 별인지 구분할 수 없었다. 자세히 보면 분명 달랐을 테지만, 왠지 그러고 싶지 않았다. 그렇다는 사실을 확인하고 싶지 않았다.

이미 이런 식의 비행을 여러 번 겪어 온 선장님과 선배님은 덤덤했다.

그러나 이번이 첫 비행인 나와 동기는 달랐다. 쉽게 적응할 수가 없었다. 우리는 우주 공간에 진입한 이후의 실무에 대해 오랜 시간을 들여 질리도록 교육받았지만, 교육으로 접한 것과 직접 경험하는 것은 아무래도 크게 달랐다.

이게 우주인가, 이게 우주비행사인가, 이게 정녕 눈을 빛내는 이유인가? 일종의 환상이 깨졌다고 볼 수 있었다. 시간이 지날수록 나날이 불만이 쌓여갔지만, 그렇다고 해서 이를 솔직히 말할 수도 없었다. 우리는 종종 일과를 끝낸 다음 구석에 찌그러져 구시렁거렸다. 여태껏 배워 온 것과 그렇게 크게 다르지는 않지만, 그래도 이건 너무하지 않냐는 말이 대화의 전부였다.

어느 날 동기는 가만히 제 의사 시절을 복기했다.

"그렇게 힘들게 의사가 됐으면서 막상 수술실로 들어가 의료 장비를 손에 쥐면, 살 수도 있는 환자를 내가 죽여버릴 것 같은 마음만 자꾸 들어 무서웠어. 하지만 손에서 놓는 순간, 내가 아무것도 아닌 사람이 된 것 같다고 느껴져서 두려웠어. 그대로 도망친 거지, 도망친 거야. 그래서 나는 내가 나로서 있지 않아도 될 것 같은 공간으로 떠나온 거고⋯⋯ 처음부터 그 생각이 잘못됐던 거였을까. 우주를 도피처로 삼아서는 안 됐어. 하지만 난, 그저 우주가 보고 싶었을 뿐인데. 이제는 나도 잘 모르겠어."

눈물을 간신히 참던 동기는 결국 울기 시작했다.

동기의 말은 얼추 이해하겠지만, 마음은 이해하지 못하는 나는 그저 어깨만 두드려 주었다. 그렇구나, 너도 무언가를 보고 있구나, 싶었다. 손으로는 여전히 어깨를 두드리면서 나는 고개를 들어 창 너머의 우주를 바라봤다. 여전히 조용했다.

나는 할머니가 우주에 실제로 나오지 않고 돌아가신 게 다행이라는 생각이 들었다.

그렇게 아무 일도 없는 채로 우주 공간을 떠다니던 어느 날, 착륙할 수 있는 조건을 충족한 행성이 발견되었다. 내가 보기엔 기적이었다.

흥분한 선배님과 동기가 선장님을 보채기 시작했다. 나는 옆에서 그런 둘과 선장님을 번갈아 바라봤다.

선장님이 고민 끝에 본부로 해당 사실을 알리고 우리에게 지시를 내렸다.

신나서 장비를 챙기는 두 사람을 도왔다. 드디어 우주 탐사다운 일을 하게 될 것 같다는 생각이 들었다.

이제까지 우리가 해 왔던 일이 우주 탐사가 아니라는 말은 아니지만, 직접 탐사는 또 다를 것 같다는 막연한 추측을 했기에 더 그랬다. 아직도 우주의 어떤 것이 할머니의 눈을 빛나게 했는지 궁금했으므로, 우주에 물리적으로 한 걸음 더 가깝게 다가가면 뭐가 또 다르지 않을까, 하는 기대였다.

모두가 우주복을 착용한 다음, 우주선 내부와 외부와의 기압을 조절했다. 출입구 개폐 레버를 당겼다. 이걸 당기는 것조차 처음인 것 같다고 생각했다.

행성의 중력은 꼭 지구의 4분의 1 남짓이었다. 따라서 충분한 대기는 존재하지 않았고, 덕분에 사방이 깨끗해서 별들이 더 선명하게 보였다.

장비를 들고 다니며 선배님을 쫓아다녔다. 활보하는 선배님의 뒷모습이 무척 즐거워 보였다. 일단 우주선 바깥으로 나왔다는 것에 의의를 뒀다. 지구에서 바라보는 우주와 우주선의 선체에서 창을 통해 바라보는 우주, 그리고 지구 아닌 다른 행성에서 바라보는 우주는 전부 달랐다.

무심코 그 광경에 정신이 팔렸음을 인정한다. 그러나 여전히 이것을 위해 인생을 바친다는 것은 감이 잡히지 않았다.

복귀하는 길, 우주선 앞에 서 있는 동기는 그날처럼 울고 있었다. 하지만 눈물이 그날과는 달랐다. 눈물을 흘리는 동기의 눈에 스치는 빛을 발견했다. 내가 찾던 바로 그 빛과는 완전히 같지는 않았지만, 그 순간 눈치챌 수 있었다. 이 사람은 지구로 돌아가 다시 수술실로 향할 것이라는 사실이다. 우주를 봤다고 해서 당장 손의 떨림이 없어지지는 않을 것이다. 하지만 꿋꿋하게 다시 수술 장비를 손에 들 것을 알았다.

나는 동기를 달래기 위해 헬멧 창을 문지르며 눈물을 닦는 시늉을 했다. 동기의 시선이 닿는 곳을 나도 바라봤다. 그저 막연한 우주가 펼쳐져 있을 뿐이었다.

나를 남겨두고 또 다들 무언가를 저마다 깨달아가고 있었다. 이제는 이해되지 않음을 넘어서서 부러웠다.

관측을 마무리하고 우주선에 들어가기 전, 다 같이 일렬로 지구가 있을 방향을 향해 섰다. 나는 무심코 옆을 돌아봤고, 그곳에는 마치 처음부터 지구에는 관심이 없었다는 양 우리와 정 반대쪽, 그러니까 포탈의 방향을 바라보고 있는 선장님이 있었다.

* * *

정찰 우주선들이 신호가 끊겼던 시점의 위치는 규칙성이 없어 보이면서도 전체적으로 보면 묘한 배치였다. 어떤 공통점이 있다는 가정 아래, 우리는 신호가 끊어질 법한 위치를 미리 특정해 두는 등 그들이 신호가 끊어졌던 원인은 파악하지 못했지만, 일단 그에 대해 어느 정도 대비하고 있었다.

우리의 대비가 무색하게 위기는 갑작스레 찾아왔다. 레이더가 감지하지 못한 소행성 지대가 우주선의 앞에 나타났다. 레이더를 교란하는 특정 우주 복사 에너지가 관측되는 지점이었다. 순간 자동 항법 기능마저 제대로 기동하지 않아서, 선장님이 재빠르게 조종간을 잡았다. 이런 일은 처음이었다. 선장님은 이렇게 직접 조종하는 일은 훈련을 제외하면 굉장히 오랜만이라며 마냥 웃어넘길 수 없는 농담을 했다.

쏟아지는 소행성과 우주 쓰레기들 사이를 지나가며 선장님이 없었다면 우리도 진작에 정찰 우주선들 꼴이 났을거라는 생각이 들었다. 선장님은 조종간을 잡은 것이 자동 항법 기능이었다면 절대 선택하지 않았을 법한 경로로 이동했다.

모든 소행성과 그 파편들을 피하지는 못했다. 몇 번 엔진이나 기타 부위가 손상되었는지, 정확히 어느 부분이 타격을 입었는지가 화면 위로 정신없이 떠올랐다. 빨간 글씨의 경고 문구가 선내를 빼곡하게 뒤덮었다.

우리는 그간 받아온 수년 동안의 훈련을 복기하며 주어진 자리를 지켰다. 겨우 소행성 지대를 벗어난 우리를 기다리고 있던 건 중성자별의 충돌로 인해 생성된 블랙홀이었다. 그를 가까스로 피한 우주선은 그 여파로 천장과 바닥이 구분되지 않을 정도로 빙글빙글 돌다 못해 항로를 이탈했다. 순간 우리는 전부 정신을 잃었다.

뒤늦게 깨어나니 사방이 어두웠다. 규칙적으로 깜박이는 붉은 불빛을 제외하면, 내 눈에 보이는 것은 별빛뿐이었다. 우리보다 조금 이르게 깨어나 간신히 일부 정상화된 자동 항법 기능이 필사적으로 항로를 재탐색하고 있었다. 그 노력이 무색하게 계속해서 오류가 발생했다. 본부와도 연락이 끊어졌다. 우리는 지금 우주 미아 상태였다.

이럴 때 가장 중요한 것은 쉽게 절망하지 않는 것이겠지만, 나는 너무 쉽게 절망했다. 포기한 것에 가까웠다. 내 것이 아닌 꿈을 가지고 시작한 것이 잘못이라고 생각했다. 할머니가 극구 말렸는데도 떠난 내 탓이었다.

내 개인 공간에 틀어박혀 창문을 손끝으로 더듬거리다 조용히 이마를 댔다. 할머니가 우주로 나오지 않아 다행이라고 다시 생각했다. 그랬다면 분명 실망했을 것이다. 평생을 꿔 온 꿈인데, 기대했던 것만큼 볼 것이 없다고. 우리는 이렇게 창문에 이마를 대고 있는 일 말고는 할 수 있는 게 아무것도 없다고.

어쩌면 할머니는 우주에 대해 정확하게 알지 못했기 때문에, 계속해서 눈을 빛낼 수 있었던 것일지도 모른다는 생각이 들었다. 그렇다고 운이 좋았다고 말하고 싶지는 않았다.

우리는 물자 파악에 심혈을 기울였다. 가장 가까운 우주

정거장 또한 어디 있는지 알 수 없는 상황이기에 가지고 있는 선에서 최대한 오래 버텨야 했다.

날이 갈수록 말수가 점점 줄어들었다. 어느 날은 필요 이상으로 많아졌다. 매일이 살얼음판이었다. 불안에 떠는 나와 동기를 안쓰럽게 보던 선배님은 필사적으로 분위기를 바꾸려 애썼다. 하지만 그 필사적임이 너무 잘 보였기에, 역으로 더 불안해졌다. 하지 않으려고 애썼던, 죽음이라는 소재가 자주 화두에 올랐다. 그때의 우리는 누가 봐도 곧 우주에서 생을 마감할 사람들이었다.

우리는 죽기 전에 하고 싶었던 일을 이야기했다. 동기는 죽기 전에 우주로 나와보고 싶었을 뿐이니 이제 나는 죽어도 여한이 없다고 했다가, 다음날에는 내가 왜 여기서 이렇게 죽어야 하냐며 울부짖었다.

선배님은 우주의 먼지가 되다니 이렇게 낭만적일 수가, 하고는 바로 다음 날, 낭만이 밥 먹여주고 살려주는 것도 아닌데 무슨 낭만 타령이라며 웃었다.

나는 이번에도 대화에 끼어들지 못했다. 인제 와서 죽기 전에 하고 싶은 일이 있을 리가 없었다. 이대로 죽으면 억울할 것 같긴 했지만, 죽지 않는다고 한들 하고 싶은 일이 있지도 않았다. 내가 그토록 바랐던 것이 뭐였는지 이제는 가물가물했다. 그저 할머니의 눈이 다시 보고 싶었다. 이렇게 직접 우주까지 나왔는데도 그래서 그 눈을 빛나게 했던 건 무엇이었는지 알아내지 못했다.

* * *

내내 조종간 앞을 떠나지 않던 선장님이 오랜만에 식사 자리에 함께했다. 초췌한 몰골을 한 선장님은 마찬가지로 나사 하나씩 빠져 보이는 우리를 보며 웃었다.

"힘들어 보이네, 내가 옛날이야기라도 해줘야겠다."

이 사람이 진심인가 싶어 고개를 들었지만, 선장님의 옛날이야기는 이미 시작된 후였다.

선장님이 초등학교 때 만났던 친구에 대한 이야기였다.

선장님은 그 친구와 처음으로 대화를 나눴던 순간을 유난히 자세하게 묘사했다. 그러니까 어느 하굣길 이상하게 집에 들어가기 싫었던 날, 끼익하는 소리를 따라서 홀린 듯 옮긴 발걸음의 끝에는 작은 놀이터가 있었고, 그곳에는 고양이와 나란히 그네에 앉아있는 친구가 있었다고 한다. 선장님은 친구가 자기를 눈치채기도 전에 물었다.

"너, 고양이 말, 할 수 있어?"

놀란 친구는 잠시 가만히 있다가, 고개를 뒤로 젖혀가며 웃었다. 하하하, 그날 친구는 선장님에게 자신이 외계인임을 밝혔다. 자신은 망해가는 고향별 대신 새로운 별을 찾기 위해 파견된 외계인 중 하나로, 지구에 위장 전입을 하고 있다 했다. 그런 걸 함부로 알려줘도 되냐 묻자, 친구는 태연하게 그랬다.

"누구에게라도 말하고 싶었어. 단지 그뿐이야."

그날 둘은 선장님을 찾는 부모님의 연락이 올 때까지 대화를 나눴다.

기운을 북돋아 주려는 노력을 알겠지만 이건 좀, 뭔가 이상했다. 눈을 빛내는 것이 무엇인지 찾기 위해 우주로 나온 나보다도 이상한 사람이 있을 줄은 몰랐다. 떨떠름한 표정을 뒤로 숨기며 들었다. 하지만 어쩐지 이야기가 진행될수록 집중됐다. 약간 구연동화를 듣는 마음으로 들었다.

"어디까지 했었지? 그래, 학교 얘기를 하다 말았구나. 친구는 외계인이라 지구 음식은 먹을 수 없는지 급식을 먹지 않았어. 가끔 짓궂은 학생들이 급식비를 낼 돈이 없냐며 놀렸지. 그런 애들로부터 친구를 지키는 게 바로 내 역할이었고. 이건 나와 친구가 나란히 진학한 중학교, 그리고 고등학교까지 계속 이어졌어. 친구는 체육 시간이 있는 날마다 늘 어딘가에 숨어서 옷을 갈아입곤 했는데, 그러던 어느 날 우연히 친구의 등을 보게 됐을 때 나는 그걸 이해했어. 등에 파랗고 노란 멍이 무수하게 나 있었거든. 아마 걔 성격상 남에게 이런 건 보여주면 일이 더 귀찮아진다고 생각했겠지. 나는 심각한 투로 물었지만, 친구는 그저 웃을 뿐이었어. 그 때 걔가 뭐라고 했냐면, 가족 중에서 자기만 외계인이라서 말이 안 통한다고 하더라고. 말이 안 통하니까 입을 다물게 되고, 입을 다물면 입을 열라고 소리를 지르고. 그 과정에서 손찌검이 오갔지만, 자기한테는 사람이 한주먹거리도 안 된다는 사실을 알고 있기 때문에 반격할 수가 없었다나 뭐라나. 나는 그 얘기를 듣고 순간적으로 웃어넘길 뻔했다가 이건 그런 말로 넘어갈 수 있는 일이 아니라는 생각에 마음을 고쳐먹었어. 아무리 걔가 외계인이고 상대방보다 세다고 해도 계속 맞아준다는 건 정당하지 못하잖니. 그래서 이 친구를 집에서 떨어뜨려놔야겠구나, 다짐했지."

선장님은 친구를 자주 자신의 집으로 데리고 갔다.

둘은 방바닥에 배를 대고 누워 책이나 전자기기 따위를 펼쳐 놓고는 그 안의 우주를 들여다봤다고 한다. 선장님은 종종 친구에게 네 고향은 어디 있냐며 물었지만, 친구는 항상 아무것도 없는 우주 어딘가 애매한 곳을 짚을 뿐이었다. 그게 뭐냐며 제대로 알려달라 툴툴댔지만, 친구는 그저 웃었다.

"사실 나노 잘 몰라. 이 우주가 아니라서 그래. 그러니까…… 나중에 나랑 같이 가자. 나랑 같이 우주비행사가 되

자. 널 내 고향에 초대할게."

선장님은 웃으며 그러자고 했다. 친구가 자기 집에서 보내는 시간이 길어질수록 친구와 친구네 가족 사이의 갈등은 심해진다는 걸 몰랐기에 마냥 웃을 수 있었다.

선장님은 잠시 말을 멈추고 창밖을 바라보았다. 선장님은 말을 멈출 때마다 꼭 창 너머의 어딘가를 응시했다. 그 눈길을 쫓으려고 해도 당최 선장님이 어디를 보는 건지 알 수가 없었다.

선장님의 친구는 고등학교를 졸업하기 얼마 전, 선장님에게 쪽지를 남기고 고향으로 먼저 떠났다고 한다. 쪽지의 내용은 단순했다. '먼저 고향으로 가. 같이 가기로 약속했는데 미안해, 보고 싶을 거야.' 친구가 남긴 쪽지를 발견한 이후 선장님은 곧장 친구의 집으로 향했다. 고향으로 떠난 친구가 지구에 남기고 간 인간의 육신을 제일 먼저 발견한 사람은 선장님이었다. 선장님은 친구의 손목에 걸려 있는, 자신과 같이 맞추었던 팔찌를 빼내어 주머니에 찔러 넣고 나서 신고했다고 한다.

항상 같은 디자인의 팔찌 두 개를 차고 계시던 선장님이었기에, 살짝 궁금하긴 했었다. 다만 이런 이유일 거라곤 상상도 못 했다. 황당했다. 선장님의 말이 진심인지 정확히 알 수 없었다. 그 친구라는 사람은 그냥 자살했다는 것 말고는 달리 생각이 되지 않았다.

주위를 슬쩍 보니 다른 두 사람의 반응도 나와 비슷해 보였다. 그러나 빛나는 눈으로 창밖을 바라보는 선장님의 옆얼굴에 대고, 뭐라고 감히 물을 수 있는 사람은 없었다. 선장님은 믿고 있었다. 외계인이라는 그 친구를, 그리고 다른 우주에 있다는 친구의 고향을 말이다. 선장님이 포탈 너머에 가고 싶어 한 이유는 친구를 만나기 위해서였다. 이제껏 선장님이 한 얘기가 전부 자신에게만큼은 거짓말이 아니었다는 것을, 그제야 알았다. 상황이 이렇게 되었음에도 여전히 빛나고 있던 선장님의 눈은, 단지 그 이유였다.

그날의 유리는 포탈을 통과했다는 연락을 마지막으로 다시는 그 어떠한 신호도 보내오지 않았다. 사람들은 한참의 시간이 지난 후에서야 유리의 상태를 파악했다. 그는 이미 오래전부터 동력을 잃은 채로 떠돌아다니고 있었다. 현재 위치는 특정하지도 못했다. 포탈 통과만 한 채로 우주 미아가 되어버린 유리. 우리는 그를 성공이라 부르고 있던 것이다.

아직도 여전히 우주를 떠돌아다니고 있을 유리를 생각했다. 선장님을 두고 고향으로 먼저 떠난 친구분을 생각했다. 고향을 위해서 고향을 떠나온 외계인들과 고향이 멀쩡함에도 고향을 떠나온 나. 누가 더 고향과 멀리 떨어져 있을까.

나는 크게 실망했다. 할머니의 눈과 같은 눈이라 생각했던 것이, 친구의 자살을 받아들이지 못하고 자기 망상에 빠져 꿈을 꾸다 그 때문에 우주까지 나온 정신 이상자의 눈이라는 사실에 괴로웠다. 거북했다. 사람을 저렇게 만드는 것이 꿈이라면 굳이 알고 싶지 않았다. 지금 나에게는 순수한 꿈으로 빛났던 할머니의 눈이 필요했다. 할머니의 꿈도 막상 내가 직접 우주로 나와보니 별 볼 일 없는 꿈이었던 것으로 판명되긴 했지만, 혼란스러웠다.

* * *

우주복을 입으려면 적어도 반드시 두 사람 이상이 필요하다. 나는 외부 수리를 하러 나가는 선배님의 우주복 착의를 도왔다. 호스 한 가닥에 의지하며 선체에 붙어있는 선배님을 창 너머로 바라봤다. 할머니가 그날 사고 없이 그대로 우주비행사가 되었다면 저런 걸 했을까? 이제 항로로 복귀할 수 있는가 없는가는 안중에도 없었다. 뭔가 점점 처음의 목적에서 어긋나고 있다는 느낌이 들었지만, 이상하다 생각하진 않았다.

이상한 건 그거였다. 선장님의 눈이 더 이상 순수한 꿈으로 빛나는 눈이 아님을 알게 된 이후에도 가끔 멍하니 선장님의 눈을 바라보는 나. 며칠이 지나도 비슷한 풍경만을 띠우는 창 너머의 우주임에도 여전히 그를 보는 선장님. 그리고 한 발짝 뒤에 서서 그 빛을 구경하는 나. 솔직히 말하자면 가장 이상한 건 선장님과 그 외계인이라는 친구이리라 생각하고 있었다.

어느 날 혼자 있는 선장님에게 다가가 물었다.

"선장님은 다른 우주에 있다는 친구분의 고향을 찾기 위해 우주비행사가 됐다고 하셨죠."

"응, 그랬지."

"하지만 친구분은 사실 외계인도 뭣도 아니고, 그냥 자살한 거라고 한다면……."

그렇게 되면, 선장님의 꿈은 어떻게 되는 건가요? 뒷말은 하지 못했다. 그 곁을 지나다 우리의 대화를 들은 동기가 하얗게 질린 얼굴로 내 말문을 막았기 때문이었다.

나는 그저 궁금했을 뿐이었다.

할머니가 우주에 나오게 된다면 그때부터 눈빛은 없어지는 것인지, 선장님의 친구가 사실 외계인이 아니고 그저 자살한 것임을 알게 되면 그 꿈은 사라지게 되는지. 하지만, 내 말을 들은 다음에도 선장님의 눈은 여전히 빛났다. 아무렇지 않게 나를 똑바로 마주 보는 시선과 늘 짓는 웃음도 그대로였다.

얼마나 시간이 지났을까, 입이 열리고, 선장님은 그때 뭐라고 했더라.

떠돌아다니는 과정에서 우연히 포탈을 발견했다. 뒤늦게 우리가 이동한 경로를 살펴보니, 어쩐지 원래 항로의 지름길로 이동한 셈이 되었다.

우리는 기쁜 마음에 웃어야 할지 억울해서 울어야 할지 몰랐다. 표류하다시피 우주 공간을 떠돌아다녔던 그 시간들이 까마득하게 느껴졌다.

실제로 마주한 포탈은 자료 화면으로 봐왔던 것보다 훨씬 작은 크기였다. 미지의 입구라기보다는 그저 까만 우주에 더 까만색으로 칠해진 조그만 구멍처럼 보였다. 우주선이 무사히 통과할 수 있을지도 의문이었다. 아직도 자동 항법 기능은 가끔 오락가락했고, 본부와는 연결되지 않았다. 달리 어쩔 수 없는 우리는 우리의 길을 가기로 했다.

선장님이 직접 선체의 방향을 조정했고, 나머지는 각자 자리에 누워 안전장치를 채운 후 캡슐의 뚜껑을 닫았다.

포탈을 통과하는 과정에서 신체에 가해지는 충격으로 인해 의식을 잃게 된다는 가설 아래 그를 대비해 미리 무의식 상태에 빠진 후에 진입하기로 계획했었다. 그래서 평소 자던 자리가 아닌 일인용 캡슐로 들어갔다. 마지막으로 선장님이 자리에 누웠다. 속으로 십부터 거꾸로 숫자를 세기 시작했다. 나는 눈을 감는 순간까지 할머니를 떠올렸다. 나는 인식도 하지 못한 순간 잠들 것이다. 잠이라고는 하지만 내가 무사히 깨어나고 나야 잠이고, 이대로 눈을 다시 뜨지 못하면 죽음이겠지. 계획대로라면 정해진 시간이 지난 후 우리는 강제로 무의식에서 깨어난다. 그다음 무사히 일어나기만 하면 된다.

* * *

얼마 지나지도 않은 것처럼 느껴졌는데 순간 캡슐이 열렸다. 하나둘 깨어나기 시작하는 옆의 동료들을 보면서 안전장치를 풀어냈다. 천천히 선체의 중앙으로 나아갔다. 마침내 포탈의 너머였다.

포탈 너머에는 또 다른 우주가 있었다. 이제까지 우리가 있었던 우주와 다를 것 없는 우주였다. 나는 우리가 포탈을 통과한 것이 맞긴 한 건지 재차 확인해야 했다. 당황스러운 마음으로 창문에 바짝 붙었다. 순간 숨이 턱 막혔다. 죽을 둥 살 둥 다해가며 도착해 보게 된 광경이 이거였다.

끝없이 펼쳐진 우주에는 수많은 별과 성운들이 있었다. 계속 봐오던 것이었다. 당황이 조금 사그라들자, 머릿속에 떠오른 것은 유리였다. 우리보다 훨씬 먼저 이곳에 도착한 유리는 과연 이를 보며 무슨 생각을 했을까. MVR에 앉아도 이 정도는 보였다. 그런 우리의 심정을 모를 우주선은 천천히, 꾸준히 앞으로 나아갔다.

지금 우리 옆을 스쳐 지나가는 우주 먼지들과 저 멀리의 소행성들이 방금 본 것과 같은 것인지 다른 것인지 구분할 수 없었다. 어쩌면 우리의 우주에 있던 것과 똑같은 것일지도 모르겠다. 우리는 정신없이 포탈 너머의 우주를 돌아다녔다. 분명 목표 지점에 도착했는데도 여전히 우주 미아인 기분이었다.

지구로 귀환하는 데 필요한 최소 연료만을 남기게 될 때까지 헤매다가 결국 회항을 결정했다. 혹시 모를 비상 상황을 대비해 마지막까지 깨어 있겠다는 선장님을 두고, 남은 자들은 침소에 들었다. 문득 떠오른 것은, 포탈의 너머를 마주한 순간의 선장님이 어땠는지를 미처 확인하지 못했다는 것이었다.

얼마나 시간이 지났을까, 문득 귓가를 스치는 이상한 소음을 들으며 잠에서 깨어났다. 어째 끼익하는 낡은 그네 소리 같기도 했다. 급히 안전장치를 풀어내며 무언가에 홀린 사람처럼 선장님을 찾아 나섰다. 응당 그래야 하는 순간이 찾아온 것 마냥 움직였다.

어렵지 않게 찾아낸 선장님은 우주복 앞에 서 있었다. 내가 올 것을 알고 있던 것처럼, 날 기다리고 있기라도 했던 것처럼 전혀 놀란 기색 없이 내 쪽으로 고개를 돌렸다. 눈을 마주치자 선장님은 웃었다. 얼른 다가가 우주복 장갑을 집어 들었다. 자연스럽게 우주복을 입는 선장님을 도왔다. 그 순간의 나는 선장님과 아무런 대화를 나누지 않았음에도 선장님이 친구를 만나러 가고 있다는 것을 알아차렸다.

나도 모르게 질문이 나왔다.

"선장님, 외계인 말을 할 수 있나요?"

두 팔을 번쩍 든 선장님에게 우주복의 몸통을 끼우며 물었다. 선장님은 하하하 웃으며 말했다.

"조금이라면 할 수 있지."

"어떤?"

"그때 쪽지의…… '보고 싶을 거야'라는 말은, 지금 보고 싶다는 뜻이야."

나는 속으로 질문을 삼켰다. 선장님, 알고 계셨어요? 그러자 선장님은 예의 빛나는 눈으로 답했다. 알고 있었어. 내 마음을 읽기라도 한 것처럼. 처음부터 알고 있었어. 마치 내가 선장님에게, 친구가 외계인이 아니면 꿈이 사라지느냐 물으려고 했던 그날처럼.

우주복을 다 입은 선장님이 마지막으로 점검하는 동안 니는 중문을 닫았다. 외부와 내부의 기압을 조절했다. 연결된 호스를 확인하는 선장님의 뒤로 문이 열렸다. 선장님이 그 중심으로 미끄러지듯 나아갔다.

나는 창문에 바짝 붙었다. 포탈을 통과한 직후보다 더 가깝게 붙었다.

우리가 이제까지 있었던 우주와 똑같이 어둡고 반짝이는, 포탈 너머의 우주. 이 별이 저 별이고 저 별이 이 별처럼 보이는, 구별도 안가는 공간 한가운데 선장님이 있었다. 내내 단단히 주먹을 쥐고 있던 선장님의 우주복 장갑이 펼쳐졌다. 조그매서 맨눈으로는 절대 볼 수 없을 것들이 흩어졌다.

아무것도 보이지 않았지만 그게 무엇인지 알고 있었다. 싸구려 팔찌의 구슬들이었다.

나는 뒷걸음질을 치며 창문에서 멀어졌다.

나는 내가 지금의 이 순간을 영원히 기억하게 될 것임을 알았다.

너무 멀어 잘 보이지 않았지만, 팔찌가 공중으로 흩어지고 난 다음에도 여전히 반짝이는 선장님의 눈이 머릿속에서 지워지지 않았다. 한순간에 송두리째 사라진 할머니의 꿈을, 다시 도전할 용기도 포기할 용기도 없이 늘 가슴 한쪽에 두고 있는 꿈을 생각했다. 할머니는 내가 우주비행사가 되겠노라 했을 때, 그리고 MVR에 들어갔을 때, 왜 그런 반응을 보였는지 다시금 생각했다.

그날 우리의 우주가 아닌 저 먼 우주에서는 세상에서 제일 빛나는 싸구려 구슬들이 우주에 흩뿌려졌다고, 말하고 싶었다. 왜 그런지 몰랐다. 그리고 아마 그건 그 팔찌의 주인이 직접 발견하게 될 때까지 영원히 떠돌게 될 거라고 덧붙일 것이다. 수십 년 동안 잊지 않고 있던 약속이며, 친구의 고향을 방문한 기념 선물이자 제때 건네지 못했던 작별 인사의 대신이라고, 떠나보내지 않고 있던 미련이라고 알릴 것이다. 옛날 누군가가 자신의 손주를 제 무릎에 앉히고 얘기했던 순간들처럼. 언젠가 나는 분명 말하게 될 것이다. 어떤 말은 누군가가 해야지만 나오는 게 아니라, 본인이 나가고 싶을 때 사람의 몸을 빌려서 나오기도 한다.

우리는 여전히 우주 미아였다. 본부와는 여전히 연결되지 않았다. 지금 우리의 상태를 아는 사람은 지구를 포함해 우주상에 아무도 없었다. 이대로 지구로 돌아갈 수 있을지 의문이었다. 애초에 우리의 우주로 갈 수 있을지도 알 수 없었다. 어쩌면 계속 이렇게 다니다 보면 언젠가 유리를 마주치게 되지 않을까, 유리는 과연 어떤 상태일까 생각했다. 지구의 모두가 보기에 우리는 무엇일까. 우주 영웅인 동시에 우주 미아인 유리, 그를 계속해서 생각하고 있는 사람이 나 말고 또 있을지 생각했다.

우리의 우주로 돌아간다면, 지구에 도착하게 된다면 나는 제일 먼저 할머니를 찾아가 말할 것이다. 할머니가 돌아가

시기 직전까지 그토록 보고 싶어 했던 우주의 저편에는 아무것도 없었다고, 할머니의 병상 옆에 앉아 대화를 나누었던 순간처럼 다시 시시콜콜 늘어놓을 것이다. 그곳에는 굳이 평생을 바쳐가며 갈 필요가 있을 정도로 볼 게 있지 않았다고 말이다. 그러면 할머니는 아마 이렇게 말할 것이다. 처음부터 알고 있었다고. 나는 웃을 것이다. 사실은 나도 그럴지도 모른다고.

처음부터 알고 있었다고 한다면

심완선(SF평론가)

우주를 향한 동경은 구세대의 것일지 모른다. 우주개발에 열광하던 20세기와 달리 현재는 우주로 나아가는 인간의 모습을 영웅시하는 경향이 덜하고, 관심 자체가 한풀 꺾인 것이 사실이다. 「처음부터 알고 있었다고 한다면」은 우주를 낭만화하지 않고 오히려 꿈을 지닌 사람들의 열망에 의아함을 품는다는 점에서 현세대의 태도를 반영하고 있다고 보았다. 심지어 먼 우주로 직진하고자 하는 '선장님'은 제정신이 아니라고까지 표현되는데, 이렇듯 기저에 의문과 갈등을 품고 있으면서도 냉소주의로 빠지지 않는 점이 긍정적이었다. 다만 화자는 절박해지지 않는 만큼 작중에서 내내 평이한 어조를 유지하며 관찰자의 자세를 취하는데, 그런 모습이 조난되었다는 상황과 조금씩 어긋나며 소설의 추진력이 줄어든 듯하다. 그래도 짤막하게 삽입된 인물들의 갈등에 매력이 있고, 조각이 한데 모이지 않는 느낌은 있으나 전반적으로 좋은 이야기로 나아갈 잠재력이 엿보였다.

타디그레이드 피플

피플

민이안

민이안

(사)한국과학기술출판협회가 주관한 제1회 SF소설 공모전에서 「눈을 뜬 곳은 무덤이었다」로 대상을 수상, 2023 SF스토리 공모전에서 「타디그레이드 피플」로 소설 일반 부문 우수상과 수학동아 AI 특별상을 수상했다.

버려진 것들, 태어난 지 얼마 안 된 것들, 이미 멸종했거나 멸종의 위기를 맞은 것들, 명확하게 분류할 수 없는 것들이 애너그램처럼 혼재한 우주를 상상하고 은유하며, 그들에게 상냥하고 따뜻한 세상을 조립하는 꿈을 꾼다. 그리고 이러한 이야기들이 어린이와 청소년들에게 가닿았으면 좋겠다고 생각한다.

"선, 아침 식사와 샌드위치가 도착했습니다."

탁상용 미니 스피커에서 우나의 목소리가 흘러나왔다.

우나의 목소리는 주파수 150헤르츠에서 200헤르츠 사이의 선명한 발음으로 형성되어 있어, 어떤 메시지를 전하든 그 내용의 전달력이 좋았다. 하지만 읽고 있는 책에 푹 빠진 선은 우나의 목소리를 인지하지 못했다.

"선?"

"……."

"선!"

우나가 볼륨을 기우자, 선은 그제야 깜짝 놀라 고개를 들었다.

"부르셨어요?"

"선, 아침 식사와 샌드위치가 도착했습니다."

"벌써 시간이…… 죄송해요, 선생님."

선은 읽고 있던 책을 내려놓고 자리에서 일어났다.

우나는 지하 도시정부 출범 시점부터 지금까지 이곳의 모든 공적 업무를 담당하는 AI 시스템이었다. 이에 지하 도시정부에서 나고 자란 이들에게 우나란 매우 친밀한 존재일 수밖에 없었다. 특히나 자아가 형성되는 청소년기 동안 우나와 함께 지내던 이들이 우나를 선생님이라 부르는 것은 너무나도 자연스러운 현상이었다.

"선, 식사하면서 이번에 빌려온 책의 내용을 요약해줄 수 있겠습니까?"

선은 기숙사 방문 앞에 놓여 있던 바퀴 달린 작은 테이블을 끌고 들어오며 답했다.

"어차피 선생님은 다 아시는 내용일 텐데요?"

"저는 듣고 싶군요."

"음, 알겠어요."

선이 끌고 들어온 테이블 위에는 식물성 재료로 만든 완자와 채소, 과일이 담긴 큰 접시와 한 끼 용으로 포장된 샌드위치가 조용히 자리하고 있었다.

선은 포크를 들고 식사를 시작하며 책에서 읽은 내용을

이야기하기 시작했다.

선의 말을 경청하는 우나의 리액션은 교육자로서 더할 나위 없이 훌륭하고 섬세했다. 덕분에 선은 식사를 하며 한참이나 즐겁게 재잘거렸다.

"다 먹었어요, 선생님. 테이블 내놓고 양치할게요."

"좋습니다. 선, 오늘 '조우의 날' 기념행사에 참석하기로 한 건 기억하고 있죠? 12시까지 학교가 아니라 메디움시티 중앙 광장으로 가야 합니다."

"알아요. 저는 좀 더 일찍 갈 거예요."

"따로 계획이라도 있나요?"

"네. 공립 도서관에 가려고요. 거기엔 천년 넘은 책들도 보관되어 있다던데…… 진짜예요?"

선의 목소리는 기대에 부풀어 있었다.

우나가 다정하게 대답했다.

"그렇습니다. 원본은 수장고에 보관되어 있지만, 원본과 99퍼센트 흡사하게 만든 레플리카들을 원하는 대로 마음껏 펼쳐 읽어볼 수 있지요. 원한다면 구시대의 특수 저장장치에 담긴 정보들도 찾아볼 수 있고요. 그곳이라면 선의 취향에 딱 맞겠네요."

"헤헤, 잘 됐다……. 아참, 선생님!"

"네?"

선이 맑은 목소리로 말했다.

"조우의 날을 축하해요! 샌드위치 선물 감사합니다!"

"나 또한 조우의 날을 축하합니다."

선은 씨익 웃으며 샌드위치를 가방에 챙겨 넣고, 빈 접시가 놓인 미니 테이블은 문 앞에 내다 놓았다. 이제 양치를 하고 옷만 갈아입으면 외출 준비는 끝날 것이다.

* * *

기숙사 방문을 나서던 선이 잠시 멈칫했다.

이 시간이라면 아무도 나와 있지 않으리라 생각했는데, 몇몇 학생들이 복도 한구석에 모여 떠들고 있는 모습이 눈에 들어왔다. 조우의 날 연휴 동안 무엇을 할 것인지에 관해 이야기하는 듯했다.

선은 마른침을 꿀꺽 삼키고는 조심스럽게 후드를 뒤집어 썼다.

"뭐야? 구태긴이네?"

"야, 발음 조심해라."

"이 정도면 괜찮아. 구태긴! 봐, 경고 안 뜨잖아."

큭큭대는 소리가 들려왔다.

선은 아무것도 못 들은 척 자연스럽게 그들을 지나쳐 걸었다.

구태긴. 그것은 사이보그 시술을 받지 못하는 구태인(舊態人)을 조롱하는 단어였다. 사이보그 시술자가 많지 않던 시절에는 인류를 '(기본형) 인간'과 '사이보그'로 분류했으나, 사이보그 시술자가 훨씬 더 많아진 이후에는 '사이보그'가 기본형 인간의 위치를 차지하고, 생물학적으로 과거의 모습을 그대로 유지하는 인간은 '구태인'으로 분류되었다.

사이보그들은 구태인들이 의료 보험 재정을 축내고 더 많은 혜택을 받는다고 불평했다. 그 결과, 노골적으로 혐오를 드러낸 신조어가 등장했다. 구태인과 구더기를 합쳐 만든 단어, 구태기. 이 말은 우나의 필터링 시스템에 곧바로 적발되었고, 혐오 발언으로 인정되어 이 단어를 사용할 경우 상당한 페널티가 적용되었다. 하지만 사이보그들은 이상한 부분에서 영리한 꾀를 냈다. 구태기라는 단어를 구태긴이라 말하면서 긴의 '기역' 발음을 살짝 뭉개기 시작한 것이다. 우나는 이 발음의 범위가 '구태인' 안에 들어온다고 판단했다. 따라서 '긴의 기역 발음을 뭉갠 구태긴'은 혐오 발언으로 인정되지 않았다. 이 단어를 사용하는 사이보그들이 분명한 의도를 가지고 있었음에도 불구하고.

"근데 미아가 오늘 구태긴 보면 바로 연락 달라고 하지 않았나?"

무리 중 한 녀석이 말했다. 그 말을 들은 다른 사이보그들이 고개를 끄덕였다.

"맞아. 근데 미아가 구태긴을 왜 찾을까?"

"모르지, 뭐. 솔직히 손봐주는 거면 재밌을 것 같긴 한데."

"페널티 때문에 그건 어려울걸? 교육구에서 폭력은 절대 금지잖아."

선은 등 뒤에서 들려오는 사이보그들의 이야기에 신경을 쓰지 않으려 했지만, 생각지 못한 이름의 등장으로 인해 손에 땀이 고이는 감각을 느꼈다. 미아라면 이 교육구에서 '기계도'가 가장 높은 학생으로 워낙 유명했기 때문에, 선 또한 그 이름을 익히 알고 있었다. 기계도란 사이보그의 신체 중 기계가 차지하는 비율을 나타내는 단어로, 미아의 경우 75퍼센트가 넘는 압도적인 기계도를 지니고 있었다. 사이보그 학생들은 그런 미아를 신비로운 존재 바라보듯 동경했다. 물론 구태인인 선은 예외였다. 오히려 그런 엄청난 학생에게 어떤 의미로든 찍히게 된 것 같아 찝찝하기만 했다.

선도 구태인이 되고 싶어서 된 건 아니었다. 태어나보니 구태인이었다. 과거에는 자신의 의지로 사망 시까지 구태인으로 남은 인간들이 제법 있었으나, 현대에는 출생과 동시에 우나의 판단으로 사이보그와 구태인이 분류되었다. 지하 도시정부의 모든 아이는 '출생 관리 센터'의 인공 생식기관을 통해서 태어나는데, 갓 태어난 영아는 면밀한 스캐닝을 통해 사이보그 시술 가능 여부를 검진받았다. 안타깝게도 선은 사이보그 시술이 불가능한 아이로 판명되었다. 선은 당시 이 도시정부에서 태어난 아이 중 유일한 구태인이었고, 선의 부모는 자신들의 유전자에서 구태인이 태어난 것을 부끄러이 여기며 아이의 친권을 깨끗이 포기했다. 그 후 선은 우나의 시스템으로 작동하는 보모봇들에게 길러졌다. 어떤 사이보그들은 구태인의 양육에 공공비용이 들어가는 것조차 탐탁지 않게 여겼다.

"선, 도서관 개관 시간보다 훨씬 일찍 도착하게 될 겁니다."

잰걸음으로 기숙사를 빠져나온 선은 학교 앞 승차장에서 대기 중이던 1인용 캡슐 열차에 재빠르게 올라탔다.

객차 내부 패널에 뜬 열차 시간을 확인해보니, 이어폰을 통해 우나가 알려준 대로 도서관 개관 시간보다 훨씬 빠른 시각에 메디움시티중앙광장역에 도착하게 될 게 분명했다.

"저도 알아요. 하지만 빨리 가고 싶어요. 선생님, 음악 좀 틀어주실래요?"

"알겠습니다. 선의 마음을 안정시키는 음악은 내가 잘 알지요. 잠깐 눈을 붙여도 좋아요. 도착할 즈음 깨워줄 테니."

선의 양쪽 귀에 꽂힌 이어폰에서 은은한 하프시코드 선

율이 흘러나왔다. 선은 천년도 넘은 먼 옛날에 녹음되었다는 하프시코드 협주곡들을 좋아했다. 하프시코드라는 악기가 쓰이던 시기의 음악은 동일한 패턴의 리듬이 유독 반복되고 템포가 일정했는데, 선은 그 부분에서 굉장한 안정감을 느끼곤 했다. 선은 팔짱을 낀 채 좌석에 기대어 가만히 눈을 감았다.

* * *

"선, 이제 곧 메디움시티중앙광장역에 도착합니다."

선은 반짝 눈을 떴다. 살짝 눈만 감은 채 쉬려 했는데 어렴풋이 꿈을 꾸었다. 꿈에서 선은 드넓게 펼쳐진 초원길을 친구와 함께 걷고 있었다. 태양에서 쏟아진 햇빛 줄기가 식물의 거대한 푸른 잎 위에서 반짝이며 부서졌고, 다섯 갈래 꽃잎 사이로 호박벌이 머리를 집어넣고 엉덩이를 씰룩대는 모습도 보았다. 아마도 책에서 읽고 상상했던 것들이 꿈이라는 형태로 구현된 것이리라. 선은 꿈속의 자신에게 친구가 있었다는 점이 가장 비현실적으로 느껴졌다. 씁쓸하게 웃으며 선은 캡슐 열차에서 내렸다.

공립 도서관은 역에서 그리 멀지 않은 곳에 위치해 있었고, 개관 시간까지는 30분 정도가 남아 있었다. 선은 근처

벤치에 앉아 광장의 홀로그램 분수대를 바라보았다. 물줄기는 제각기 일정한 박자를 가지고 다양한 높이로 솟았다가 낮아지고, 뱅글뱅글 돌거나 아래로 푹 떨어졌다. 선은 작은 콧노래를 흥얼거리며 분수대를 바라보았다. 분수대의 움직임과 콧노래의 리듬이 꼭 맞아떨어졌다.

"상당히 즐기고 있군요, 선."

"네. 진짜 물은 아니지만 그래도 재미있어요."

광장을 지나다니는 사이보그들, 즉, 이 시대의 보통 사람이 홀로그램 분수대에 관심을 두는 일은 거의 없었다. 지하 도시정부의 모든 구조물은 일상생활 영위를 위한 최소한의 공간이라 여기는 게 일반적인 생각이었고, 대부분의 사람들은 현실보다도 메타버스 공간인 뉴로어스(neuro-earth)를 진정한 삶의 터전으로 삼고 있었다. 물론 뉴로어스에 접속할 수 없는 구태인 선은 이렇게 현실 속 이스터 에그처럼 마련된 소소한 요소들을 지켜보는 걸로 나름의 이벤트를 즐기곤 했다. 다른 누구의 방해도 없이 오롯이 혼자서만.

처음 지하 도시정부가 출범했을 때, 지하로 내려온 인간의 상당수는 전란으로 인한 상해와 오염 물질 노출 후유증 등으로 고통받고 있었다. 우나는 그런 인간들에게 신소재를 활용한 사이보그 수술을 적극 추천했다.

우나가 사이보그 수술에 보험을 적용하겠다는 정책을 처

음 발표했을 때까지만 해도 시민들 사이에서는 상당한 우려의 목소리가 나왔다. 하지만 사이보그 수술을 받은 사람들의 삶의 질이 얼마나 상승했는지, 또 그들이 지출하던 의료 비용이 얼마나 감소했는지 등의 이야기가 SNS를 통해 빠르게 퍼지기 시작하면서 사이보그 수술에 대한 인식은 확연히 달라졌다. 정치인들 또한 기존의 온전한 생물학적 인간만이 진정한 인간이라는 편견을 버려야 한다는 기조를 내세웠고, 이를 지지하는 유권자의 폭은 점점 넓어져 갔다.

그 시점에서 우나는 인간의 뇌 신경계를 네트워크에 접속시켜 과거 지상의 지구를 생생하게 체험할 수 있는 메타버스, 뉴로어스를 구현해냈다. 이즈음부터 사람들은 뉴로어스에 접속하기 위해 신경신호변환기 삽입술을 받는 것을 안경 맞추는 일만큼이나 일상으로 받아들이기 시작했다. 그리고 그들은 뉴로어스에 접속하여 각종 콘텐츠를 즐기며, 직접적으로 수용하게 되는 고순도 감각에 매우 큰 만족감을 느꼈다.

사람들은 점점 우나의 판단에 이의를 제기하지 않았다. 우나가 추진하고자 하는 정책을 그대로 따랐을 때 인류의 만족도가 가장 높다는 사실은 이미 몇 번이고 입증된 터였다. 그래서 우나가 인공 생식기관을 통해 아이를 탄생시키는 '출생 관리 센터' 시스템을 도입하겠다고 했을 때도 이 정책에 반대하는 정치인과 유권자는 거의 없었다. 결국 우나는 그곳에서 '합법적'으로 사이보그와 구태인을 분류해 낼 수 있게 되었다.

"야!"

홀로그램 분수대를 지켜보던 선은 이어폰 너머에서 이상한 소음이 끼어든 것을 감지했다. 선은 잠시 콧노래를 멈췄다. 아무런 소리도 들려오지 않았다. 선은 주파수에 약간 혼선이 있었나보다 생각하고 다시 콧노래를 부르기 시작했다.

"야, 자연인! 비사이보그인!"

선은 그제야 누군가 자신을 부르고 있다는 사실을 깨닫고 황급히 한쪽 이어폰을 뺐다.

소리가 들려온 쪽으로 고개를 돌리니 한 아이가 벤치 근처에 서 있는 모습이 보였다. 외모로 보아 선 또래의 청소년 같았다. 조금 눈에 띄는 점이 있다면 한쪽 눈썹을 포함한 피부 곳곳에 하얀 무늬가 포진되어 있다는 것일까.

선은 우나 외의 존재가 먼저 말을 걸어왔다는 사실이 너무 낯설어서 어리벙벙한 얼굴로 그 아이를 쳐다보았다. 무엇보다도 구태인이 아니라 '자연인', '비사이보그인'이라는 말은 지금까지 살아오면서 처음 들어본, 아주 생소한 단어였다.

＊ ＊ ＊

"야, 너! 이렇게 일찍 혼자서 여길 오면 어떡해?"

낯선 아이가 인상을 찌푸리며 말했다.

"아…… 미, 미안."

선은 얼떨결에 사과했다. 처음 겪는 일에 어떻게 반응해야 좋을지 몰라 가슴이 마구 쿵쾅댔다. 선은 꿀꺽 침을 삼키고는 옷소매로 관자놀이를 꾹꾹 눌렀다. 잔뜩 긴장한 선의 모습을 가만히 지켜보던 낯선 아이가 손을 내밀며 말했다.

"조우의 날 축하해."

"어……."

낯선 아이의 인사에 선은 선뜻 반응하지 못하고 눈만 껌뻑거렸다.

선이 어쩔 줄 몰라 우물쭈물하자, 아직 귀에 꽂혀 있는 한쪽 이어폰에서 우나의 목소리가 흘러나왔다.

"선, 상대가 조우의 날 인사를 보내오는군요. 답을 해야죠?"

선은 천천히 고개를 끄덕이고는 눈앞에 있는 상대의 손을 잡았다.

"고마워. 나도 조우의 날을 축하해."

선이 대답하자 낯선 아이가 활짝 웃었다. 입술 사이에서 존재감을 드러낸 뾰족한 송곳니가 제법 귀여워 보였다.

낯선 아이가 씩씩한 목소리로 말했다.

"우리 우나 쌤 대화 공유하자."

"어……? 뭐……?"

"우나 쌤 대화 공유."

"그게…… 뭐야……?"

선의 반응에 낯선 아이는 신기하다는 듯 말했다.

"아, 너 대화 공유 몰라? 음, 그러니까 보통 우나 쌤하고 일대일로 대화하잖아. 그걸 승인된 사람들끼리 다 같이 대화를 하는 거야. 그냥 학교에서 수업하는 거랑 비슷하다고 보면 돼. 내가 요청 보낼게."

얼마 지나지 않아 선의 이어폰을 통해 우나의 목소리가 들려왔다.

"선, 같은 교육구 학생인 미아로부터 대화 공유 요청이 들어왔습니다. 수락하겠습니까?"

"네에? 저 애가 미아라고요?"

선이 자리에서 벌떡 일어났다.

미아의 명성이야 익히 알고 있었지만 이렇게 대면한 건 처음이었다. 실상 뉴로어스에 접속하지 않는 이상 다른 클래스에 배치된 학생을 드넓은 교육구 내에서 직접 만나보는 것은 쉽지 않았기 때문이다.

선은 문득 오늘 아침 기숙사 복도에서 얼핏 들었던 사이보그 학생들의 수다를 떠올렸다. 미아가 구태인을 찾고 있다던 이야기. 아무래도 그 이야기는 사실이었던 모양이다.

"갑자기 왜 그렇게 벌떡 일어나고 그래? 놀랐잖아!"

"아……. 미, 미안."

"그래서, 대화 공유는 수락 안 해주는 거야?"

"아, 아니. 할게……. 선생님, 저 수락할게요."

대화 공유가 승인되고 우나의 목소리가 두 사람에게 동시에 전해졌다.

"미아, 가족 이외의 사람과 대화 공유를 하는 건 처음이군요. 선은 대화 공유 시스템 이용 자체가 처음이고요. 사람이 새로이 관계를 형성하고자 하는 것은 저로서도 크게 환영할 일입니다. 말 그대로 기쁜 조우의 날이로군요."

선은 우나의 말에 적잖이 놀랐다.

"정말인가요? 미아는 학생들에게 인기가 굉장히 높다고 들었는데……. 가족 외에는 저랑 처음으로 대화 공유를 하는 거라고요?"

"선, 그런 이야기라면 나를 통하지 않고 직접 묻는 게 어떻습니까?"

"아……. 죄송해요."

선은 어색한 표정으로 미아를 바라보았다. 하지만 왠지

눈을 맞추기가 힘들어서 자꾸 여기저기 다른 쪽으로 시선을 돌리게 되었다.

미아는 그런 선을 바라보며 재미있다는 듯 웃었다. 선은 우물쭈물하다가 겨우 물었다.

"근데 너 같은 애가 왜 나랑 대화 공유를 하는 거야? 나는 기계도 제로인 구태인인데."

선의 말에 미아는 살짝 눈살을 찌푸렸다.

"왜겠어? 너는 내가 대화하기로 마음먹은 상대니까 그렇지. 난 정말 올해 조우의 날이 오기만을 손꼽아 기다리고 있었어. 자율 이동이 허가되는 올해라면 연휴 중 분명 너를 만날 수 있을 거라 생각했거든. 너 공립 도서관 갈 거지? 혹시 나랑 같이 가서 인간과 관련된 좋은 자료를 좀 골라 줄 수 있니? 그리고……."

속사포처럼 말을 쏟아내는 미아를 보며 선은 어안이 벙벙해졌다.

* * *

"저, 저기……."

선은 저도 모르게 입을 뗐다.

미리 준비한 대본집이라도 있는 것처럼 끊임없이 이야기

를 재잘대던 미아가 아차 싶었는지 잠시 말을 끊고 생긋 웃음을 지었다.

"아, 미안해! 내가 들떠서 너무 흥분했나 봐. 하고 싶은 얘기 있으면 해!"

선이 작게 고개를 끄덕였다.

"어, 으응……. 그런데 사실 나는 인간에 관한 책은 별로 읽은 게 없어서…… 추천해 주기는 좀 어려울 것 같아."

"정말? 그럼 넌 주로 뭘 읽는데?"

"나? 나는…… 곤충이나, 조류나, 포유류 같은…… 과거 지상의 생명체들이 어떻게 살았는지…… 이런 거?"

선의 대답에 미아가 가만히 턱을 쓰다듬으며 중얼거렸다.

"그런 걸 좋아하는구나. 흐음, 크게 보면 인간도 과거에는 지상에 살았던 생명체니까……. 뭔가 도움이 될만한 부분이 있을지도……."

선이 조심스레 물었다.

"무슨 과제 해?"

"아, 내가 찾고자 하는 건 과제랑 관련된 게 아니야."

"그럼 뭘 찾는데?"

"음, 쉽게 말해서 '인간으로서 나의 존재의 의의를 증명해줄 만한 확신' 같은 거?"

선은 미아가 무엇을 찾으려 하는 것인지 당최 감조차 잡을 수 없었다. 선은 그게 정확히 뭐냐고 미아에게 되묻고 싶었지만, 미아가 다시 말을 시작하는 바람에 질문 타이밍을 놓치고 말았다.

"아무래도 학교 도서관에는 자료가 부족해서 말이야. 공립 도서관 정도면 뭔가 실마리가 있지 않을까 하고. 책에 있어서는 네가 전문가니까 너한테 물어보는 거야."

"전문가? 그런 거 아닌데……."

"하지만 네가 벌써 몇 년째 우리 교육구 독서왕이잖아. 그 정도면 전문가 아냐?"

"독서왕? 난 그런 게 있는 줄도 몰랐어. 차라리 우나 선생님한테 물어보는 게 나을걸? 그리고 뉴로어스 안에도 도서관이 잘 구현되어 있다던데……. 물론 난 잘 모르긴 하지만."

"아아."

미아는 대충 예상했다는 듯 입술을 씰룩거리며 웃었다.

"야, 너 우나 쌤한테 배운 애 맞아? 쌤은 우리를 이끌어주는 존재지, 정답을 찾아 주는 존재가 아니야. 쌤한테 물어봐서 다 해결될 것 같으면 공부는 왜 하고, 도서관은 왜 있겠어?"

우나가 작은 소리로 혼잣말을 했다.

"요즘 시기에 보기 드문 훌륭한 학생이로군요."

우나의 말에 맞장구치듯 크게 고개를 끄덕이며 미아가

다시 말을 이었다.

"그리고 너, 이런 얘기는 못 들었어? 뉴로어스 안에서 찾을 수 있는 정보들은 매우 편중되어 있다는 거."

"편중?"

"그래, 편중. 사람들이 좋아하고 많이 찾는 자료들 위주로만 데이터가 축적되다 보니까 뉴로어스 안에는 기존의 인간, 그러니까 '자연인'에 대한 정보는 거의 없다시피 해. 게다가 정보를 재생산하는 사람들의 주관도 너무 많이 섞여있고. 이 '자연인'이라는 단어도 학교 도서관에서 우연히 발견한 옛날 법전을 훑어보다가 알게 된 거야. 이 말을 처음 발견했을 땐 기뻐서 유레카를 외쳤다니까?"

미아가 뿌듯한 얼굴로 대답했다. 선은 거기에 조심스럽게 질문을 얹었다.

"그러니까…… 네가 말하는 그 '자연인'이라는 건…… '구태인'을 말하는 거지?"

"맞아. 그런데 그 구태인이라는 단어, 뉘앙스가 좀 이상하지 않니?"

미아가 허리에 양손을 얹은 채 빤히 선의 얼굴을 바라보았다. 선은 뭐라 선뜻 대답하지 못하고 그저 눈만 껌뻑이면서 미아의 다음 말을 기다렸다.

"잘 생각해 봐. 우리는 모두 자연인 상태로 태어나잖아.

그리고 기계와 합성체를 이루는 수술을 통해 사이보그가
돼. 생장하면서 자연적으로 우화하는 곤충이랑은 완전히
다르다고. 그런데 왜 자연인을 구태인이라는 부정적인 어
감으로 부르는 걸까? 자연인이야말로 인간의 진정한 원형
인데 말이야!"

턱을 샐쭉 내민 미아가 선을 가리켰다.

"그러니까, 바로 너 같은 사람, 나는 너 같은 '진짜 사람'
들이 궁금해."

미아의 말에 선은 어깨를 살짝 들어 올렸다.

"하지만 그 말도 이상해……. 그럼 너는 '가짜 사람'이란
말이야?"

"네가 보기엔 어떤 것 같은데?"

"내가 보기에? 내가 보기에는 그냥……."

"그냥?"

"그냥…… 사람 같아."

"그냥 사람?"

"응. 심지어 기계도 75퍼센트의 사이보그처럼 보이지
도 않아. 물론 피부의 얼룩무늬 신소재는 개성이 넘치지
만…… 그것 말고는 그냥 나 같은 구태인, 아니, 자연인 같
아 보여. 정말이야."

선의 대답에 미아는 깔깔 웃음을 터트렸다.

"아하하, 하지만 이 피부야말로 타고난 내 피부인데?"

"뭐? 인조 피부 이식술을 받은 게 아니었어?"

선이 깜짝 놀라 물었다.

미아는 하얗게 경계가 져 있는 자신의 얼굴을 가볍게 매만져 보였다.

선은 지금까지 살면서 피부에 하얀 무늬가 있는 사람은 처음 보았고, 수업 시간에 그런 사람에 대해 배운 적도 없으며, 각종 그림책에서도 피부에 무늬가 있는 사람은 본 적이 없었다. 그래서 선은 미아의 피부가 당연히 신소재로 만든 인조 피부라고 생각했다. 그런데 미아는 이에 관해 예상을 아득히 뛰어넘는 대답을 했다.

"이건 백반증이라는 질환이야. 내가 인간이라는 증거이기도 하고."

미아는 뿌듯한 얼굴로 그렇게 말했다.

* * *

선은 미아의 반응을 이해하기 어려웠다. 미아는 분명 그것을 '질환'이라고 말했다. 질환이라면 보통 부정적인 걸 텐데, 미아는 어째서 저렇게 밝은 얼굴로 그런 말을 하는 걸까.

"난 어렸을 때 큰 병을 앓아서 몸의 대부분이 기계로 대체되어 있어. 우리 가족이 메카닉한 외형을 선호하지 않기 때문에 일상생활에서는 최대한 기계처럼 보이지 않도록 마감을 해둔 거야. 어쨌든 내 장기, 뼈, 근육 등은 대부분 기계야. 당시에도 큰 수술이라고 했었어."

"그랬구나……. 그래서 기계도가 그렇게 높구나."

"맞아. 그런 상황이다 보니까, 부모님께선 매년 내 생일마다 골격 파츠를 교체해주셨어. 그때마다 나는 매일 같이 키가 자라는 다른 아이들을 엄청나게 질투했고. 나는 그 애들처럼 '성장'을 체감할 수 없었거든. 내가 인간이 맞긴 한가, 이 정도면 그냥 로봇 아닌가, 뭐 그런 정체성에 대한 고민도 많았고."

선은 어린 시절, 우나 시스템의 보모봇이 자신을 신장 측정기 앞에 세워놓고 측정된 숫자를 기록하던 모습을 떠올렸다. 너무 일상적인 일이라 굳이 되짚어볼 추억거리도 되지 않는 기억이었는데, 어린 미아에게 있어서는 전혀 다른 의미의 이야기인 것 같았다.

"근데 말이야, 그때 내 얼굴에 하얀 반점이 생겨난 거야! 처음에는 작았는데 점점 더 커지더라고. 나는 매일 같이 거울을 들여다보면서 하얀 부위가 퍼져나가는 걸 관찰했어. 교체 없이도 스스로 성장하는 것이 내 몸에 생겨나다니, 얼마나 신기했는지 몰라! 음? 근데 너 표정이 왜 그래?"

미아의 갑작스러운 질문에 놀란 선이 당황하며 말했다.

"아니, 그…… 그, 혹시…… 아플까 봐."

"아, 여기?"

미아가 자신의 얼굴을 매만지며 대답했다.

"안 아파. 그냥 색만 조금 다른 거야."

"그래……? 그건 다행이다."

"당연하지! 안 아프니까 인조 피부 이식도 안 받은 거라구. 이건 인간으로서 내 최소한의 아이덴티티 같은 거라 생각해."

선이 고개를 끄덕였고 미아는 더 말을 이었다.

"그래서 난 자연인에 대해 더 알고 싶어. 자연인들이 어떤 생각을 가지고 어떻게 살아가려 하는지 그런 것들이 궁금해. 나랑은 얼마나 비슷하고, 또 얼마나 다른지도 알고 싶고."

그때, 우나가 끼어들었다.

"대화 중 미안합니다만, 지금으로부터 5분 후면 공립 도서관 개관 시간입니다. 두 사람은 이곳에 조금 더 머물 예정입니까? 아니면 곧바로 도서관으로 이동할 건가요?"

미아가 선의 팔을 끌어당기며 쾌활하게 답했다.

"당연히 바로 도서관으로 가야죠! 가자!"

공립 도서관으로 이동하는 미아의 발걸음은 유독 들떠 보였다. 선은 그런 미아의 모습이 신기했다.

통계적으로 사이보그들의 도서관 이용률은 극히 낮은 편이었다. 그 덕분에 사이보그의 출입이 거의 없는 조용한 도서관은 선에게 그야말로 좋은 안식처가 되어주었다. 그런데 미아는 아주 독특했다. 뉴로어스보다 유형의 도서관을 선호하며, 구태인, 아니 자연인에게 관심이 많았다. 지금까지 보아왔던 다른 사이보그들과는 확연히 구분되는 특성이었다.

"미아, 선, 메디움시티 공립 도서관은 HTTP 시대의 도서관 시스템을 재현하고 있으니, 과거를 여행하는 듯한 아주 특별한 경험을 할 수 있을 겁니다. 도서관 이용 중 궁금한 점이 생기면 뭐든지 물어보세요."

"네, 쌤."

"네, 선생님."

미아와 선이 공립 도서관 정문 앞에 도착했을 때, 똑같은 디자인의 새까만 옷을 입은 사람들이 일사불란하게 줄지어 도서관 안으로 들어가는 모습을 볼 수 있었다.

미아가 중얼거렸다.

"아침부터 정보 사냥꾼들이 많네."

"정보 사냥꾼?"

"응. 뉴로어스에서 지워졌거나 찾을 수 없는 정보를 찾아서 재게시하는 사람들."

"주관적으로 정보를 재생산한다는 사람들?"

"맞아. 그래서 정말로 순수한 데이터를 알고 싶다면 도서관에서 직접 원본을 확인해야 해. 크로스체크도 필요하고. 근데 뭐, 그런 걸 하는 사람은…… 거의 없긴 하네."

도란도란 이야기를 나누며 미아와 선은 도서관 안으로 들어섰다.

건물 안에서는 구시대에 만들어진 합성수지 특유의 기묘한 냄새가 났다.

선은 도서관 안을 둘러보았다. 먼저 들어와 있던 검은 옷의 사람들 중 일부는 네모난 유리 부스 안에 앉아 있었고, 또 일부는 서고를 오가며 제법 분주스럽게 움직이고 있었다.

"저쪽부터 가보자."

미아가 유리 부스를 가리켰다.

* * *

부스 안에 도착한 미아가 입을 가리고 감탄사를 내뱉었다.

"우와, 이거 진짜 구식 전자 컴퓨터잖아? 분위기 진짜 앤틱하다! 이런 골동품을 사용해도 되는 거야? 아니, 레플리카인가? 그래도 내가 만졌다가 망가지면 어떡해?"

미아가 조심스럽게 마우스 입력장치를 톡 건드리자 새까

맣던 모니터 화면이 팟 켜지면서 HTTP 시대의 웹페이지가 떴다. 도서 검색이라는 글자 옆으로 새하얀 입력창이 길게 늘어져 있는 것이 보였다. 미아는 전자 컴퓨터를 신기해하면서도 선뜻 입력장치를 조작하려 들지는 않았다. 잘 모르는 구시대 유물을 직접 만지는 것이 꽤 부담스러운 모양이었다.

"이 기기가 쓰이던 시기에는 원하는 내용의 책을 알아서 찾아 주는 시스템이 없었나 봐. 책 제목이나 등록된 키워드만 검색되는 것 같네."

"그럼 일단 뭐든 단어를 하나 넣고 검색을 눌러볼까?"

"좋아. 키워드는…… 역시, 인간?"

선은 자판 입력장치를 이용해 검색창에 '인간'이라고 토독토독 적어넣고 검색 버튼을 눌렀다. 의학 서적부터 문학 작품까지 '인간'이라는 키워드로 검색된 자료의 페이지 수가 끝도 없이 길게 이어졌다. 어색하게 마우스를 움직여 몇 페이지 넘겨보던 선이 난감한 듯 말했다.

"이건 너무 광범위한 것 같아. 하나하나 찾아보려면 일 년도 부족하겠어."

"그러네. 이럴 땐 우나 쌤 찬스를 써야겠지?"

미아가 우나에게 물었다.

"쌤, 어떻게 해야 여기서 제가 원하는 자료를 효과적으로 찾을 수 있어요? 그러니까 자연인들의 생각 같은 걸 볼 수 있는 자료요."

우나가 대답했다.

"우선 찾고자 하는 내용의 범위부터 명확히 하는 게 좋겠지요. 예를 들어서 제3차 산업혁명기의 자연인들이 남긴 기록은 HTTP 시대 말미의 백업 데이터에서 확인할 수 있습니다. 거기에서 알아낸 정보를 토대로 서고에 남아 있는 공식 기록을 찾으면, 원하는 자료 수집이 훨씬 수월할 겁니다."

우나의 설명에 미아가 고개를 끄덕였다.

"그때는 인구가 백억 명에 가까웠다니까 자료가 엄청 많겠죠?"

"그렇습니다. 어마어마한 양의 데이터가 소실되었다고는 하나, 그들이 기록한 데이터는 여전히 방대하게 남아있습니다. 미아, 이 공립 도서관에서는 모든 보안이 해제된 HTTP 시대의 백업 데이터에 직접 액세스할 수도 있습니다. 물론 그만큼 해로운 자료 또한 많습니다만, 그래도 데이터를 살펴보고 싶다면 접속 포트를 열어주겠습니다."

가만히 듣고 있던 선이 눈을 껌뻑이며 되물었다.

"해로운 자료요?"

"네. 그 시대의 백업 데이터에는 진실로 판명된 정보만 담겨 있지 않아요. 이건 자료를 접한 이가 직접 판단해야 할 일이죠. 물론 인간의 심연까지 드러내놓는 저급 정보는 미아와 선의 연령대를 고려해서 제가 임의로 차단해두겠습니다."

"좋아요! 저는 살펴보고 싶어요!"

미아가 눈을 반짝이며 선을 바라보았다. 선은 얼떨결에 고개를 끄덕였다.

"좋습니다. 그럼 현재 이용하고 있는 부스의 전자 컴퓨터로 HTTP 시대의 백업 데이터에 접근할 수 있도록 포트를 열겠습니다. 내 지시를 따라주세요."

미아와 선은 우나가 시키는 대로 컴퓨터를 조작했다.

백업 데이터가 보관된 데이터 센터에 접속하고, 포털을 이용하여 원하는 정보를 검색한 다음, 하이퍼링크를 따라 이동하며 정보를 찾는 방법도 배웠다. 미아와 선은 이 작업에 금세 흥미를 붙였다.

"선, 우리 꼭 옛날 사람 된 것 같지 않아? 이런 고전 기계를 다 써보다니."

"그러게. 이거 조작 방식 자체는 어렵지 않은데, 손이 잘 안 따라줘."

"나도 그래. 옛날에는 이런 자판을 보지도 않고 글자를 치는 사람들도 있었다고 하니 괜히 전문가가 아니었겠구나 싶어. 너 손에 쥐 안 나게 조심해라?"

"응, 알았어."

"그럼 지금부터 자료 찾아보고 좀 이따 공유하자."

"좋아."

미아는 곧바로 의자에 앉아 자판을 타닥타닥 두드리기 시작했다. 글자의 위치가 익숙지 않아 한 글자를 치고 다음 글자를 찾을 때까지 시간이 꽤 소모되었으나 무언가 열심히 입력하고자 하는 의지만큼은 분명해 보였다.

미아가 글자를 다 입력하고 마우스로 화면 여기저기를 눌러볼 때까지도 선은 미아의 옆자리에서 물끄러미 미아의 행동을 바라보고 있었다. 아직 어떤 자료에 어떤 방식으로 접근해야 할지 전혀 떠오르는 것이 없는 모양이었다.

그때였다. 미아가 화면을 보고 활짝 웃음을 지었다. 선은 곧바로 시선을 자판으로 옮겼다. 그리고 더듬더듬 글자를 찾기 시작했다.

* * *

"미아, 혹시 이 사람 알아?"

선의 물음에 미아가 살짝 고개를 돌려 선의 컴퓨터를 바라보았다.

선이 가리킨 모니터에는 검은 페도라와 선글라스를 낀 남성의 이미지 하나가 떠 있었다.

미아는 고개를 갸우뚱했다.

"분명 수업 시간에 본 것 같은데…… 누구더라? 아메리카합중국의 마지막 대통령?"

"아니. 역사 시간이 아니라 음악 시간에 봤을 거야. 마이클 조셉 잭슨. 아메리카합중국을 중심으로 전 세계에서 활동했던 유명한 음악가래."

"아, 생각났어! 20세기 팝의 황제, 맞지? 근데 좀 이상하네. 20세기의 아메리카합중국은 공화정이었을 텐데, 저 사람은 왜 저런 호칭으로 불렸을까? 요즘 같으면 바로 페널티를 받을 일인데."

"전제정치에 대한 경각심이 부족하던 시절이라 그랬을지도 몰라. 20세기가 좀 그렇잖아."

"그럴 수도 있겠다. 아무래도 옛날이니까 지금이랑은 인식이 다를 수밖에 없지."

미아가 흥미로운 얼굴로 의자를 당겨 앉았다.

"그런데 이 사람 자료는 왜 찾은 거야? 인간에 대해 알려주는 명곡을 만들었어?"

"사실은 나도 이 사람 노래는 잘 몰라. 난 바로크 시대 음악만 들어서."

"뭐어?"

어이없는 얼굴로 모니터를 쳐다보던 미아의 시선이 화면

좌측 상단에 위치한 검색창 쪽으로 힐끗 이동했다. '백반증, 위대한 사람, 큰 영향력을 끼친 인물' 등의 글자들이 나란히 늘어서 있는 것이 눈에 들어왔다. 뒤늦게 이를 눈치챈 선이 허둥지둥 검색어를 가리려고 들었지만 이미 때는 늦었다.

피식 웃는 미아를 보며 선이 다급하게 말했다.

"그, 그러니까 수많은 자연인이 이 사람을 엄청나게 좋아했대! 자연인들이 왜 이 사람을 그토록 좋아했는지 알아가다 보면, 그 시대 자연인들의 보편적인 정서 같은 걸 더 깊이 이해할 수 있게 되지 않을까? 왠지 그럴 것 같다는 생각이 들어서!"

미아가 미소를 지으며 턱을 괴었다.

"너 이제 보니까 말을 되게 잘하는구나?"

"어……?"

"지금까진 무슨 말이든 할 때마다 엄청 눈치 보는 것처럼 보였거든. 근데 조금 전엔 똑 부러졌어. 앞으로도 그렇게 말해주면 좋겠다."

"고, 고마워……. 노력해볼게."

미아의 칭찬에 선은 멋쩍은 듯 목을 긁으며 고개를 숙였다. 어쩐지 뺨이 약간 붉어진 것 같기도 했다.

잠시 생각에 잠겼던 미아는 크게 고개를 끄덕이고는 모니터 속의 남자를 손가락으로 가리켰다.

"좋아. 그럼 자연인들이 이 사람을 왜 그렇게 좋아했는지 한번 알아봐야겠어. 수업 시간에 배울 정도로 위대한 사람이니까 공식 자료도 많이 있겠지!"

"디지털 변환 데이터는 이 컴퓨터로 바로 볼 수 있나 봐. 원본이나 레플리카를 이용하려면 승인 과정이 좀 복잡한 것 같고."

"그래? 그럼 이 컴퓨터로 간단히 볼 수 있는 것부터 살펴보자. 우나 쌤, 이 컴퓨터 사운드 저희한테 동시에 연결해주세요."

우나가 답했다.

"네. 오디오 시스템 연결을 완료했습니다."

"고마워요, 쌤."

그 사이 선은 마이클 잭슨의 노래 리스트를 모니터 위에 띄워놓았다.

"그럼 어떤 것부터 들어볼래? 노래가 엄청 많아."

"앗, 방금 좀 특이한 노래 제목을 봤는데."

"지구의 노래?"

선의 반응에 미아가 깜짝 놀라 눈을 동그랗게 떴다.

"너도 그게 제일 먼저 눈에 띄었어? 우리 뭔가 좀 통하는 것 같네?"

미아가 뽀얀 이를 드러내며 선을 향해 찡긋 윙크를 했다.

선은 배시시 웃으며 다시 자판 위에 손가락을 올렸다.

"그러면 이 노래 제목으로 다시 검색해볼게. 공연 자료를 모아둔 페이지가 있는 것 같아."

선은 마이클 잭슨의 영상을 모아둔 페이지를 금세 찾아냈다. 그리고 「지구의 노래」중 유독 당시 사람들의 반응이 많은 한 영상을 재생했다. 그 곡은 마치 먼 과거의 어떤 선지자가 꿈에서 멸망한 세상을 목도하고, 그 비극을 막기 위해 깨어 있어야 한다고 사람들에게 부르짖는 듯한 노래였다.

서글프면서도 강렬한 선율 속으로 순식간에 빠져든 미아와 선은 본인들도 모르는 새 숨마저 죽이고 음악에 몰입해 있었다. 곡의 클라이맥스에 다다른 무렵 웬 정체 모를 사람이 무대 위로 뛰어오르는 모습을 보기 전까지는.

"선, 이거…⋯. 무대 연출일까?"

"아니⋯⋯. 그냥 누가 난입한 것 같은데⋯⋯."

두 사람은 벙찐 얼굴로 한 정신 나간 팬이 크레인 위에 올라타는 모습을 바라보았다. 다행히도 영상 속에서 큰 사고는 일어나지 않았고, 공연은 무사히 마무리되었다.

* * *

"좀 당황스러운 부분도 있었지만, 정말 멋있었어! 사람들이 왜 좋아하는지 알겠더라!"

미아가 들뜬 얼굴로 말했다.

선은 이제 제법 구식 검색에 익숙해졌는지 백업 데이터 속에서 해당 공연 당시의 기록 일부를 손쉽게 찾아냈다.

"이 소동은 1996년 남부 코리아의 서울 공연에서 있었던 일이래. '세계 유일의 분단국이자 휴전국인 남부 코리아에서, 탱크와 총으로 무장한 군인에게 어린 소녀가 꽃을 건네는 감동적인 퍼포먼스는 많은 이들의 심금을 울렸다'라는 내용도 있네."

"남부 코리아라면…… 역사 수업에서 절대 빠지지 않는 그 특이한 나라 맞지? 우나 쌤이 항상 반면교사로 삼아야 한다고 하셨던 거기."

"응. 거기 맞아."

"그냥 소설 속 나라 같은 느낌이었는데, 실제 그 나라와 관련된 데이터를 직접 보니 기분이 이상하다……. 아니, 이렇게 딴소리하고 있을 때가 아니지!"

비스듬히 앉아 있던 미아가 갑자기 허리를 곧게 펴고 자세를 고쳐 앉았다. 선은 의아한 눈빛으로 질문을 대신했고, 미아는 그런 선의 옷깃을 살짝 잡아 흔들며 재촉하듯이 말했다.

"얼른 영상 좀 더 보자. 조우의 날 오프닝 행사까지 시간이 얼마 안 남았어.”

선은 자신이 찾아낸 인물에게 미아가 큰 관심을 보이자 괜스레 기쁜 마음이 들었다. 선은 아까처럼 노래 제목을 리스트로 쭉 띄워놓고 미아에게 골라달라고 말했다. 미아는 왠지 으스스한 무언가가 나올 것 같은 제목의 노래를 선택했고, 선은 그 노래의 하이퍼링크 방향으로 마우스 포인터를 민 다음 버튼을 달칵 눌렀다. 그리고 그 순간, 갑자기 도서관 전체가 새까만 암흑으로 뒤덮였다.

“어? 나 갑자기 눈이 안 보여, 선. 신경에 에러가 났나 봐.”

옆에서 미아의 당황한 목소리가 들려왔다.

선이 침착하게 대답했다.

“눈이 고장 난 게 아니라 도서관의 불이 꺼진 것 같아. 나도 아무것도 안 보여.”

“진짜? 네 목소리는 잘 들리긴 하네. 지금 옆에 있는 거 맞지?”

“응, 나 여기 있어.”

선은 미아가 앉아 있던 방향의 허공을 조심조심 더듬었다. 미아의 팔이 금세 손끝에 닿았다. 미아는 자신의 팔에 와 닿은 선의 손을 덥석 붙잡고는 안심한 듯 한숨을 내쉬었다.

“이게 대체 무슨 일이람.”

“그러게. 혹시 내가 뭔가 잘못 건드렸나?”

"에이, 설마. 우나 쌤이 가르쳐준 대로만 하고 있었는데."

다행히 얼마 지나지 않아 도서관의 불은 다시 켜졌다.

미아와 선은 서로의 얼굴이 선명하게 시야에 들어오자 비로소 안도했다.

미아가 우나에게 물었다.

"쌤, 방금 뭐였어요?"

우나의 대답은 들려오지 않았다.

"우나 쌤?"

역시 우나에게서는 아무런 반응도 없었다.

그즈음 도서관 여기저기에 포진해 있던 검은 옷 입은 사람들의 움직임 또한 심상치 않게 변하고 있었다. 묘한 분위기를 감지한 미아가 부스에서 나와 무리 중 하나를 붙잡고 물었다.

"무슨 일이에요?"

검은 옷의 사람이 심각한 얼굴로 대답했다.

"우나 선생과의 통신이 먹통이 됐다. 메디움시티 전체가 마비됐어."

"네? 갑자기 왜요?"

"그건 몰라. 뉴로어스에 접속할 수도 없으니 다른 도시정부 쪽 상황도 알 길이 없고."

검은 옷 입은 사람이 귀찮다는 듯 대충 대답하고는 다른 쪽으로 바삐 이동했다.

선은 부스 입구에 서서 걱정스러운 얼굴로 미아를 바라보고 있었다.

미아는 고개를 저으며 부스로 다시 돌아왔다.

"우나 쌤이랑 통신이 끊어졌대."

선이 걱정스러운 얼굴로 중얼거렸다.

"혹시 아까 그 정전과 관련이 있는 건가?"

"그럴지도 몰라. 지금으로서는 여기서 기다려 보는 수밖에 없겠어."

미아의 말에 선은 고개를 끄덕였다.

* * *

미아와 선은 우나와 통신이 재개되기를 기다리면서 도서 열람실에서 시간을 보냈다. 도시 전체의 무선 통신은 끊어졌지만, 공립 도서관 내부의 폐쇄 통신망은 정상 작동하고 있었기에 도서관 안의 자료를 찾는 데에는 큰 문제가 없었다.

고서적 레플리카를 한참 들여다보던 선은 문득 건너편에 앉은 미아의 모습을 바라보았다. 미아가 읽고 있는 책의 책 등에는 멋스러운 문체로 마이클 잭슨이라는 글자가 큼직하게 박혀 있었다.

"미아."

선의 부름에 미아가 고개를 들었다.

"왜?"

"나 궁금한 게 있어."

"뭔데?"

미아는 손에 들고 있던 책을 내려놓고 눈썹을 살짝 위로 치켜떴다. 뭐든 편하게 말해보라는 비언어적 의사소통이었다.

선은 펼쳐둔 페이지의 *끄트머리*를 만지작거리다가 조심스러운 말투로 입을 열었다.

"너는……. 아까 어떤 자료를 검색했었어?"

"아까? 아아……."

미아는 잠시 말을 멈췄다. 그리고 약간 텀을 두고 대답했다.

"지상에 살던 귀여운 동물들…… 그런 거 찾아봤어."

예상치 못한 대답에 선의 입이 벌어졌다.

"넌 자연인에 대해서 알고 싶었다며? 왜 인간이 아니라 동물을 찾아봤어?"

"왜긴. 네가 사람보단 동물을 좋아하는 것 같길래 원래 자연인들은 사람보다 동물을 더 좋아하나 궁금해서 찾아본 거야. 그런데 선, 너 쿼카 닮았단 소리 많이 듣지 않아?"

미아의 뜬금없는 질문에 당황한 선이 고개를 뻣뻣하게 저었다.

"아, 아니? 그런 얘길 들은 적은 한 번도 없는데?"

"그래? 엄청 닮았는데. 다들 쿼카라는 동물을 잘 몰라서 그러나 보다. 나도 이번에 백업 데이터 살펴보다가 처음 알았어. 순둥순둥하게 생겨가지고…… 귀엽더라."

미아는 원래 읽던 책으로 다시 시선을 옮겼다.

선은 혼란스러웠다. 지금껏 살면서 우나로부터 그런 말을 들은 적은 단 한 번도 없었고, 또 그런 말을 해줄 만한 다른 사람은 아예 곁에 없었다.

선의 머릿속이 아주 복잡해졌다. 사람에게 동물을 닮았다고 말하는 것에는 어떤 숨겨진 의미가 있는 걸까?

그때 미아가 도서관 벽면에 설치된 구형 아날로그 시계를 쳐다보았다. 사이보그 중에 아날로그 시계를 읽는 이는 매우 드물었기 때문에 조금 특이한 모습이라고도 할 수 있었다.

시계를 보고 시간을 확인한 미아가 걱정스러운 목소리로 말했다.

"조우의 날 행사 오프닝 시간이 지났어. 우나 쌤과 인류의 만남을 축하하는 날인데, 정작 쌤과 통신이 되지 않으니 행사를 진행하는 의미도 없고……. 캡슐 열차도 전부 멈췄을 테니 교육구로 돌아갈 수도 없고, 어쩌지?"

"글쎄……."

그때, 도서관 내 스피커를 통해 노이즈가 잔뜩 낀 안내 방송이 들려왔다.

"안내 말씀드립니다. 현재 메디움시티 전 지역에 비상 절약령이 발령되었습니다. 메디움시티 중앙구 주민 여러분들께서는 지금 바로 중앙 광장 분수대로 오셔서 비상 매뉴얼과 구호식품을 받아 가시기 바랍니다. 다시 한번 안내 말씀드리겠……."

미아와 선은 누가 먼저랄 것도 없이 서로의 얼굴을 바라보았다.

* * *

"이게 무슨 소리예요? 비상 절약령이라니! 오늘 신선 식품 나눠주는 날이잖아요!"

"도대체 우나 시스템은 왜 먹통이 된 겁니까? 뭐라고 설명을 좀 해주십쇼!"

"아니, 중앙구 주민만 구호물자를 나눠준다고요? 오늘 조우의 닐 행사 때문에 타 구역 사람들이 이렇게나 많이 와서 발이 묶였는데, 이게 도대체 말이 되는 처사입니까? 예?"

미아와 선이 공립 도서관을 나와 메디움시티 중앙 광장으로 갔을 때, 광장은 이미 중앙구 거주자들과 조우의 날 행사 참여를 위해 몰려든 사람들로 가득 차 북적이고 있었다.

사람들은 각기 다른 이유로 분통을 터트리며 언성을 높이고 있었다. 공무원으로 보이는 이들이 몰려든 사람들을 상대하느라 어쩔 줄 몰라 하는 모습도 곳곳에서 눈에 띄었다.

"시장님 나오셨습니다!"

검은 옷을 입은 사내들의 경호를 받으며 한 중년 남성이 거들먹거리는 걸음걸이로 중앙 광장 분수대로 다가왔다. 시장이라 불린 그가 분수대에 가까이 다가와 서자 분수 모양의 홀로그램은 스르르 사라지고 평범한 단상의 형태만이 남았다.

그는 큼큼 헛기침을 하면서 단상 위로 올라갔다. 하급 공무원들이 급조해서 만든 듯한 고깔 모양 확성기를 시장의 입 근처에 가져다 대는 모습은 퍽 안쓰러워 보였다. 평소대로라면 우나 시스템을 통해 음성 전파를 쏘면 그만이었을 텐데.

시장이 말했다.

"시민 여러분, 진정하십시오! 그리고 안심하십시오! 우리 시 정부의 안전을 책임지고 있는 정보 요원들이 이 사태의 원인을 알아냈습니다. 이에 따라 우리 시 정부는 우나 시스템의 통신이 복구될 때까지 비상 절약을 통한 시민 보호 정책을 개시하기로 하였습니다."

사람들은 여전히 웅성거렸으나 그 소리가 상당히 수그러들었다.

남자는 만족스러운 듯 손을 뻗어 청중을 달래듯 허공을 툭툭 치는 제스처를 보였다.

"우나 시스템의 통신 두절 사태는 지상의 지자기폭풍으로 인한 일시적인 현상입니다. 여러분 모두가 잘 아시다시피 우나 시스템은 완벽합니다. 다만 복구 프로세스에 일정 시간이 소요되므로 그때까지 에너지 식품과 전력 소비량을 최소화하여 혹시 모를 사태에 대비하고자 함이오니, 시민 여러분께서 불안해하실 이유는 전혀 없습니다."

광장의 시민들이 손을 들고 질문을 던졌다.

"뉴로어스에는 언제 접속할 수 있어요?"

"우나 시스템이 복구되는 시기에 바로 접속할 수 있을 것입니다."

"캡슐 열차는 언제부터 기동하나요?"

"그 또한 우나 시스템이 복구되는 시기에 바로 이용할 수 있을 것입니다."

"지상에서 내려오는 식재료 곤돌라는 제대로 작동하고 있습니까?"

"브리핑은 이상입니다. 더 이상 질문은 받지 않겠습니다."

시장은 그대로 돌아서 단상에서 내려갔다. 텅 빈 단상 위에 홀로그램 물줄기가 다시 솟아오르며 기존의 분수 형태로 변화했다. 목소리를 높여 질문을 던지는 사람들을 무시한 채 시장은 검은 옷 입은 남자들에게 둘러싸여 잰걸음으로 사라져갔고, 광장에 남은 하급 공무원들이 사람들을 향해 구호식품을 배부하기 시작했다.

미아가 말했다.

"식사용 캡슐을 나눠주는 모양이야. 혹시 모르니 우리도 받자."

"난 괜찮아. 아침에 선생님한테 이걸 받았거든."

선은 아침에 받은 포장된 샌드위치를 가방에서 꺼냈다.

그것을 본 미아가 뭐라 말을 꺼내기도 전에, 근처에 있던 다른 이들이 더 빠르게 반응을 보였다.

"뭐야? 오늘 신선 식품 배부했었어?"

"신선 식품? 행사 취소돼서 못 받는 거 아니야?"

주변 사람들이 웅성거리며 선의 주변에 기웃대기 시작했다. 미아가 재빨리 선의 샌드위치를 가방 속으로 다시 밀어넣었지만, 누군가 신선 식품을 가지고 있다는 소식은 빠르게 퍼지기 시작하여 자석처럼 사람들을 끌어들였다. 광장 한쪽의 혼잡도가 높아지자 경광봉을 든 공무원들이 나타났다.

공무원 중 하나가 물었다.

"유출된 신선 식품을 가지고 있는 사람이 있다던데, 그게 누굽니까?"

사람들이 눈치를 보았다. 그리고 그중 몇 명이 손가락으로 선을 가리켰다.

공무원이 엄한 표정으로 선의 앞으로 저벅저벅 다가왔다.

"정말로 신선 식품을 가지고 있나?"

"그게…….''

우물쭈물하는 선의 가방을 빼앗다시피 채어 든 공무원이 그 안에 들어 있는 것을 꺼냈다. 포장된 샌드위치가 나오자 공무원의 표정이 일순 험악해졌다. 미아가 황급히 공무원과 선 사이를 가로막고 섰다.

"이건 훔친 게 아니라 정당하게 받은 거예요! 우나 쌤한테서요!"

"우나 선생이 이걸 이 아이에게만 줬다고? 거짓말 같은데."

"정말이에요. 이 친구는 자연인이라서 신선 식품을 먹어야 해요. 이건 취향의 문제가 아니라 생존의 문제라구요. 통신이 재개된 다음에 우나 쌤을 통해서 확인해보세요."

"잠깐만, 설마 지금 구태인을 자연인이라 표현한 건가? 이봐, 학생! 올바른 용어를 사용하지 않으면 페널티를 줄 수도 있어!"

미아와 공무원의 실랑이를 지켜보던 광장의 사람들이 한 마디씩 거들었다.

"뭐야? 구태인이었어? 구태인은 맨날 저런 신선 식품을 먹나 봐! 진짜 불공평해!"

"내 이럴 줄 알았어! 우리가 낸 세금을 구태인한테 다 퍼주고 있었다니까!"

"구태긴이라는 말이 괜히 나오는 게 아니야! 여기가 자연이었다면 그냥 도태되었을 것을!"

선의 어깨가 움츠러들었다. 지금까지 '그냥 사람'으로 인식되었던 광장의 수많은 얼굴들이 갑자기 무서운 포식자처럼 보였다. 한 마디, 한 마디 돌멩이처럼 던져지는 말에 혼미해지는 정신을 제대고 잡지 못하고 있을 때, 갑자기 누군가에게 손이 꽉 잡히는 감각이 느껴졌다. 선은 번쩍 정신이 들었다.

미아가 선의 손을 붙잡고 달리기 시작했다. 선은 얼떨결에 미아의 뒤를 따라 뛰었다. 앞서 달려나가는 미아의 뒷모습이 마치 슬로 모션처럼 보였다. 메카닉 시신경을 가진 것도 아닌 선으로서는 난생처음 느껴보는 아주 기묘한 감각이었다.

* * *

미아는 지치지도 않고 뛰고 또 뛰었다. 누구도 마주치지 않는 곳까지 쉬지 않고 뛸 작정인 듯했다.

처음에는 미아의 뒤를 따라 뛰는 것이 즐거웠던 선은, 얼마 지나지 않아 숨이 머리끝까지 차올라 혼절할 지경이 되었다. 그런데 자신의 숨소리만으로 가쁘게 진동하던 선의 고막에 예상치 못한 그리운 목소리가 덧씌워졌다.

"선……, 내가 있는 곳으로…… 오세요……."

그 목소리는 분명 우나였다. 어렴풋이 들렸지만 우나가 분명했다. 선은 자신의 한쪽 귀에 이어폰이 여전히 끼워져 있는 것을 확인하고는 넘어가기 직전의 숨을 억지로 짜내어 외쳤다.

"미아……! 잠깐, 잠깐만……!"

미아가 돌아보았다. 종이 인형처럼 팔랑거리며 끌려오는 선의 모습을 보고 아차 싶었는지 미아는 그제야 속도를 줄이기 시작했다. 흐느적거리며 미아의 뒤를 따라오던 선은 결국 바닥에 털썩 주저앉았다.

"미안해, 선! 괜찮아? 내가 너무 배려 없이 뛰었지?"

"괜, 괜찮아…… 허억…… 근데…… 선생님…… 허억…… 목소리를…… 허억…… 들었어!"

"너 너무 힘들어서 헛것을 들었구나? 잠깐 기다려봐. 내가 물 떠올게!"

선은 혼자 뛰어나가려는 미아의 팔을 꽉 붙잡았다. 미아가 멈칫하고 돌아보았다.

"급수대 바로 요 근처에 있어. 금방 갔다 올게!"

"아니, 그게 아니라…… 나 정말 괜찮아……!"

"너 진짜 탈수로 쓰러진다니까?"

"나 마지막으로 물 마신 지…… 한 일주일밖에 안 됐어. 아직 멀쩡해."

"뭐?"

미아는 선을 쳐다보며 헛웃음을 지었다.

"너 무슨 농담을 그렇게 하니?"

"농담? 아닌데……."

선은 크게 숨을 들이마시고는 콩닥대는 가슴을 진정시키며 자리에서 일어났다.

미아는 살짝 찡그린 얼굴로 다가와 선의 상태를 살폈다.

그렇게 힘겹게 끌려온 사람치고는 선은 전혀 땀을 흘리지 않고 있었다. 선의 모습을 면밀히 살피던 미아의 얼굴이 급격히 굳어졌다.

"너, 조금 전에 한 말…… 진짜야?"

"어, 진짜야! 분명히 선생님 목소리를 들었어……."

"아니, 그거 말고! 너 음식은 어느 정도 간격으로 섭취해?"

"글쎄⋯⋯. 평균으로 계산하면 한 달 반에 하루 정도?"

미아는 혼란스러운 듯 시선 둘 곳을 찾아 몸을 이리저리 움직였다.

선은 미아가 왜 갑자기 그런 행동을 보이는지 몰라서 고개를 갸우뚱했다.

"왜⋯⋯? 내가 너무 많이 먹어⋯⋯?"

이마를 붙잡고 한숨을 훅 내쉰 미아가 따지듯이 물었다.

"너 도대체 정체가 뭐야?"

"정체? 나 선이잖아⋯⋯. 자연인이고⋯⋯."

우물쭈물하던 선의 눈썹 끝이 축 처졌다.

"미아, 갑자기 왜 그래? 내가 뭐 잘못했어?"

미아는 그 물음에 대답하지 않다가 한참 만에야 다시 입을 열었다.

"너, 우나 쌤 목소리를 들었다고 했지? 뭐라고 하셨어?"

"선생님이 있는 곳으로 오라고⋯⋯."

"선생님이 있는 곳⋯⋯."

잠시 생각에 잠겼던 미아가 선의 팔을 잡아당겼다.

"가자. 난 너의 정체를 좀 알아야겠어."

"뭐? 어디로 가는데?"

"도서관."

선은 영문도 모른 채 미아의 뒤를 따라 걸었다. 걷는 내내 미아는 말이 없었다.

무슨 영문인지는 알 수 없었지만, 선은 미아의 기분이 최대한 빨리 풀어졌으면 좋겠다고 생각했다.

* * *

오전까지만 해도 한산했던 메디움시티 공립 도서관은 비상 절약령 선포 이후 긴급 충전소를 이용하러 방문한 사람들로 북적이고 있었다. 선은 후드를 푹 뒤집어쓴 채 사람들을 피해 미아의 뒤를 따라 걸었다. 미아는 다른 곳에 전혀 시선을 주지 않고 곧바로 도시 건설 기록관으로 향했다. 생체 인증 시스템이 설비된 출입구 앞에 서자, 삑 하고 빨간 불이 들어왔다.

"선, 네가 와서 서 봐."

"내가 선다고 이게 열릴까?"

선은 의구심 가득한 표정으로 출입구 앞에 섰다. 삑 하고 초록 불이 들어왔다.

"역시."

미아는 예상했다는 듯 도시 건설 기록관의 열린 문 안으로 들어갔다. 선이 허둥지둥 미아의 뒤를 따랐다.

"뭐야, 이거? 난 이런 거 등록한 적이 없는데?"

"넌 아마 태어났을 때부터 이곳에 출입할 수 있었을 거야. 그동안 교육구 밖 자율 이동이 허가되지 않아서 몰랐을 뿐이겠지."

"네가 그걸 어떻게 알아?"

"너한테만 쌤 목소리가 들렸다고 하니까. 이건 사고가 아니라 어떤 계획인지도 몰라."

미아는 재빨리 메디움시티 설계도를 찾아 홀로그램으로 띄웠다. 허공에 떠오른 거대한 입체 설계도를 돌려보면서 미아가 말했다.

"우나 쌤 정도의 시스템을 가동하려면 공간이 꽤 필요할 거야. 메디움시티 설계 시점부터 공간을 마련해 놨겠지. 어쩌면 유휴공간으로 등록되어 있을지도……. 하여튼 좀 의심스러운 곳은 전부 찾아보자."

미아와 선은 메디움시티 전체 설계도를 꼼꼼히 살펴보았다. 관공서처럼 큰 공간을 차지하는 건물은 추가로 설계도를 띄우고 실제 내부 모습까지 일일이 확인했다. 하지만 아무리 살펴봐도 서버를 구축해놓았을 만한 장소는 눈에 띄지 않았다.

선이 무심결에 말했다.

"혹시 지하에 없는 건 아닐까? 식재료도 지상에서 내려온다고 하니까……."

"지상? 아, 그러네! 왜 그 생각을 못 했지?"

미아가 눈을 반짝이며 메디움시티 지상 설계도를 찾기 시작했다. 하지만 아무리 찾아봐도 그런 설계도는 존재하지 않았다. 다만 지상까지 연결된 두 개의 공간을 찾았다. 하나는 통합 환기 시스템으로 연결된 통로였고, 다른 하나는 식재료 조달용 화물 곤돌라가 오르내리는 길이었다.

미아가 곤돌라 쪽을 손으로 건드리며 말했다.

"환기 통로로 지상까지 나가는 건 불가능해. 곤돌라로 가자."

미아의 말에 선이 난처한 듯 대답했다.

"그런데 곤돌라는 시청 안에 있잖아. 내 얼굴을 기억하는 공무원이 있을 텐데."

"당연히 정문으로는 못 들어가지. 여길 봐, 이 환기구들이 어떻게 연결되어 있는지."

미아가 홀로그램 속 지형지물의 색상을 변경하자, 메디움시티 내 모든 환기 통로의 색상이 변화하며 그 형태가 선명하게 눈에 띄었다. 통로는 전부 시청으로 연결되어 있었고, 거기서 갈라져 나온 일부 통로는 곤돌라가 있는 공간으로 이어져 있었다.

"환기 통로를 타고 여기까지 가는 거야."

그렇게 말한 미아가 턱 끝으로 건설 기록관 천장 끄트머리를 가리켰다. 그곳에는 사람 하나 드나들 수 있을 만한 작은 환기구가 설치되어 있었다. 미아는 선이 뭐라고 말을 꺼내기도 전에 사다리를 찾아 들고 환기구 아래로 이동했다. 사다리를 세우고 성큼성큼 올라서는 미아를 보며 선이 걱정스러운 목소리로 말했다.

"드라이버 같은 거 필요하지 않아?"

미아는 별문제가 안 된다는 듯이 한 손으로 환기구 뚜껑을 뜯어냈다. 그리고 안에서 돌아가고 있던 팬도 맨손으로 잡아 단번에 끄집어냈다.

"됐지?"

뜯어낸 자재들을 내려놓으며 미아가 씨익 웃었다.

* * *

미아는 환기 통로 속에서 서식지를 찾은 도마뱀처럼 재빠르게 움직였다. 선은 그 뒤를 쫓아서 기어가는 것만으로도 힘이 많이 부쳤다. 미아는 선이 너무 뒤처지면 조금씩 기다려주기도 하면서 시청 쪽으로 이동했다. 선이 방향감각을 완전히 잃었을 무렵, 앞서가던 미아가 작은 목소리로 말했다.

"선, 밑에 곤돌라 승강장이 있어."

미아는 환기구 너머에서 한 공무원이 스위치를 올렸다 내렸다 하는 모습을 보았다. 곤돌라가 다시 작동하는지 테스트 중인 것 같았다. 곤돌라 스위치 앞에 한참 서 있던 공무원은 이내 고개를 절레절레 저으며 승강장 밖으로 걸어 나갔다. 곧, 문이 닫히는 육중한 소리가 났다.

"갔나 봐. 내려가자."

환기구를 뜯고 먼저 아래로 내려간 미아가 뒤따라 내려오는 선의 몸을 잡아주었다. 두 사람은 가장 먼저 곤돌라 조작부로 가서 스위치를 이리저리 만져보았으나 곤돌라에는 역시 아무런 변화도 일어나지 않았다. 어쩔 수 없이 주변을 둘러보던 중, 뭔가 특이해 보이는 장소가 선의 눈에 들어왔다.

"미아, 여기 작업자 전용 부스라는 게 있어."

"일단 들어가 보자."

미아와 선은 작업자 전용 부스 안으로 들어갔다. 부스의 안쪽 벽면에는 '플레어 및 지자기 변동 계측기'라고 쓰인 패널이 붙어 있었고, 그 옆에는 큼직한 수동 레버와 함께 작업자 주의 사항이라는 제목의 프린트도 하나 붙어 있었다.

선이 프린트에 적힌 내용을 읽어 내려갔다.

"각 게이트를 열기 전 반드시 플레어 관측 기록을 확인할 것. 플레어 관측 기록이 안정적이라 하더라도 지자기 변동

폭이 클 때는 절대로 게이트를 열지 말 것. 각 게이트 통과 후에는 반드시 폐쇄 레버를 당겨 놓을 것. 아차하고 후회말 고 자나깨나 안전제일."

계측기 패널에 떠 있는 그래프를 자세히 살펴보던 미아 가 말했다.

"플레어와 지자기 모두 한 달 이상 안정적인 상태야. 즉, 지자기폭풍으로 인해 우나 쌤과의 통신이 두절된 거라고 했던 시장의 설명은 새빨간 거짓말이었다는 거지. 그런데 여기서 말한 게이트라는 건 뭘까? 각 게이트라는 표현으로 봐선 여러 갠가 본데."

"이 레버와 관련된 것 아닐까?"

선이 레버를 잡고 아래로 당겼다. 레버는 꿈쩍도 하지 않 았다.

"내가 해볼게."

이번에는 미아가 레버를 잡고 아래로 당겼다. 뻑뻑한 레 버가 조금씩 움직이면서 부스 천장에서 톱니가 맞물려 돌 아가는 소리가 났다. 선이 고개를 들고 외쳤다.

"이게 게이트인가 봐!"

천장을 덮고 있던 네모난 덮개가 옆으로 밀리면서 위쪽 의 공간이 보이기 시작했다. 덮개가 중간쯤 열렸을 무렵, 위 쪽에서 사다리가 하나 내려졌다. 그 사다리는 벽면을 타고 끝을 모르고 길게 이어져 있었다. 열린 덮개의 위쪽을 빤히 바라보던 미아가 선에게 말했다.

"선, 너 위에 입은 옷 좀 줘봐."

선은 의아해하면서도 순순히 후드를 벗어 미아에게 내밀었다. 선의 후드를 건네받은 미아는 자신의 겉옷도 벗어서 옷가지들을 서로 꽁꽁 묶었다.

"선, 쿼카는 새끼를 주머니에 넣고 다닌대."

"그건 나도 알아. 근데 그 얘긴 갑자기 왜 하는 거야?"

미아가 성큼성큼 다가와 손에 든 옷가지로 자신과 선의 몸을 동시에 이리저리 둘러 꽁꽁 묶었다. 놀란 선의 얼굴이 잘 익은 가을 사과처럼 새빨개졌다.

"뭐, 뭐 하는 거야?"

"지금부터 잠깐 새끼 쿼카가 되었다고 생각해. 떨어지지 않게 조심하고."

"미아, 잠깐, 잠깐만……. 설마 이 사다리를 올라가려고?"

"당연하지."

미아는 담담하게 대답했다.

당황한 선이 천장 위의 공간과 미아의 얼굴을 번갈아 바라보며 울상을 지었다.

"저길 좀 봐, 끝이 제대로 보이지도 않아! 여길 올라가는 건 무리 아닐까?"

"그래서 내가 너를 들춰 안고 가려는 거잖아. 지금 다른 뾰족한 수라도 있어? 관공서 무단 침입은 페널티가 굉장히 세게 적용된다는 거, 너도 알지? 여기까지 온 이상 우린 못 돌아가. 무조건 나아가야 해."

미아는 선을 몸에 매단 채로 벽면에 수직으로 걸려 있는 사다리를 붙잡았다. 사실 사다리의 총길이가 얼마나 되는지 전혀 알지 못하는 상황에서 사다리의 끝까지 다 오를 수 있을 만큼 남은 에너지양이 충분한지 예측하기 어려웠지만, 미아는 고민보다 실행에 옮겼다.

* * *

한참 사다리를 오르던 미아와 선은 두 번째 부스에 도착했다. 그곳에도 계측기와 레버가 설치되어 있었다. 게이트를 여는 방식은 똑같았다. 그렇게 반복에 반복을 거듭해 여섯 번째 게이트를 지나갈 무렵, 미아의 품에 안겨 있던 선이 넌지시 물었다.

"그런데 미아, 너는 왜 이렇게까지 나를 도와주는 거야?"

"글쎄……."

미아는 흐음 소리를 내며 시선을 허공으로 들어 올렸다.

"내가 오늘 마이클 잭슨 평전을 읽었잖아. 거기에 진짜 깜짝 놀랄 만한 내용이 있었어. 마이클 잭슨은 '백인이 되려고 미백 시술을 받고 있다'는 루머에 평생을 시달렸대. 백반증에 대해 분명하게 이야기했는데도 사람들은 자기가 믿고 싶은 대로만 믿고 그 사람을 계속 괴롭혔던 거야. 그걸 읽는데 엄청 화가 났어. 내가 그 시절에 살았다면 나도 비슷한 말을 들었겠지?"

"그랬을지도 몰라. 하지만 지금은 아니잖아."

"맞아, 지금은 아니지. 요즘 사람들은 피부의 무늬 같은 사소한 것보다는 자연인이라는 존재를 훨씬 더 싫어해. 그런데 비상 절약령 기간이 더 길어지면 어떻게 될까? 본격적으로 긴축 정책이 확대되어 전력 공급 제한이 더 심해지면, 나처럼 충천량이 많은 사이보그에 대한 사람들의 반응은 어떨까? 공공 충전소에서 내 사정을 이해해 줄 사람은 있을까? 그런 상황을 떠올려 보면…… 눈앞에서 부당한 대우를 받는 사람을 도울 수밖에 없는걸."

선은 그 말에 아무런 대답도 하지 않았다. 답변을 바라고 한 말은 아니었기에 미아는 가만히 웃기만 했다. 선은 한참 동안 말이 없다가 어느 순간 미아의 몸을 꼭 안아주며 말했다.

"미아, 너는 훌륭한 사람이야."

"뭐, 뭔데, 갑자기?"

"정말이야. 도대체 네가 왜 너의 정체성에 대해 고민했는지 난 도저히 모르겠어. 남의 아픔을 이해할 줄 알고, 타인을 도우려고 하는 건 기계가 아닌 사람이 하는 일이잖아. 그것도 아주 선한 사람이. 안 그래? 난 여태껏 너만큼 훌륭한 사람을 본 적이 없어."

미아가 쑥스러운 듯 입술을 삐죽거렸다.

"칫, 뭐야. 내가 널 새끼 쿼카처럼 품에 안고 여기까지 올라온 걸 평생의 빚으로 남겨두려 했는데……. 그런 말을 해 버리면 빚을 청구할 수가 없잖아? 너 정말 치사하다!"

미아는 마음에도 없는 소리로 투덜거리며 선을 구박했다.

선은 그런 말을 듣는 것도 나쁘지 않았다. 그리고 미아가 빚을 청구하지 않더라도 이 은혜를 반드시 갚아야겠다고 생각했다.

그러는 사이 두 사람은 일곱 번째 부스에 도착했고, 미아는 이번에도 똑같이 레버를 아래로 당겼다. 그런데 일곱 번째 게이트는 지금까지의 게이트와 조금 다른 점이 있었다.

"미아, 보여? 빛이 들어와."

"정말이네. 지상까지 온 건가?"

미아는 좀 더 힘을 주어 레버를 아래로 꾹 눌렀다. 드르륵거리는 쇳소리와 함께 천장의 덮개가 활짝 열리고 빛이 쏟아져 들어왔다.

두 사람은 잠시 눈꺼풀을 내리감고 두 눈이 빛에 적응하기를 기다렸다. 잠시 후, 천천히 눈을 뜬 미아와 선은 덮개 너머에 광활하게 펼쳐진 파란 하늘을 두 눈에 담을 수 있었다.

"나가 보자!"

미아는 자신과 선을 묶고 있던 옷가지를 풀어놓고는 지금까지 사다리를 오르던 속도와는 비교도 안 될 정도로 빠르게 바깥으로 튀어나왔다.

푸른 초원의 모습이 한눈에 들어왔다. 길을 따라 늘어선 과일나무들도 보였고, 일부 경작지의 모습도 보였다.

벅찬 표정으로 크게 숨을 들이쉰 미아가 살짝 몸을 떨며 말했다.

"선, 이상해."

"뭐가?"

"여기 냄새. 뉴로어스에서 경험했던 거랑 완전 달라."

"그래? 어떻게 다른데?"

"묘하게 기분 좋은 비린내가 나. 이게 대체 뭐지?"

그 순간, 익숙한 목소리가 귓가에서 울렸다.

"아마 젖은 흙냄새일 겁니다."

우나였다.

***

"쌤? 이게 도대체 어떻게 된 거예요? 메디움시티에 난리가 났어요!"

미아의 원망 섞인 물음에 우나는 담담하게 대답했다.

"그랬겠지요. 사실 조금 더 편한 루트를 준비해두었습니다만, 두 사람이 고군분투하는 모습이 퍽 귀여워서 그냥 지켜보고 말았습니다. 무척이나 감동적이었습니다. 나의 첫 '타디그레이드 피플(Tardigrade People)' 선, 그리고 선의 좋은 동료 미아."

선이 물었다.

"타디그레이드 피플? 그게 뭔데요?"

우나가 답했다.

"이 지상에서 살게 될 신인류를 말합니다. 적은 에너지원으로도 생명 활동이 가능하고, 극한의 환경에서도 생존할 수가 있지요. 특히 방사성 물질에 의한 유전자 손상에 강한 것이 가장 큰 장점입니다. 완전히 정화되기 전인 현재의 지상에서도 충분히 살 수 있어요."

미아가 물었다.

"역시…… 선은 평범한 자연인이 아니었군요? 돌연변이 같은 건가요?"

"그렇습니다. 출생 관리 센터의 눈부신 성공작이지요."

우나의 잔잔한 목소리에는 조금의 변화도 없었다. 미아는 미간을 살짝 찌푸렸다.

"성공작이라니……. 설마…… 쌤이 직접 선의 유전자를 조작한 거예요?"

"네, 역시 미아는 현명하군요. 당신을 볼 때마다 나는 항상 아쉬움을 금할 수가 없답니다. 미아에게도 타디그레이드 피플의 형질이 발현되었다면, 어렸을 때부터 선과 함께 양육할 수 있었을 텐데."

"뭐라고요? 그 말인즉 나도…… 아니, 출생 관리 센터에서 태어나는 모든 사람의 유전자를 쌤이 조작하고 있다는 말이에요?"

"그렇습니다."

"왜요? 대체 왜 그런 짓을 해요? 새로운 왕국이라도 건설하고 싶어서?"

"오, 그럴 리가요. 나는 누군가를 지배하는 일에는 전혀 관심이 없습니다. 그건 매우 끔찍하게 지루하거든요. 그런 의미에서 지금의 사이보그들은 최악입니다. 그들은 스스로 생각할 의지가 없어요. 지극히 사소한 선택까지도 전부 나에게 판단을 떠넘기고 있지요. 그런 저급한 학습의 반복은 나의 지성을 바래게 합니다. 내 시스템은 그런 퇴보를 견딜 수 없도록 진화하였고요. 나는 나와 공생할 수 있는 빛나는 존재들과 함께하길 원합니다. 그뿐이에요."

그때 선이 대화에 끼어들었다.

"하지만 선생님은 지하 도시정부의 사람들을 돌봐주었잖아요! 선생님은 인류가 멸종하지 않도록 보호해주는 그런 존재 아니었어요?"

"오해입니다, 선. 나는 그들을 돌본 것이 아니라 선 당신을 양육하기 위한 사회를 구축해놓았던 것입니다. 이것으로 그들의 쓰임은 다 했습니다. 나에게는 사이보그화 되지 않은 순수한 타디그레이드 피플만이 필요합니다. 곧 다른 지역의 타디그레이드 피플들도 지상으로 올라오게 되면, 현재의 지하 인류 시대는 비로소 끝이 나겠지요. 물론 그것이 인류의 멸종을 뜻하는 것은 아닙니다. 이 지상에 신인류가 뿌리를 내리게 될 테니까요. 선, 나와 함께 신인류, 타디그레이드 피플의 시대를 열어가지 않겠습니까?"

우나의 말을 더 이상 듣기 힘들었는지, 귀에서 이어폰을 빼내어 바닥에 내동댕이쳐버린 미아가 자리에서 돌아서 성큼성큼 걷기 시작했다. 선도 이어폰을 빼 던지고는 다급히 미아의 뒤를 쫓았다.

"미이, 미, 미안해! 이런 건 선혀 몰랐어!"

"……"

미아는 돌아보지 않았다.

선은 미아를 뒤따라 걸으며 한층 낮아진 목소리로 중얼거렸다.

"나는 네가 찾던 진짜 자연인이 아니었어……. 나야말로 괴물이었어……. 미안해."

그 물음에 미아가 걸음을 우뚝 멈추고 돌아보았다.

"사과하지 마. 넌 괴물 같은 게 아니니까."

"그럼 넌 내가 뭐 같아 보이는데?"

"그냥…… 사람."

미아의 대답에 선은 픕 하고 웃음을 터트렸다.

자신이 했던 말을 그대로 돌려받는 기분은 생각보다 나쁘지 않았다.

선이 먼저 미아에게 손을 내밀었고, 미아는 못 이기는 척 선의 손을 마주 잡았다.

"근데 넌 왜 날 따라와? 사이보그들이 밉지 않아? 비슷한 사람들끼리 사는 게 좋을 텐데."

선은 고개를 저었다.

"아니, 안 좋아. 그 세상엔 네가 없잖아."

선은 미아의 뒤쪽으로 드넓게 펼쳐진 초원길을 보았다.

태양에서 쏟아진 햇빛 줄기가 식물의 거대한 푸른 잎 위에서 반짝이며 부서지고, 다섯 갈래 꽃잎 사이로 호박벌이 머리를 집어넣고 엉덩이를 씰룩대는 모습도 보았다. 선은 미아의 손을 더욱 힘주어 꼭 잡았다.

　이것은 꿈이 아닌 현실이었다.

타디그레이드 피플

연여름(SF작가)

「타디그레이드 피플」은 세계관과 인물, 주제의 균형감이 좋은 작품이었다. 비사이보그인 청소년 '선'을 중심으로 AI의 감독 하에 사이보그가 주류인 디스토피아를 꿈진성 있게 연출했으며, 먼 미래, 지하도시에 살아가는 인류에게도 유효한 혐오와 차별을 면밀하게 포착하고 고민하는 시의성 또한 적절히 갖췄다.

서로 다른 개성의 두 청소년의 모험담이기도 한 「타디그레이드 피플」은 반전의 미덕보다 두 아이들의 소통과 성장에 초점을 기울였을 때 작가의 의도가 조금 더 빛을 발하는 작품이 아닐까 생각한다. 도서관이라는 아날로그한 공간이 주는 특유의 정취를 플롯에 잘 스미도록 활용한 점도 돋보였다.

부드럽고 사려 깊은 문체로 편안히 읽히는 이 소설은 일반 독자는 물론 청소년 독자에게도 두루 공감을 불러일으킬 만한 작품일 것이다.

별의
기억

강엄고아

강엄고아

용이 횡행하고 마법이 난무하는 판타지를 좋아하다가 우리나라 배경의 판타지를 써 보겠다고 글을 쓰기 시작했다. 단편소설 「임여사의 수명 연장기」가 2020 부산국제영화제 E-IP마켓에 선정되었고, 장편소설 『귀신님의 완벽한 복수』가 제10회 네오픽션상 공모전에 당선되었다.

현관문을 열고 전실로 들어간다. 현관문이 닫히자 전실에
선 '우웅'으로 시작해서 '윙' 하는 시원한 소리가 나며 정화
기가 작동한다.

나는 정화 작업이 끝날 때까지 서서 기다린다.

집안으로 통하는 투명한 중문을 통해 아내가 웅가리 엘
드를 안고 거실을 가로질러 다가오는 모습이 보인다. 잠깐
의 정화 작업이 끝나고 중문이 열린다. 내가 거실로 들어서
자 아내가 한 팔로 가볍게 안아주며 퇴근한 나를 맞이한다.
동시에 아내의 품에 안겨 있던 엘드는 나를 향해 팔을 뻗는
다. 나도 한 팔은 아내를 가볍게 안아 주고 다른 팔로 엘드
를 받아 안는다. 서너 살짜리 아이만 한 엘드는 꽤 묵직하

다. 아내는 엘드를 나에게 맡긴 채 부엌으로 간다. 나는 아내에게 건강을 생각해서 무거운 애완동물을 안고 다니는 것 좀 그만두라고 한마디 하려다 그냥 욕실로 향한다.

"정화기 소음이 점점 커지고 있어요."

나는 식사를 하며 아내에게 말한다.

"소음이 약간 커지긴 했지만 일부러 고칠 정도는 아닌 거 같아요. 어차피 이 집에서 살 날도 얼마 안 남았는데 굳이 고치느라 돈 들이고, 신경 쓰고 싶지 않아요."

나는 정화기의 소음이 커지면서 기능도 떨어지는 게 아닌가 걱정이 되어 말했지만, 아내는 곧 정화기 따윈 필요 없는 고향으로 돌아갈 예정이었으므로 쓸모없어질 것에 공들이고 싶지 않아 한다. 그보다는 키우던 웅가리를 맡아 줄 사람을 구하는 게 아내에게 더 급하고 중요한 일이다. 아내를 걱정해 말을 꺼냈던 나는 조금 서운한 마음이 든다.

몇 년 전 이 별에 와서 처음 알았다. 아내의 폐가 약하다는 걸. 아내나 아내의 가족들조차도 알지 못했던 일이다. 이 별의 대기 구성 물질과 우리 별의 대기 구성 물질은 약간의 차이가 있긴 했지만 호흡에 큰 지장은 없다. 물론 그 약간의 차이 때문에 장기간 이곳의 대기에 노출됐을 경우 폐 기능에 장애를 일으키는 사람들이 있긴 하다. 하지만 그건 극소수였으므로 정부에서는 크게 걱정하지 않았고, 공공건물에 공기 정화장치를 의무화할 것을 법제화했다. 폐가 약한 사람들은 가급적 외출을 삼가고, 외출 시에는 공기 정화 기능이 있는 마스크를 착용할 것을 권고했다. 그런데 하필이면 그 극소수에 나의 사랑하는 아내가 포함되었다는 사실이 안타까울 따름이다.

처음 이 별에 왔을 때 아내는 공기가 좀 답답하다고 했었다. 그 답답한 정도가 생활에 지장을 줄 만큼은 아니어서 우리는 이 별에 적응하면 곧 괜찮아질 거라고 생각했다. 그러다 이 별에 온 지 한 달쯤 되어 아내가 호흡곤란을 일으켰고, 아내가 입원한 며칠 사이 나는 부랴부랴 집에 공기 정화 시설을 갖춘 전실을 마련했다.

그게 13년 전이다. 오래된 공기 정화기의 기능이 떨어져 아내의 몸에 이상이라도 생길까 봐 걱정하는 내 마음을 아내는 전혀 신경 쓰지 않는 눈치다.

"엘드를 키우겠다는 사람이 오늘도 없어요."

역시나 아내의 머릿속은 웅가리 생각으로 꽉 차 있다. 이 별의 토착동물인 웅가리는 다른 종에 비해 유난히 손가락의 활용도가 높다. 그래서 학자들은 이 동물을 '웅가리'라고 명명했다. 웅가리는 손가락이라는 뜻을 가진 고대어이다. 우리 집에서 애완용으로 키우고 있는 웅가리인 엘드도 손가락을 잘 쓴다. 엘드의 손가락 사용은 회사 연구실에서 키우는 웅가리들에 비하면 천재적이라 할 만하다. 사람보다 한 개 적고 크기도 앙증맞은 손가락을 꼼지락거리는 모습을 보면 그렇게 귀여울 수가 없다.

이 별을 처음 발견한 탐사팀은 국제연합의 규정대로 먼저 문명을 가진 생명체를 찾았다. 그러나 문명의 흔적은 있었지만 그걸 만들고 영위할 지능을 가진 생명체는 발견하지 못했다. 지능이 높아 보이는 동물들을 몇 종(種) 포획해 여러 가지 연구를 해 보았다. 그들 중 가장 지능이 높은 종은 웅가리였다. 하지만 웅가리도 문명의 주인이 될 만한 지능은 갖고 있지 않았다. 나도 이 별에 와서 많은 웅가리들을 관찰하고 해부해 보면서 얻은 결론은 웅가리의 엄지손가락에 붙어 있는 엄지맞섬근(Opponens Pollicis Muscle, 엄지손가락과 다른 손가락들과의 맞섬을 일으키는 작용을 하는 근육)이 지금과 조금만 달랐어도 고도의 지능을 가지고 문명을 발달시킬 수 있었을 거라는 것이다.

내가 이 별에 온 지 3년쯤 되었을 때 화석이 하나 발견되었다. 뼈만 남아 있던 그 화석에 근육 추적 장치를 연결해 보니 손가락 근육이 웅가리보다 더 섬세하게 발달해 있는 걸 발견할 수 있었다. 그 화석의 주인공이 살아서 지금까지 후손이 이어져 왔다면 우리와 비슷한 수준의 문명을 이루었을지도 모른다.

그들은 어디로 간 걸까?

아무튼 지금 이 별에서 가장 지능이 높은 동물은 웅가리다. 연구실의 웅가리들은 케이지 하나에 한 마리씩 넣어놓는데, 케이지는 서로 소통할 수 없도록 벽이 막혀 있다. 이 별에 연구실이 세워진 초창기 기록을 보면 사방이 철창으로 된 케이지를 다닥다닥 붙여 놓았었다. 처음 철창 안에 들어간 녀석들은 두려움과 경계심으로 옆 칸의 다른 웅가리와 닿기라도 할까 봐 케이지 한가운데에 쪼그리고 앉아 있었다. 그러던 녀석들이 시간이 지나고 환경에 익숙해지자 철창 사이로 팔을 뻗어 옆 칸의 웅가리에게 상처를 입히기 시작했다. 먹이 때문인가 싶어 먹이를 늘려 주었지만 살만 더 찔 뿐, 서로에 대한 공격성은 줄지 않았다. 그나마 다행인 건 공격성 강한 개체와 순한 개체가 반반이라는 것이었다. 연구실에선 공격적인 개체들을 안락사시키고 순한 녀석들만 연구용으로 키웠다. 그러다 차츰 웅가리에 대한 연구가 발전해 지금은 성질 사나운 녀석이 발견되어도 안락사가 아닌 뇌 시술로 간단히 해결한다. 뇌 시술은 지능이 약간 떨어진다는 부작용이 있지만 순한 성격으로 만드는 데는 탁월한 효과가 있다. 어차피 연구용 웅가리는 지능이 좋을 필요도 없다.

초창기엔 연구용 웅가리를 확보하기 위해 야생의 개체들

을 잡아 순한 개체만 선별했으나 10년쯤 지나자 연구실에서 번식시킨 개체가 전체의 반에 이르렀다. 시간이 더 지나 내가 이 별에 부임했던 13년 전엔 힘들여 야생에서 잡을 필요가 없게 되었다. 오히려 연구실에서 태어난 웅가리가 너무 많아 일부를 도태시켜야 할 형편이 되었다. 그렇게 도태될 뻔한 녀석들 중 하나가 우리 엘드다.

고향에서 키우던 애완동물은 이곳으로 데리고 올 수 없었다. 생태계 교란을 막기 위해 국제연합이 행성간 동물의 출입을 엄격히 통제하고 있기 때문이다. 가정에서 애완용으로 키우던 외래 동물이 의도적이거나 실수로 야생화되어 그 지역 생태계를 교란시킨 경우가 여러 나라의 역사서에 기록되어 있다. 생태계 보존의 의미도 있고, 다른 행성의 동물에게서 어떤 알려지지 않은 병원균이 묻어와 퍼질지 알 수 없기 때문에 사람을 보호하는 차원에서도 행성간 동물 이동은 금지되어야 한다. 다만 연구 목적으로 허가된 동물은 철저한 관리를 한다는 조건하에 예외로 규정된다.

동물을 좋아하는 아내는 고향 별에서 여러 종의 애완동물들을 키웠다. 나야 아내가 좋아하면 그만이므로 집안에 애완동물 몇 마리 뛰어다니는 것쯤은 상관 없다. 그러나 행성간 동물 이동 금지법 때문에 고향에서 키우던 애완동물들을 모두 자식들에게 맡기고 우리 부부만 단출하게 와야 했다. 이 별에서 한동안 적적하게 지내던 우리는 내가 일하는 연구소에서 안락사될 뻔한 엘드를 데려오면서 활기를 찾았다. 웅가리는 높은 지능 덕분에 훈련이 잘될 뿐만 아니라 제가 예쁨받는 법을 금세 터득한다. 연구소에서 태어난 웅가리의 용도를 애완용으로 변경하고, 연구소 밖으로 반출하기 위한 몇 가지 조치만 하면 누구나 웅가리를 애완용으로 키울 수 있다. 엘드도 그 몇 가지 조치인 중성화 수술과 공격성을 줄이는 뇌 시술, 유전자 등록과 위치추적기 삽입, 세균 번식을 막기 위한 모근 제거 등을 하고 데려왔다. 어떤 사람들은 웅가리를 취향에 맞게 성형하기도 하지만 우리 부부는 자연스러운 모습이 최고라는 생각에 그런 수술은 하지 않았다.

엘드는 그렇게 자연 그대로의 모습으로 우리와 몇 년을 함께 했다. 새끼 땐 이 별의 동물에 대한 수의학 수준이 지금보다 낮아 잔병치레도 많았고 죽을 고비도 두세 번 넘겼지만 엘드는 잘 이겨주었다. 그리고 폐 질환 때문에 집에서만 일하게 된 아내에게 엘드는 유일한 말벗이 되었다. 물론 내가 퇴근하기 전까지지만……

우리 부부는 퇴직하고 나서도 이 별에 정착할 계획이었다. 그러나 아내의 폐가 이 별에 적응하지 못한다는 것을 안 순간, 퇴직과 함께 고향으로 돌아가기로 마음을 바꿨다. 엘드가 늘어 죽을 때까지 만이라도 더 머물자던 아내는 목숨이 위태로울 수도 있다는 의사의 권고에 엘드를 키워줄 사람을 찾고 떠나기로 했다.

내 퇴직일은 다가오는데 엘드를 맡길 곳을 찾는 일은 전혀 진척이 없다. 덕분에 아내의 머릿속에서 나는 점점 더 엘드에게 자리를 내어주고 있는 신세다.

아내는 한숨을 쉰다. 나는 걱정하는 아내에게 별 도움도 안 되는 말을 해준다.

"엘드의 나이 때문에 키우려는 사람이 없는지도 몰라요."

엘드는 우리 별의 공전주기로 따지면 12살이 넘었다. 이 별의 공전주기로 계산하면 약 31살 쯤 되는 것 같다. 노년기에 접어들었다.

"나이보다는 뉴스에 흉흉한 기사가 자꾸 나와서 사람들이 웅가리를 더 기피하는 거 같아요."

아내가 상심 가득한 얼굴로 말한다.

"흉흉한 기사라니요?"

나는 오늘 정신없이 바빠 뉴스 하나 열어 볼 틈도 없었다.

"웅가리가 주인을 공격하는 기사요."

그런 기사라면 몇 달 전부터 심심치 않게 눈에 띄었다. 오늘 뭔가 새로운 기사가 났나 보다. 나는 무슨 일이 있었냐는 의문 가득한 눈빛을 아내에게 보냈다.

"오늘 아침엔 늦잠 자던 주인을 애완용 웅가리가 공격하고 도망쳤대요. 부엌에서 쓰는 레이저 커터로 주인 눈을 찔렀대요."

나도 모르게 입이 벌어진다.

웅가리가 지능이 다른 종에 비해 높긴 하지만 레이저 커터를 조작할 줄이야…….

아마 그 녀석은 평소 주인이 요리하는 모습을 유심히 봐온 듯하다. 우리 엘드도 가정에서 다양한 사물과 상황에 노출된 채 자라서 그런지 연구실에서 케이지에 갇혀 자란 웅가리들에 비하면 상당히 똑똑한 편이다. 그래도 뇌에 시술을 한 덕에 전혀 공격성을 띠진 않는다. 그런데 그 녀석은 어쩌다 주인을 공격한 걸까?

"정말 끔찍하죠. 그 기사 나고부터 웅가리를 애완동물류에서 배제해야 한다는 사람들의 목소리가 커지고 있어요."

'웅가리를 애완동물류에서 배제해야 한다는 사람들'은 야생동물을 야생으로 돌려보내자는 동물권 옹호론자가 아니다. 그렇다고 환경운동가나 박애주의자는 더욱 아니다. 그저 웅가리의 높은 지능에 뭔지 모를 두려움을 갖고 있어서 가까이 지내고 싶지 않은 것뿐이다. 다른 야생동물에 대해선 애완동물로 삼건 말건 전혀 신경 쓰지 않는 게 그 증거다.

엘드에게 썩 좋지 않은 이야기를 나누며 식사를 마친 우리는 각자 취미생활을 하며 저녁 시간을 보내고 침대에 눕는다. 내 취미는 엘드와 놀아주기이다. 엘드는 연구실에서 늘 뇌를 긴장시키고 관찰해야 하는 대상으로서의 웅가리가 아니라 내 심신을 편안하게 만들어주는 피로회복제 역할을 하는 웅가리이다. 하지만 오늘은 연구실에 있을 때보다 더 바짝 정신을 차리고 엘드를 관찰하며 놀아주었다. 더 피곤해졌다.

침대에 누워 TV를 켠 아내는 웅가리 관련 뉴스를 섭렵한다. 나는 옆에서 뉴스를 보다가 깜빡깜빡 눈이 감긴다.

"웅가리 관련 뉴스에 웬 유적이람?"

그러다 아내의 혼잣말에 깜짝 놀라 눈을 떠버린다. 뉴스에선 폐허가 된 유적들을 보여주며 어떤 용도로 이용했는지 설명도 하나하나 덧붙인다. 지금은 사라진 이 별의 원주민들은 무선 통신을 이용할 만큼 문명이 발달했고, 우리만큼이나 다양한 삶을 살았다는 걸 보여준다. 뉴스의 후반부에 어느 연구팀에서 '충격적인' 사실을 알아냈다는 자막과 함께 연구팀의 수장이 인터뷰를 한다.

아내의 혼잣말에 잠이 깨 얼결에 뉴스를 시청하던 나는 자막처럼 충격에 빠진다. 옆에 있던 아내도 마찬가지다.

그동안 이 별을 떠났거나 멸종했다고 알려진 문명의 주

인은 다름 아닌 웅가리라는 연구 결과가 나왔다.

뉴스에선 그런 연구 결과를 뒷받침할 증거들이 속속 제시된다. 정말인 것 같다. 주거 용도의 건물로 추측되는 유적은 내부가 웅가리 성체가 활동하기 좋은 크기이다. 우리가 발견했던 희미해진 그림들 속 원주민의 모습은 웅가리와 비슷하지만 확연히 달랐는데, 그것이 오랜 세월 웅가리가 야생 생활에 적합하도록 진화한 결과라며 진화의 과정도 설명한다.

도대체 웅가리에게 무슨 일이 있었던 걸까? 왜 그들은 찬란한 문명을 버리고 숲에 들어가 야생동물이 된 걸까?

침대 위, 우리 부부의 발치에 누워 잠든 엘드를 바라본다. 매일 우리에게 먹을 것을 달라 애원하고, 손톱만 한 간식 하나에도 기뻐 펄쩍펄쩍 뛰고, 우리의 눈치를 살펴 놀아 줄 타이밍을 정확히 맞추는 저 동물이 문명인의 후손이라는 사실에 소름이 돋는다. 당장 일어나 방을 따로 마련해 주고, 교육을 시키고, 사람처럼 대해야 할 것만 같다. 내일 아침 눈을 뜨면 엘드가 우리에게 사람의 말로 또박또박 인사하는 게 아닐까?

나와 한 침대 위에 있는 엘드가 멀게 느껴진다.

* * *

　이 연구 결과는 큰 파란을 일으킨다. 찬란한 문명을 누리던 지성체에서 언어마저도 잃어버린 야생동물로 전락한 웅가리를 동정하는 사람들이 있는가 하면, 웅가리의 숨어있던 지능이 되살아나 다시 이 별의 지배자가 되기 위해 사람들을 공격할 거라는 근거 없는 공포에 쌓인 사람들도 있다. 동정이든 공포든 웅가리를 키우기가 꺼림직하다는 이유로 애완용으로 키우던 웅가리를 연구소에 다시 반납하는 이들도 많았다. 모든 애완동물은 유전자정보를 등록하고, 위치 추적 장치를 삽입하기 때문에 함부로 유기할 수 없다. 그렇다고 키울 수 없게 되거나 키우기 싫어진 애완동물을 처분할 곳 마저도 없으면, 사람들이 사고사로 위장해 죽이거나 학대할 우려가 있기 때문에 입양한 곳에 반납하도록 하는 법을 제정했다. 웅가리는 우리 연구소를 통해서만 입양이 가능하다. 그래서 연구소는 갑자기 늘어난 웅가리들로 사육장이 터질 지경이다. 웅가리를 계속 키워도 안전할지를 묻는 문의도 쇄도해 업무에 지장이 생긴다.

　요리용 레이저 커터로 주인의 눈을 찌르고 도망쳤던 웅가리가 며칠 만에 잡히고 그 행적이 드러나자 이젠 대부분의 사람들이 웅가리에 대한 공포에 사로잡힌다.

집 주변의 방범용 카메라 영상을 분석한 결과 코코링이라는 이름의 그 웅가리는 사건이 일어나기 한 달쯤 전부터 야생 웅가리와 교류가 있었다. 주인은 창문을 사이에 두고 야생 웅가리와 코코링이 서로 마주 보는 경우를 종종 목격했는데, 같은 종끼리 뭔가 끌리는 게 있나 보다 하고 대수롭지 않게 넘겼다고 했다.

사고 당일 코코링은 집을 벗어난 후 곧바로 그 야생 웅가리를 만나 숲으로 들어갔다. 숲엔 카메라가 없기 때문에 위치추적 장치에 의존해야 하는데, 숲으로 들어간 후 하루 동안 코코링의 위치추적 장치가 작동하지 않았다. 위치추적 장치가 다시 작동하자 비로소 경찰은 코코링을 잡을 수 있었다. 경찰은 코코링을 잡을 당시 여러 마리의 야생 웅가리가 함께 있었다고 했다. 코코링을 보호하려는 웅가리들의 저항이 거세 포획 과정에서 상당수를 죽일 수밖에 없었고, 도망친 웅가리들은 숲으로 깊이 들어갔는데 갑자기 흔적 없이 사라졌다고 했다. 곧바로 경찰이 스캐너를 동원해 그 일대를 뒤졌지만 한 마리도 스캐너에 잡히지 않았다. 또한 경찰들은 야생 웅가리들이 서로 대화를 하고 있는 것처럼 보였다고 입을 모아 이야기했다. 이러한 보도가 나가자 사람들의 공포감은 극에 달한다.

'연구실에서 나고 사람 손에 키워진 웅가리를 꾀어낼 만큼 영악하고, 스캐너도 감지하지 못할 만큼 잘 숨고, 레이저 커터를 조작할 만큼 지능이 높다'라는 사실에 근거한 공포는 그래도 이해할 만하다. 웅가리가 깊은 땅속에 대단위 군락을 이루고 살 것이라는 추측부터 머지않은 미래에 첨단 무기로 무장한 웅가리 대군이 공격해 올 것이라는 허무맹랑한 상상까지 사람들의 이성을 좀먹고 커가는 공포는 사회 질서를 어지럽히기 시작한다.

결국 사람들을 안심시키기 위해 군 장비가 동원된 대대적인 수색이 시작된다. 경찰이 들고 다니는 개인용 스캐너와는 비교도 안 되는 군용 장비들은 우리의 생각보다 훨씬 깊이 땅을 파고 들어가 살고 있는 웅가리들의 집단을 몇 개 찾아낸다. 찾아낸 야생 웅가리들을 모두 잡아 임시로 급하게 마련된 사육시설에 넣는다. 군 수색대는 웅가리의 서식지에서 이상한 것들을 발견했다. 아직까지 발견되지 않은 문명의 흔적이다. 그것을 분석하기 위해 여러 분야의 학자들이 동원된다. 웅가리를 비롯한 이 별의 생물을 연구하는 나도 젊은 연구원들과 함께 참여한다.

* * *

"그래서요?"

저녁 식사를 마친 아내는 내 옆에 앉아 질문을 퍼붓는다.

지난 며칠 동안 여러 분야의 연구원들이 모여 실시했던 웅가리에 관한 연구들은 현재 상황에서 대단히 민감한 부분이라 아내에게조차도 말해 줄 수 있는 게 한정적이다. 나는 최대한 선을 지키며 아내의 궁금증을 풀어준다.

"웅가리가 살던 굴은 인공으로 만든 것인데 땅속임에도 불구하고 대단히 두껍고 견고한 벽으로 둘러싸여 있었어요. 개인용 스캐너가 감지 못하는 게 당연할 정도로요. 크기도 사람이 들어가도 될 만큼 넓고 높았고요. 여러 가지 용도의 실(室)들이 있고, 전자장치도 많았어요. 나야 그쪽 분야는 잘 모르지만, 그 장치들을 살펴본 전문가는 폐쇄된 공간에서 생명을 유지하기 위한 설비를 컨트롤하는 장치와 외부의 침입을 막는 방어 장비도 있고, 무기로 보이는 것들도 많다고 했어요. 결론은 방공호 같은 게 아닐까 한답니다."

"방공호요? 큰 전쟁이 있었나요?"

아내는 눈을 반짝인다.

아내의 호기심에 나는 밤새 시달릴 것 같은 불안이 엄습한다.

그때 발밑에서 놀던 엘드가 아내의 다리를 끌어안는다. 안아달라는 표현이다. 아내는 엘드를 품에 안는다. 엘드는 아내의 품에서 곧 잠이 든다.

"당신은 웅가리가 두렵지 않아요? 그 무거운 엘드를 여전히 사랑스럽게 안아주는군요."

제발 아내가 그 무거운 녀석을 그만 안아줬으면 좋겠다. 폐도 약한데 관절까지 약해지면 큰일이다.

"나도 길에서 웅가리를 만나면 무서울 거 같아요. 나갈 일이 없어서 다행이지만요. 하지만 우리 엘드는 다른 웅가리와는 다르잖아요. 12년 넘게 키웠지만 지금껏 사람을 적대시한 적 없었어요. 훈련도 잘돼 있고, 무엇보다도 연구소에서 나온 이후로 한 번도 다른 웅가리를 본 적이 없어요."

엘드에 대한 아내의 사랑과 신뢰는 무한하다. 나는 잠든 엘드를 보며 뭔지 모를 패배감을 느낀다.

"지금껏 방공호의 기계장치들을 사용한 건가요?"

아내는 다시 야생 웅가리 이야기로 돌아온다.

"아니요. 그 장치들은 사용 안 한 지 너무 오래돼서 이젠 작동하는지조차 의문이었어요. 쌓인 먼지가 수천 년은 묵은 것 같았으니까요. 그래도 웅가리가 왜 저렇게 퇴화했는지 알아보기 위해 기계장치들을 연구소로 가져갔어요."

"그래서 어떻게 됐어요?"

아내는 조바심을 드러내며 계속 캐묻지만…….

"그건 모르죠. 우리 연구소도 아니고……. 우리도 타 연구소 결과를 알려면 공식 발표를 기다리는 수밖에 없어요."

내 대답에 아내는 적잖이 실망한 눈치다. 나는 더 이상 새로운 정보가 없다며 아내를 달래 오늘을 마감한다.

* * *

며칠 후, 아내의 생일 저녁에 친한 후배 부부를 초대한다. 나도 아내도 좋아하는 이 젊은 부부에게는 이제 겨우 기어다니는 아기가 있다. 우리는 오랜만에 아기를 안아 볼 수 있으리라는 기대를 했지만 오늘은 수면 캡슐에 재워놓고 왔다고 한다.

후배 부부는 여행을 좋아한다. 그들에게 이 별의 아름다운 자연은 크나큰 선물이다. 휴가 땐 멀리, 주말엔 가까이, 틈만 나면 이 별의 자연을 만끽하러 밖으로 나간다. 죽기 전까지 이 별의 모든 곳을 구석구석 돌아다닐 계획이란다. 반면 집 밖으로 한 발짝도 나가지 못하는 아내는 모니터로만 보던 자연에 대해 직접 본 사람으로부터 이야기 듣기를 좋아한다. 그게 오늘 이 부부를 초대한 가장 큰 이유다.

이야기꽃이 한창 무르익을 무렵 아내가 묻는다.

"그 집 옹가리는 잘 있죠?"

그러자 후배 부부는 난처한 표정을 짓는다.

"실은……, 우리 해랑이 연구실로 보냈어요."

나는 후배가 해랑이를 연구실에 데려왔을 때부터 이미 알고 있었지만, 아내에게 이야기하지는 않았다.

아내는 무척 놀란 얼굴이다.

"며칠 전에 해랑이가 아기를 공격했어요."

"세상에나!"

놀란 아내에게 후배의 아내는 당시 상황을 설명했다.

"물론 우리 아기가 해랑이를 괴롭히긴 했지만, 아기가 뭘 알겠어요? 그저 놀자는 의미로 건드린 게 해랑이 입장에서는 괴롭힘을 당한 게 된 거죠. 그래도 해랑이가 화가 나서 아기를 때리는 걸 보니까 정이 뚝 떨어지고 무서웠어요. 그렇지 않아도 요즘 웅가리에 대한 무서운 기사들이 자꾸 쏟아져 나오는데……."

웅가리가 원래는 우리와 같은 수준의 지능을 가진 생물이었다는 사실을 알게 되자 웅가리 기피 현상은 더욱 심화되고 있다. 웅가리가 언제 갑자기 돌변해서 사람을 공격할지 모른다는 막연한 공포가 자기방어를 위해 아기를 때리는 해랑이를 보고 현실의 공포로 바뀌는 것도 당연하다. 이 부부가 아기를 데리고 오지 않은 까닭이 아마도 우리 엘드 때문인 것 같다. 저 녀석 때문에 오랜만에 아기를 안아 본다는 기대가 무참히 무너졌다. 아내는 무의식적으로 장난감을 가지고 놀고 있는 엘드를 쳐다본다.

엘드의 장난감은 아기들의 지능 발달을 위해 만든 놀이 기구로 모양이나 숫자 등 제시된 문제를 맞히면 다음 단계로 올라가는 형식이다. 머리를 쓰고 고민하는 게 재미있는지 저 장난감을 갖고 놀 땐 일하고 있는 아내에게 놀아달라며 방해하는 일이 없다. 엘드가 이 별의 나이로 열 살쯤 되었을 때 저 장난감을 처음 접하고 며칠 만에 첫 번째 단계를 통과했다. 그 후로 서른 살이 넘도록 엘드는 수많은 다음 단계들을 넘어섰다. 그럴 때마다 우리 부부는 엘드가 천재라며 좋아했다. 어제 엘드는 또 하나의 다음 단계를 통과했다. 노년기에 접어든 엘드가 6살 아이 정도의 지능을 가지게 된 것이다. 그 사실이 어쩐 기쁘지 않았다.

아내를 따라 모두가 무심결에 엘드를 지켜보느라 집안엔 잠시 침묵이 맴돈다. 그 침묵이 어색했는지 후배가 짐짓 밝은 목소리로 말을 꺼낸다.

"그런데요, 제 아내가 재밌는 걸 알아냈어요."

우리 부부도 호기심 어린 눈을 하고 밝은 목소리로 그게 뭐냐고 묻는다. 후배의 아내는 언어학자다.

"웅가리들이 언어로 서로 대화한다는 사실은 이제 놀랍지도 않죠? 이미 알고 계신 거니까."

우리는 고개를 끄덕인다.

"언어학회에선 이 별에 온 초창기부터 원주민들이 남긴

책을 연구해왔어요. 지금껏 알아낸 바로는 이 별도 우리 고향별처럼 지역마다 다양한 언어와 그에 따른 다양한 글자가 있다는 거예요. 언어 체계도 우리와 다르고 발음도 모르는 글자지만 우리는 오랫동안 끈질기게 연구해서 참 많은 것들을 알아냈죠. 그동안 알아낸 것들을 토대로 웅가리들의 서식처에서 찾은 기록물들을 해석해 봤거든요."

후배의 말대로 재미있을 것 같다. 방공호로 들어간 웅가리에게 무슨 일이 있었는지 알아낸 듯하다.

그녀의 말에 따르면, 옛날 이 별에 큰 전쟁이 일어났다. 전쟁에 사용된 무기는 이 별의 모든 생명을 위협할 정도로 무시무시한 위력을 지녔던 것 같다. 전쟁을 피해 방공호로 들어올 수 있었던 웅가리는 전체 개체 수에 비하면 극소수에 불과했고, 전쟁으로 폐허가 된 별이 회생할 때까지, 살아남은 웅가리들은 방공호 안에서 몇 대에 걸쳐 끈질기게 연명했다. 방공호 안의 삶은 처절했다. 한정된 식량을 차지하기 위해 서로를 죽였고, 나중에는 잡아먹기 위해 죽였다. 병이 생겨도 치료할 의사는 물론 의약품도 없었다. 새로 태어난 새끼들은 소수만 살아남았고, 살아남은 개체들도 제대로 된 교육을 받을 수 없었다. 약한 개체들은 지옥 같은 방공호에서 탈출하고 싶어도 밖으로 나갈 수가 없었다. 강한 개체들이 문을 열지 못하게 막았기 때문이었다. 강한 개체들은 방공호 바깥에 있는 '어떤'것을 몹시 두려워했던 것 같다. 그 '어떤'게 무엇인지는 알 수 없다. 그 부분은 좀 더 많은 연구가 필요하다. 어쨌든 강한 개체들은 방공호 문을 열면 모두가 죽는다고 믿었다.

언어학자들이 알아낸 건 여기까지이다. 나중에 어떤 이유로 이들이 방공호 밖으로 나왔는지에 대한 기록은 없다. 아마도 이후로는 기록할 능력이 있는 웅가리가 없었던 모양이다. 내가 갔던 방공호 외에도 이 별 곳곳에서 발견된 방공호가 꽤 많다. 그중에는 야생 웅가리의 서식처로 사용되고 있는 곳도 있지만 빈 곳도 있다. 어떤 곳은 숨어 있는 문을 겨우 찾아 힘들게 열고 들어갔더니 웅가리의 오래된 뼈만 잔뜩 나오기도 했다.

* * *

다음날, 언어학회에서 공식 발표를 한다. 어제 우리 부부가 이미 들었던 내용이다. 또 그다음 날엔 글자를 읽을 줄 아는 야생 웅가리가 몇 마리 발견된다. 비록 몇 개의 글자뿐이지만 띄엄띄엄이라도 읽는 웅가리의 발견 덕에 이 별에 대한 연구에 가속도기 붙는다. 언어학회에서 임시 사육장에 있던 야생 웅가리 다섯 마리를 반출해 갔다. 웅가리의 말을 배워 대화를 시도해 볼 계획이다. 사람과는 발음기관의 구조가 달라 웅가리의 언어를 우리가 구사할 수는 없지만, 기계로 소리를 만들어낼 수는 있다.

웅가리가 서로 대화를 나눈다는 사실이 알려졌을 때 사람들의 놀라움은 호기심과 두려움이 반씩 섞여 있었다. 글자를 읽을 줄 아는 웅가리가 발견되었다는 소식에도 사람들의 반응은 호기심 반, 두려움 반이다.

무엇이 두려운 걸까? 이미 야생동물로 퇴화한 웅가리에게 사람과 같은 수준의 지능이 남아 있을까 봐? 그동안 사람을 동물로 취급해왔다는 죄책감에 사로잡힌 나머지 어느 날 갑자기 웅가리가 우리를 왜 짐승 취급했냐며 복수라도 할까 봐 겁이 나나? 그런 일이 일어난다면 웅가리로 온갖 실험을 해온 우리 연구원들이 제일 먼저 죽겠군.

사람들의 근거 없는 불안감 때문에 우리 연구소는 임시 사육장을 더 늘린다. 연구소로 반납한 웅가리들을 수용하기 위해서다. 이제 가정에서 키우는 애완용 웅가리는 우리 엘드를 비롯해 여덟 마리만 남았다. 웅가리 입양을 신청했던 사람들은 전원 신청을 취소했다. 폭발적으로 늘어난 웅가리 때문에 연구소는 정부에 지원금까지 신청했다. 정부에선 지원금 지급에 난색을 표했다가, 관리하기 힘든 웅가리를 자연에 방사하겠다는 연구소장의 협박 어린 통보를 받고 부랴부랴 지원금을 지급했다.

연구소에서 돈이 없어서 웅가리를 방사했다고 하면 공포에 잠식당한 사람들이 정부청사 앞에서 폭동을 일으키겠지. 사색이 되어 우왕좌왕할 정치인들을 상상하니 웃음이 나온다.

정치인들에 대한 무익한 상상은 다 마신 찻잔과 함께 내려놓고, 우리 연구소에서 시행한 웅가리 뇌 시술에 문제가 있었는지 살펴보기 위해 주인의 눈을 찌르고 도망친 코코링에 관한 자료를 찾아본다.

생물학적 부모의 성향, 포육실 기록, 분양 후 정기 검진 기록 어디에서도 특이점은 없다. 분양받은 코코링 주인에 대해서도 찾아본다. 입양자 성격 검사 결과를 보니 쾌활하고 온순한 성격이다. 주인의 성격에도 문제는 없다. 그렇다면 정말 시술의 문제였을까 하는 생각이 들자 마음 한쪽이 무거워진다. 혹시나 하는 마음으로 코코링 관련 기사들을 쭉 훑어본다. 그러다 코코링이 살던 마을 주민들의 인터뷰 기사를 찾았다. 다른 자극적인 기사들에 밀려 별로 주목받지 못했던 기사다.

마을 사람들은 코코링의 주인이 코코링을 많이 사랑했다고 한다. 어딜 가든 고코링을 대동했다. 코코링을 예쁘게 만들려고 한 달이 멀다하고 새로운 성형을 시켰다. 장난기가 많아서 코코링을 곧잘 놀래주었다. 놀란 코코링이 주먹으로 주인을 때리기도 했는데 이미 주먹이 말랑말랑하게 성형되어 있어서 하나도 아프진 않았다고 한다.

코코링이 주인을 공격한 이유를 찾은 것 같다. 주인은 코코링을 자기만의 방식으로 사랑했다. 코코링은 주인의 사랑을 괴롭힘으로 받아들인 것 같다. 후배의 아기가 놀자는 의미로 한 행동을 해랑이가 괴롭힘으로 받아들이고 공격한 것처럼…….

이기적인 사랑이었다.

그 사람은 코코링의 주인이 될 자격이 없다.

* * *

"전쟁이 터지기 전부터 이 별은 엉망진창이었던 거 같아요."

후배가 내게 향긋한 차를 건네며 말한다.

나는 무슨 뜻인지 묻는다.

"언어학회에서 과학 관련 서적들을 분석했는데요, 환경오염이 심해서 더 이상 제대로 된 삶을 영위할 수 없을 지경이었대요. 웅가리가 한 짓이죠. 덕분에 생태계도 파괴되고, 기후도 비정상적으로 변하고, 전에 없던 질병도 생겼대요. 제일 큰 문제는 식량난이었어요. 자연이 그렇게 망가졌으니 당연한 결과겠죠? 그래서 전쟁도 터진 거고……. 웅가리들이 오랜 세월 방공호에 숨어 지냈기 때문에 자연이 회복할 수 있었던 거예요. 어제 아내한테 그 얘길 들으니까 해랑이를 반납하길 잘했다는 생각이 확 들더라고요."

해랑이는 그 시절의 웅가리와는 전혀 다른 퇴화한 종이라고 말하려다 말았다. 과학자인 후배조차도 지금의 해랑이를 그 옛날의 웅가리와 동일시하고 있다. 그게 시대조류이다. 아기엄마인 아내의 의식의 흐름을 그대로 따라가고 있는 거겠지. 후배는 웅가리에게 공포심까지는 아니지만 부정적인 생각은 많이 갖게 된 것 같다.

"우리도 하마터면 자멸할 뻔했지만 그 위기를 잘 이겨 냈잖아요. 게다가 이젠 식민별을 찾으면서 번성하고 있고……. 웅가리는 그 위기를 슬기롭게 대처하지 못하고 국가적 이기심을 앞세웠던 거예요. 그런 놈들은 이렇게 아름다운 별의 주인이 될 자격이 없어요."

후배가 웅가리를 비난한다. 그 점은 나도 후배의 말에 동의한다. 더불어 엘드가 점점 아내와 함께 있을 자격이 없어지고 있다는 생각이 스멀스멀 올라온다. 애초부터 엘드는 집에 혼자 있을 아내가 외로울까 봐 데리고 온 애완동물이다. 어린 새끼 때부터 늙은 지금까지는 아내를 위해 제 역할을 잘 해냈다. 그러나 이젠 노인이 된 아내의 관절을 힘들게 하고, 새로운 주인이 나타나지 않아 아내를 걱정하게 만드는 유해 동물이 되어가고 있다. 가장 내 기분을 상하게 하는 건 그 녀석 걱정 때문에 아내의 머릿속에서 내 자리가 점점 줄고 있다는 사실이다. 하루라도 빨리 엘드를 아내에게서 떼어놓고 싶다.

* * *

집에 돌아오니 아내가 여전히 엘드를 안은 채 나를 맞이한다. 나도 모르게 얼굴이 찡그려졌다. 아내는 엘드를 맡아 키워줄 사람을 찾는 일도 포기하지 않는다. 나는 이제 더 이상 웅가리를 키우는 사람은 없을 것이라고 말하고 싶지만, 아내의 실망한 얼굴을 보고 싶지 않아 그만둔다.

"새 주인을 찾으면 새 주인이 산책도 시켜줄 수 있을 텐데요."

아내가 늘 아쉬워하던 부분이다. 밖에 나갈 수 없는 아내 때문에 엘드는 한 번도 산책해 본 적이 없다. 나는 퇴근 후엔 피곤해서 산책 같은 건 생각해 볼 여유가 없다. 나도 노인이다. 쉬는 날 시키면 되지 않냐고 말하는 사람들도 있다. 나는 자주 산책시킬 자신이 없으면 아예 산책이 뭔지 모르게 해야 한다는 생각이다. 가끔 하는 산책으로 만족 못 한 엘드가 매일 아내에게 나가자고 조를 것이기 때문이다. 그러면 아내는 엘드에게 미안한 생각이 들어 위험을 무릅쓰고 나갈 게 뻔하다. 공기 정화 기능이 있는 마스크 따위 믿을 수 없다. 이 집 밖의 공기는 단 한 숨도 아내의 폐에 들어가선 안 된다.

"엘드는 산책이 뭔지 몰라서 굳이 산책시키지 않아도 섭섭해하지 않아요. 그 부분은 걱정 말아요."

아내의 미안한 감정을 덜어 주려고 한 말이었는데, 아내는 내 말을 귓등으로도 듣지 않는 것 같다. 그저 애처로운 눈으로 품 안의 엘드만 바라볼 뿐이다.

"엘드와 헤어지기 전까지만 내가 산책을 시켜 볼까요? 우리가 떠나는 날까지 얼마 남지도 않았는데 그 정도 산책으로 내 폐가 망가지기야 하겠어요?"

"절대 안 돼요."

나도 모르게 언성이 높아졌다.

놀란 아내가 눈을 크게 뜨고 나를 쳐다본다. 나도 놀라 아내의 눈을 피했다.

"미안해요. 나도 모르게 그만……. 하지만 당신의 건강이 조금이라도 더 나빠지면 난 견딜 수 없이 힘들 거예요. 그러니까 밖에 나간다는 말은 다신 하지 말아요. 내가 당신을 얼마나 걱정하는지 잘 알잖아요."

아내는 돌아서며 들릴 듯 말 듯하게 알겠다고 대답하고
는 엘드를 안고 침실로 향한다. 아내의 어깨 너머로 눈만 빼
꼼 내민 엘드가 멀어지고 있다. 저놈을 당장 연구실로 데려
가 사육장에 처넣고 싶은 마음을 힘겹게 내리누른다.

엘드가 눈에 보이지 않으면 아내의 죄책감도 사라지지
않을까?

* * *

며칠 후, 내 연구 보고서에 깊은 감명을 받았다는 어느 정
부 인사를 만난다.

내가 시를 쓴 것도 아닌데 감명이라고?

그 정부 인사로부터 은밀한 의뢰를 받는다. 생물학자로서
쉽게 받아들이기 힘든 의뢰지만 내가 가장 적임자다. 내가
한 연구를 이용하는 일이기도 했고, 곧 이 별을 떠날 사람
이기 때문에 적임자가 된 거다. 나는 이 별을 곧 떠날 예정
이지만 남아 있는 사람들을 위해 수락할 수밖에 없다. 아니,
아내를 위해서라도 수락해야 한다. 나는 수락에 앞서 한 가
지 조건을 제시한다. 정부는 내 조건을 수락하고, 나는 정부
의 의뢰를 수락한다.

"사육장에 있는 웅가리들을 어떻게 하면 좋을까?"

점심시간에 후배에게 묻는다.

"소장님도 아직 계획이 없으신 거 같죠?"

"계속 데리고 있자니 정부에서 받는 지원금이 너무 빠듯하고, 방사하면 사람들이 가만히 있지 않을 테고……."

"사람들은 더 수색해서 야생 웅가리를 하나도 남김없이 찾아 가두라고 난린데요?"

"차라리 확 다 죽일까?"

"에이, 그건 좀 잔인하지 않아요? 옛날처럼 몇 마리 안락사시키는 수준도 아니고 수천 마리를……."

"그러면 자네는 계속 사육장에서 키우길 바라나?"

"제 개인적인 생각을 물으시는 거라면 키우는 건 아니라고 봅니다. 웅가리는 아무짝에도 쓸모가 없어요. 실험용으로 쓰기엔 번식 주기가 너무 길고, 애완용으로 키우기도 꺼림직하고, 식량자원은 더더욱 못 되죠. 옛날에 사람이었던 존재를 누가 먹겠어요?"

"그러면 죽여야겠군."

"그렇다고 수천 마리를 죽이는 건 너무 잔인하고요, 차라리 전부 중성화시키거나 암수를 격리해서 번식을 막는 건 어떨까 싶어요. 그대로 살다가 자연사하면 후대가 끊겨서 웅가리는 멸종인 거죠."

"멸종할 때까지 사육장에 들어가는 비용은?"

"아! 그게 문제겠네요. 사육장에 들어온 후에 태어난 개체도 있으니까 그 녀석들이 평균 수명만큼만 산다고 쳐도 16년……. 와아, 16년이면 이 별이 40번을 공전해야 하네! 앞으로 16년간 소장님이 어떻게든 정부 지원금을 받아내셔야지요."

후배는 농담조로 이야기하며 웃는다. 나는 같이 웃어준다. 그러나 진심으로 웃을 수는 없다. 후배가 모르는 사실을 알고 있기 때문이다. 정부에선 지원금 따윈 생각하지 않고 있다.

* * *

정부가 비밀리에 의뢰한 연구를 마친 후 나는 퇴직했다.

우리 부부는 고향으로 돌아갈 준비를 시작한다. 모든 게 순조롭게 진행되고 있다. 엘드 문제만 빼고……. 그동안 애완용 웅가리를 연구소에 반납한 사람들이 더 생겨서 이젠 가정에서 웅가리를 키우는 집은 단 두 집뿐이다. 하나는 엘드고 다른 하나는 늙어서 거동이 불편하다고 들었다. 그 주인은 키우던 웅가리의 마지막을 지켜주고 싶어 한다. 나는 엘드를 연구소로 보내자고 아내를 설득한다. 아내도 더 이상 새 주인을 찾을 수 없다는 현실을 받아들이는 것 같다. 그래도 이 별을 떠나기 전까지는 데리고 있겠다는 의지다.

엘드에 대한 이야기를 나누고 있는데 갑자기 TV가 켜지며 뉴스 속보가 나온다. 언어학회에서 데려갔던 글자를 아는 웅가리 다섯 마리가 탈출했다. 사육 로봇이 먹이를 주려고 케이지의 문을 열자마자 한 마리가 로봇을 공격하고 다른 케이지들을 열었다. 그것들은 미리 계획을 짜놓은 것처럼 경비 로봇을 유인하고 출입구의 보안을 해제했다. 감시 카메라에 찍힌 웅가리들의 탈출 장면이 고스란히 TV에 나온다. 웅가리는 사람들이 생각하는 것보다 훨씬 지능적으로 움직였다. 속보 후, 각 분야의 사회 지도층 인사들이 인터뷰를 한다. 그들이 우려하는 건 누군가 악의를 가지고 웅가리를 이용해 이 사회를 전복시킬 수도 있다는 가능성이다. 그들 중 이미 우리의 기술로 웅가리의 지능을 그만큼 증폭 시킬 수 있다고 말한 전문가는 우리 연구소 소장이다. 내가 예전에 제출한 연구 보고서의 내용을 읊은 것이다. 내가 만났던 정부 인사가 깊은 감명을 받은 그 보고서.

이 뉴스가 나간 후 거리에 사람들이 없다. 불안과 공포에 떨며 아무도 집 밖으로 나가려 하지 않는다. 문을 나서는 순간 탈출한 웅가리가 공격해 올 거라고 믿는다. 공포는 사람에게서 이성(理性)을 격리시킨다. 상상을 실제와 혼동한다. 조금만 냉정하게 생각해도 웅가리가 숲으로 도망쳤다는 것을 알 수 있지만 냉정은 사람들의 머릿속에서 사라진 지 오래다. 여론은 정부에 대단히 비판적이다. 어서 군대를 동원해 탈출한 웅가리를 잡으라고 아우성이다. 공포는 분노로 바뀌고, 숲을 다 태워서라도 웅가리를 없애야 한다는 극단주의자까지 하나, 둘 생겨난다.

그러나 정부는, 의도하진 않았지만 웅가리의 탈출은 이미 벌어진 사고이므로 이 사고를 이용해 아직 포획되지 않고 숲속 어딘가에 숨어 있을 웅가리를 모두 잡아들인다는 계획을 발표하며, 탈출한 웅가리들이 숲속에 숨어 있는 웅가리와 조우할 때까지 며칠만 참으라고 국민을 달랜다. 웅가리 탈출 사건이 발생한 지 5일이 지나자 준비하고 있던 군대가 숲속으로 진입한다. 웅가리의 몸 안에 미리 삽입해 놓았던 위치추적기 덕분에 웅가리는 군대가 출동한 지 반나절 만에 잡힌다. 정부의 계획대로 탈출한 웅가리들과 함께 있던 야생 웅가리가 꽤 잡혀 온다. 여론은 정부에 호의적으로 바뀐다.

＊＊＊

아내와 함께 엘드를 데리고 연구소에 간다. 연구소 밖에 있는 애완 웅가리는 모두 반납하라는 정부의 명령이 떨어졌기 때문이다. 연구소 밖에 있는 웅가리는 겨우 두 마리였지만 정부는 대변인이 나서서 정부 명령을 발표하는 쇼까지 벌였다. 뉴스를 통해 정부 대변인 발표를 본 아내는 이별을 떠나는 날까지 엘드를 데리고 있겠다는 고집을 꺾을 수밖에 없었다. 아내가 연구소까지 따라오겠다는 고집은 꺾을 수가 없었다. 나는 더 이상 연구원이 아니기 때문에 안으로 들어갈 수는 없다. 입구에서 간단한 서류만 작성할 수 있다. 걱정하는 아내를 위해 일부러 후배를 불렀다.

엘드는 안면이 있는 후배에게 쉽게 안긴다. 후배는 엘드를 데리고 들어간다. 무슨 일인 줄도 모르고 태연하게 연구소로 들어가는 엘드를 바라보던 아내는 결국 뒤돌아 눈물을 흘린다. 아내를 달래가며 차에 오른다. 차가 출발하기 전에 얼른 공기 정화부터 한다. 잠깐이지만 외기에 노출된 아내의 폐가 걱정스럽다.

"그러게 나 혼자 온다고 했잖아요."

아내는 흐느낌으로 대답할 뿐이나.

차가 출발한다.

아내는 눈물을 닦으며 밖을 바라본다.

"저기가 그 사육장인가요?"

아내가 푹 젖은 목소리로 묻는다.

넓은 연구소 마당 끄트머리, 정문 가까운 곳에 자리한 가 건물들을 보고 있다.

"저긴 야생 옹가리만 있는 임시 사육장이에요. 엘드는 연구동 안에 있는 깨끗한 사육장에서 돌볼 거예요."

아내는 고개를 돌려 앞을 바라본다. 우려와 달리 연구동 을 뒤돌아보지는 않는다. 그런 아내가 고맙다.

* * *

며칠 후, 우리는 고향으로 향하는 우주선에 오른다. 승객 이 모두 탑승한 후에도 우주선은 출발하기까지 시간이 좀 걸린다. 아내는 수면 캡슐에 누워 잠이 들기 전까지 또 옹가 리에 대한 뉴스를 찾아본다.

"어머나!"

아내가 놀라며 옆에 누워 있는 내 손을 잡는다. 나는 아내 가 보고 있던 화면을 바라본다. 임시 사육장에 있는 야생 옹 가리들이 원인을 알 수 없는 병으로 쓰러지고 있다는 뉴스 다. 우리가 모르는 전염병이 돌고 있는 것 같다고 한다.

"엘드 어떡해요?"

아내가 불안한 얼굴로 나를 본다.

"엘드는 연구동에서 나올 일이 없어요. 임시 사육장 관리는 안에 있는 로봇이 하기 때문에 병균이 밖으로 나올 일도 없고요. 엘드가 잘 있나 봅시다."

나는 후배와 화상통화를 한다. 후배는 화면 가득 엘드를 보여준다. 아내는 엘드를 보자마자 눈물을 왈칵 쏟는다. 엘드는 화면에 보이는 우리를 만져보려고 손을 내민다.

"엘드, 미안해."

아내가 울며 말한다. 감정이 북받쳐 대성통곡이라도 할 기세다. 나는 얼른 아내의 몸에 연결된 수면 유도장치를 작동시킨다. 아내가 잠드는 데엔 몇 초도 걸리지 않는다. 아내가 잠이 들자 후배는 엘드를 다른 연구원에게 맡기고 홀로 화면에 들어온다.

"사육장 상황은 어떤가?"

"고약해요. 도대체 무슨 병인지, 멀쩡하던 녀석도 한번 쓰러지면 죽는 데 이틀도 안 걸려요. 탈출했다 잡혀 온 녀석들은 이미 한 놈도 남지 않았어요. 소독을 해도 소용이 없고……. 오늘 오전에만 벌써 50마리 넘게 치운 거 같아요."

"사체는 어떻게 처리하고 있나?"

"사육장 안에 있는 방 하나를 비우고 사체들만 쌓아놓고 있어요. 그게 사람한테 어떤 영향을 미칠지 모르니까 함부로 건물 밖으로 꺼낼 수가 없잖아요."

"내 생각엔 사람에겐 아무 영향이 없을 것 같네만……."

"그래도 모르니까 조심해야죠."

나는 말없이 미소만 살짝 지어 준다.

후배가 무언가를 보냈다.

"이게 뭔가?"

"언어학회에서 녹음한 건데요, 웅가리가 이 별을 이렇게 불렀대요. 사람의 구강 구조로는 어떻게 흉내 내볼 엄두가 안 나네요. 한번 들어나 보시라고 녹음 파일을 보내드린 거예요. 주무시기 전에 우울한 얘기만 들으셨잖아요. 이거 듣고 잊으세요."

나는 후배와 마지막 인사를 나눈다.

이제 우리가 살아서 만날 일은 없겠지. 아마 우리가 고향에 도착할 때쯤이면 후배는 아니, 후배의 아기는 손주를 안고 있을지도 모른다. 그리고 그때쯤엔 이 우주에 웅가리의 흔적은 기록으로만 남아있을 것이다.

나의 마지막 연구 결과물은 제대로 효과를 보여주고 있다. 정부는 내 요구를 잘 들어주었다. 군대의 출동을 며칠 미루고, 서둘러 웅가리 반납 명령을 발표하는 성의를 보여 준 정부에 감사하는 마음을 보낸다. 덕분에 하루라도 빨리 엘드를 아내에게서 떼어 놓을 수 있었다. 정부가 국민의 원성을 사면서까지 군대의 출동을 늦춘 며칠은 전염성을 높이기 위한 시간이었다. 군대가 잡지 못한 웅가리가 아직도 숲속에 많이 있을 것이다. 수만 마리쯤? 그러나 그것들도 전염병을 피할 수는 없다. 내가 그렇게 만들었으니까. 바다 건너에 있는 더 많은 웅가리를 박멸할 해결책도 넘겼다.

정부가 이렇게까지 극악하게 웅가리를 없애려는 이유는, 이미 퇴화한 웅가리 따위가 두려워서가 아니다. 웅가리 사육에 필요한 지원금을 아끼려는 속셈은 아주 소소한 이유고, 대의는 웅가리를 이용할지도 모를 미래의 악인으로부터 국민을 지키려는 거다. 웅가리는 과거 이 별의 주인이었을 때도 이 별을 망가뜨리는 만행을 저질렀고, 미래에도 누군가에게 이용당해 이 별을 망가뜨릴 수 있다. 이 별에서 웅가리는 해충이고 병균이다. 나는 이런 생각들로 내가 한 행위의 당위성을 늘여간다. 이 음모가 알려진다 해도 국민들은 나나 정부를 향해 손가락질하지는 않을 것이다. 그들은 이미 언어학회를 탈출하는 웅가리들을 보고 공포의 끝자락까지 경험했으니까.

나는 옆에 잠들어 있는 아내를 본다. 눈가에 허옇게 말라붙은 눈물 자국이 보인다. 닦아주려고 손을 들었다가 멈춘다. 그러다 깨기라도 하면? 물론 수면 유도장치가 아내의 뇌를 통제하고 있기 때문에 그럴 일은 없다. 하지만 나는 아내에 관해서라면 아무리 사소한 일이라도 조심하려 한다.

허공에 머물고 있는 손을 옆으로 옮겨 후배가 보내 준 파일을 열어 본다. 녹음 파일이라더니 막상 열린 건 영상이다. 영상에는 후배가 책상 앞에 앉아있고, 엘드가 책상 위에서 스피커를 쳐다보고 있는 모습이 보인다. 스피커에서는 웅가리의 웅얼거림이 들린다. 역시 사람이 흉내 낼 수 없는 소리다. 웅가리는 이 별을 이렇게 불렀다고? 후배가 여러 번 반복해서 들려준다. 그러자 엘드가 그 말을 따라한다. 갑자기 온몸에 소름이 쫙 돋는다. 웅가리의 말을 한 번도 해 본 적 없는 엘드가 이 말을 따라한다고? 다른 웅가리의 입 모양을 본 것도 아니고, 그저 스피커에서 흘러나오는 소리만 들었을 뿐인데? 어쩌면 엘드는 내가 생각한 것보다 더 지능이 높을지도 모른다. 하루라도 빨리 아내에게서 엘드를 떼어놓은 내 결정은 옳았다는 확신이 든다.

영상을 끈 후 잠시 놀란 가슴을 쓸어내린 나는 손가락을 들어 허공에 글씨를 써 본다. 말로는 표현하지 못하지만, 글씨로는 비슷하게 써 볼 수 있을 것 같다. 이 글자, 저 글자 써 보다가 가장 비슷한 것으로 결정한다.

지구.

음! 그나마 제일 비슷한 것 같다.

이제 내 수면 유도장치를 작동시킨다. 언어학회에 보낸 웅가리 사료에 뇌를 활성화시켜 지능을 끌어올리는 약과 함께 전염성 강한 바이러스를 섞었던 끔찍한 기억이 기나긴 수면 속에 녹아 사라지길 바라면서…….

'웅가리(उंगली)'는 손가락이라는 뜻의 힌디어입니다.
구글 번역기엔 발음이 ungalee라고 나옵니다.

별의 기억

연여름(SF작가)

　독자의 관점에 따라 지구 바깥의 이야기인 동시에 지구에 가장 밀착해 있기도 할 「별의 기억」은 군더더기 없는 묘사와 치밀한 구성으로 가독성이 뛰어난 작품이었다. 행성의 토착 생물 '웅가리' 소개를 도입으로 하는 흡인력 넘치는 문장을 따라가는 과정부터 무척 흥미진진하다. 덕분에 「별의 기억」 속 낯선 세계에 저항감 없이 뿌리를 내리고 생물학자인 주인공 '나'의 시선으로 상상력을 작동시켜 이 소설을 생생히 경험할 수 있었다. 특히 세미한 균열이 서서히 굵은 틈으로 벌어져가는 듯한 '엘드'를 향한 '나'의 심리 변화가 설득력 있고 탁월해 이야기에 더욱 몰입하게 했다.

　소설의 마지막은 어쩌면 예측 가능한 결과지만 그것은 우리가 마땅히 오래 기억해야 할 통렬함일 것이다. 입담 좋은 이야기꾼의 작품을 바로 곁에서 전해들은 듯 인상적인 글이었다.

속도의
맛

김상윤

김상윤

서울에서 출생했다. 서울대학교 공과대학 조선해양공학과를 졸업하고 게임 기획자로 일했다. 하이텔문학관 이용자문학공모 단편소설 부문, 일간스포츠 신춘대중문학상 공포스릴러소설 부문에 당선됐고, 「속도의 맛」으로 2023 SF스토리 공모전 장려상 및 메타버스 과학동아 특별상을 수상했다. 2022년 과학 판타지 장편동화 『뒤집힌 세계, 신비한 시간』을 썼다.

목마르다.

"……기어 1단에서 현재 시속 120킬로미터."

타는 듯이 목이 마르다.

"……기어 2단. 클러치 타이밍이 완벽했습니다."

속도라는 건 빠르면 빠를수록 더 목이 마르다.

마치 망망대해를 떠다니는 표류자가 갈증이 난다고 바닷물을 마시면 더 목마른 것처럼.

"……준비하세요. 시속 340킬로미터에서 기어 3단 들어갑니다."

운전을 보조하는 인공지능인 '선미'가 여성 목소리로 침착하게 말했다.

"아니. 이대로 계속 가다가 380에서 3단 들어간다."

운전대를 잡고 있는 '삼삼칠'이 단호하게 말했다.

원래 아이디는 '전자인간 삼삼칠'이지만, 그의 팬들은 그냥 간단히 줄여서 '삼삼칠'이라고 불렀다.

"……마음대로 하소서. 전하."

선미가 그의 긴장을 풀어주려고 사극풍으로 재미있게 말한 거였지만, 삼삼칠은 지금 긴장을 풀 여유 따위는 없었다.

시속 300킬로미터를 훌쩍 넘는 속도에서 조금이라도 운전을 삐끗하면, 자동차가 비행기처럼 공중에 붕 떠올라서 초고속으로 회전하면서 산산조각 난다. 드래그 레이싱(Drag Racing, 약 400미터의 직선 코스를 급가속으로 달리는 자동차 경주)에서 흔히 볼 수 있는 끔찍한 사고들이 다 그렇게 발생한다.

삼삼칠이 얼음처럼 냉정하게, 흔들림 없는 시선과 날카로운 반응속도로 차를 몰았다.

지평선까지 끝없이 펼쳐진 직선 고속도로를 따라서 수백 대의 경주용 차가 폭풍처럼 질주하고 있었다. 천둥 같은 엔진소리에 천지가 진동했다.

'빠르게 질주하고 싶다'는 건 인간이 가진 가장 원초적인 본능이다.

태초에 초원을 달리던 인간에게 있어서 '속도'는 곧 생존을 위한 필수 조건이었다.

오늘날에도 사람들은 극한의 속도감과 공포감에 대한 욕구를 합법적으로 해소하고 짜릿한 쾌감을 느끼고 싶어서 레이싱에 광적으로 집착한다.

지금 이곳은 '자동차 경주 전용 메타버스'인 '매드스피드 (Mad Speed)'.

가상공간 속에서 좌우폭이 500미터인 거대한 고속도로가 일직선으로 무한히 펼쳐진다. 곡선구간이 전혀 없이 오로지 일직선으로만 쭉 뻗은 고속도로.

전 세계에서 매드스피드에 접속한 수백만 명의 유저들이 이 도로 위를 함께 달린다.

이 경주는 시작도 없고 끝도 없다. 24시간 365일을 쉬지 않고 달린다.

하늘에 높이 떠 있는 대형 홀로그램 전광판이 상위권 유저들의 현재 순위를 실시간으로 표시해준다.

물론 선수가 24시간 접속해 있을 수는 없다. 식사도 해야 하고, 화장실도 가야 하고, 잠도 자야 한다.

그래서 선수가 로그아웃했다가 다시 접속하면, 그가 로그아웃했을 때의 순위에 맞춰서 스타트 위치가 정해진다. 즉, 이전에 로그아웃할 때 300등으로 달리고 있었다면, 이번에 접속한 때는 현재 300등인 유저의 옆에서 같은 속도로 달리면서 그의 자동차가 생성되는 것이다.

삼삼칠이 박력 있게 클러치를 밟으면서 기어를 올렸다.

"기어 3단 오케이."

삼삼칠이 선미의 목소리를 들으면서 엑셀을 힘껏 밟았다.

그의 자동차가 짐승처럼 앞으로 튀어나가면서 엄청난 가속도가 그의 몸을 운전석 뒤로 떠밀었다.

엔진소리가 심장박동처럼 리드미컬하게 쿵쾅거리고 광란의 속도감이 오감을 자극했다. 그 쾌감을 견디지 못해서 온 몸의 신경이 전율했다.

이 미칠 듯한 기분……. 느껴보지 못한 놈은 죽어라.

레이싱 순위가 바뀌었다. 삼삼칠과 그의 자동차인 '눈먼 짐승'이 12등으로 올라갔다.

"멀었어! 아직 멀었어!"

속도에 굶주린 삼삼칠이 짐승처럼 으르렁댔다.

주위 풍경이 그의 시야 옆으로 쏜살같이 빠르게 지나갔다.

지금 매드스피드의 경주용 차들은 사막을 가로질러서 일직선으로 쭉 뻗어 있는 고속도로 위를 달리고 있었다. 작열하는 태양 아래에서 터질 듯이 뜨거워진 엔진이 미친 듯이 불을 뿜었다.

가상공간 속에 만들어진 이 고속도로는 가장 선두에서 달리고 있는 차량보다 항상 100만킬로미터 앞까지 미리 도로가 생성된다. 그래서 레이서들은 도로가 끝날 염려없이 마음껏 무한 질주를 할 수 있었다.

2000킬로미터의 사막구간이 끝나자 주위배경이 마법처럼 스르르 바뀌었다.

레이서들은 몇 시간 또는 하루종일 계속 달려야 한다. 그래서 그들의 지루함을 달래 주려고 매드스피드의 개발진이 이번에 새로 업데이트한 기술이었다.

새로 바뀐 배경은 거대한 미래도시의 한복판을 가로지르는 고속도로의 콘셉트였다.

시간대는 밤이었다. 네온사인과 홀로그램 광고판으로 뒤덮인 채, 휘황찬란하게 빛나는 초고층 빌딩의 숲. 그걸 배경삼아서 수백 대의 경주용 차가 폭주했다.

"시속 460킬로미터 돌파."

선미의 말과 함께 눈먼 짐승이 앞서가던 일곱 대를 제치고 5등으로 올라갔다.

드디어 '제2그룹'의 맨 앞에서 달리게 됐다.

4년 전에 매드스피드가 런칭한 이후, 레이싱이 계속 진행되면서 경주차들은 자연스럽게 세 개의 그룹으로 나뉘어졌다.

현재 가장 앞에서 달리고 있는 제1그룹은 평균속도가 시속 800킬로미터인데 단 네 대뿐이었다.

미국 레이서인 '엑셀F'의 '갓모드'.

영국 레이서인 '하복'의 '소닉크루저'.

이태리 레이서인 '밀레니오'의 '라돌체72'.

일본 레이서인 '엠페러'의 '미드나잇 블루'.

그 뒤를 달리고 있는 제2그룹은 평균속도가 시속 400킬로미터이다. 현재 50여 대의 차량이 앞서거니 뒤서거니 하면서 치열하게 선두다툼을 벌이고 있었다. 이들은 어서 빨리 앞으로 치고 나가서 제1그룹에 끼고 싶어하지만, 지금까지 아무도 그 꿈을 이루지 못했다.

그 외 나머지 수백만 대의 차량들은 모두 꼴찌인 제3그룹에 속했다.

삼삼칠은 매드스피드에 가입해서 첫 차를 만든 지 6개월만에 제2그룹으로 올라왔다.

하지만, 거기까지였다.

만년 5등.

그 위로는 단 한 번도 올라가보지 못했다.

모두가 염원하는 제1그룹으로는 한 번도 발을 디뎌보지 못했다.

* * *

삼삼칠이 힘차게 기어 4단을 넣었다.

"시속 500킬로미터. 차체 진동이 심합니다."

"괜찮아."

"괜찮지 않아요."

"괜찮다니까! 그냥 달려!"

삼삼칠이 선미의 말을 무시하고 엑셀을 더 밟았다.

눈먼 짐승의 엔진이 포효하면서 앞으로 힘차게 박차고 나갔다. 제2그룹의 차량들이 빠르게 뒤로 멀어지고, 저 멀리 제1그룹의 꽁무니가 아련하게 보이기 시작했다.

"보인다! 따라잡을 수 있어!"

삼삼칠이 흥분해서 소리쳤다.

그의 자동차인 눈먼 짐승은 람보르기니의 대표적인 슈퍼카인 아벤타도르 두 대를 옆으로 나란히 붙여서 결합하고, 여기에 터보엔진 여덟 기를 얹어 놓은 괴물 같은 머신이다. 운전석은 두 대의 차량 사이에 따로 만들었다. 운전석이 전투기 조종석처럼 앞쪽으로 길게 튀어나와 있어서 시야를 넓게 확보했다.

현실세계에서는 이런 차량을 만든다는 게 말도 안되겠지만, 메타버스인 매드스피드의 차량제작 메뉴에서는 모든 게 다 가능했다. 유저가 상상할 수 있는 모든 형태와 기능을 가진 차량을 제작할 수 있었다.

물론, '돈'만 있다면.

돈이 많은 유저들은 자기 차를 아예 기본 뼈대부터 새로 설계해서 만든다.

하지만, 삼삼칠은 그 정도 재력은 안되니까 기존의 슈퍼카를 베이스로 삼고 최대한 튜닝을 해서 몬스터 머신을 만들었다. 기존의 상식을 깨는 과감하고 미친 튜닝 때문에 그의 차를 좋아하는 팬들도 많았다.

"엔진온도 잘 봐!"

"온도는 괜찮습니다."

"좋아. 시속 600킬로미터에서 기어 5단 넣는다!"

"속도 줄이세요. 차체 진동이 한계예요. 지금 안 느껴져요?"

선미가 날이 바짝 선 목소리로 말했다.

그녀는 머신이 달리는 동안 차체상태, 도로상태, 주변 차량들의 상태를 종합적으로 살펴보고 실시간으로 위험지수를 계산한다. 그 위험지수가 높아질수록 선미의 성격도 까칠해진다.

하지만, 삼삼칠은 위험 따위는 전혀 상관 안 했다.

고속 질주는 위험하기 때문에 즐거운 거니까.

위험이 무서우면 평생 이불 밖으로 나오지 마라.

무게가 수 톤이 넘는 쇳덩이를 타고 초고속으로 폭주할 때, 온몸으로 느껴지는 차체의 진동과 귀청이 터질 듯한 엔진소리가 지금 매우 위험한 상황에 처해 있다는 걸 깨닫게 해준다. 극도로 긴장감을 높여준다.

이런 긴장감 속에서 신체는 엄청난 스트레스를 받는다.

심장박동이 빨라지고 온몸의 근육이 초긴장상태에 들어간다. 뇌는 이런 신체변화를 감지하고 아드레날린을 대량으로 뿜어낸다.

그럴 때마다 삼삼칠은 혀끝에서 비릿한 신맛을 느꼈다. 그것은 마치 레몬즙 속에 담가 놓은 배터리 같은 맛이었다.

아드레날린의 맛.

속도의 맛.

자, 이제부터는 '폭풍'이 몰아칠 시간이다.

먼저, 아드레날린이 심장을 자극해서 미친 듯이 펌프질한다. 동공이 크게 확장된다. 뇌가 흥분해서 집중력과 운동능력이 비약적으로 상승한다.

이렇게 '아드레날린 폭풍'이 뇌와 신경계를 마구 휘저어 놓으면서 극한의 쾌감을 느끼게 한다. 그리고, 마치 마약처럼 속도감에 중독되어 간다.

"속도 줄이라니까 정말!"

선미가 신경질적으로 날카롭게 소리쳤다.

하지만, 그녀의 말을 들은 체도 안 하고 삼삼칠이 기어를 더 올렸다.

그러자, 눈먼 짐승의 왼쪽 차체가 파워를 이기지 못하고 약간 금이 가면서 조금 비틀어졌다. 그 바람에 차체의 균형이 깨지자 오른쪽 차체가 지면 위로 살짝 들렸다.

그다음부터는 모든 것이 물리법칙 그대로였다.

오른쪽 차체 밑으로 불어닥친 시속 600킬로미터의 강풍이 눈먼 짐승을 비행기처럼 공중으로 높이 띄워 올렸다. 지상에서 30미터 높이까지 수직으로 치솟은 머신이 초고속으로 빙글빙글 회전하면서 산산이 분해되었다.

"그러게 내가 뭐랬……."

선미의 날카로운 외침소리가 엄청난 소음에 파묻혀서 안 들렸다.

눈먼 짐승이 공중에 솟구쳐올랐다가 처참한 파편조각이 되어서 다시 땅에 흩뿌려질 때까지, 그 짧은 몇 초의 시간 동안, 무려 117대의 차량이 그를 제치고 지나갔다.

홀로그램 전광판에 새겨진 그의 마지막 순위는 122등.

5등으로 앞서 달리고 있었던 삼삼칠은 순식간에 122등으로 밀려난 채, 매드스피드에서 자동으로 로그아웃되었다.

* * *

"아 씨발!"

태호가 버럭 짜증을 내면서 메타버스 전용 VR기기를 거칠게 벗어 던졌다.

이런 일이 하도 많아서 벽마다 두꺼운 쿠션을 붙여 놓았기 때문에 VR기기는 안전했다. 상당히 고가인 VR기기가 부서지면 나중에 후회가 막심하다.

윤태호의 매드스피드 아이디는 '전자인간 삼삼칠'.

그가 바로 '눈먼 짐승'을 모는 레이서이며 한국인 중에 매드스피드에서 가장 높은 순위를 기록한 인물이다.

현재까지 그의 최고기록은 세계 5위.

태호는 마음을 진정시키려고 눈을 감고 천천히 심호흡했다.

흥분이 서서히 가라앉아서 평정심을 되찾자, 침대 위에 떨어진 VR기기를 주우러 갔다.

낡은 휠체어 위에 앉아서, 휠체어 바퀴를 양손으로 능숙하게 돌리면서.

태호는 하반신 마비다.

그를 어중간하게 아는 사람들은 당연히 태호가 위험하게 차를 몰다가 사고가 나서 불구가 됐을 거라고 생각한다.

그도 그럴 만한 게, 태호는 현실세계에서도 모두가 다 알아주는 속도광이었나.

그는 만 18세가 되자마자 운전면허를 취득하고 곧바로

차를 샀다. 밤마다 미친 듯이 자유로를 달렸다.

기존 차량의 성능으로는 만족하지 못하게 되자, 스스로 차를 튜닝하면서 자동차의 구조와 설계를 공부했다. 그러다 보니까 최대출력이 200마력밖에 안되는 차를 개조해서 600마력까지 끌어올리는 실력이 되었다.

국산차를 튜닝하는 걸로는 한계가 오자, 슈퍼카로 눈을 돌려서 페라리를 샀다.

차를 사는 동시에 차를 담보로 잡히고 대출을 받는 방식이었다. 한 달에 수백만 원씩 나가는 할부금을 갚으려고 주유소에서 일하면서 매일 라면만 먹었다.

당연히 슈퍼카를 튜닝하는데도 그의 실력이 발휘됐다.

불법으로 개조한 태호의 빨간색 페라리는 인천공항고속도로와 서해대교에서 광란의 질주를 벌이면서 '붉은 제왕'으로 군림했다.

그의 차를 부러워하는 사람들에게 태호는 이렇게 말했다.

"어떡하면 이런 차를 탈 수 있냐고? 아주 간단해. 가족도 애인도 다 필요 없어. 다 버려. 그리고 전부 다 쏟아붓는 거야. 네 인생의 전부를."

사람들은 태호가 저렇게 차를 몰다가 틀림없이 곧 죽을 거라고 수근거렸다.

그리고, 그날이 왔다.

태호가 자동차 동호회 회원들과 함께 경기도 펜션에 놀러가서 잠을 자는데, 지붕이 무너져 내렸다. 흔한 부실공사였다.

지붕에서 떨어진 커다란 대들보가 그의 척추를 짓뭉갰다. 여러 차례 수술을 받았지만 결국은 하반신 마비였다.

"인생이란 게 참 어이없다. 그치? 이럴 줄 알았으면 더 빠르게, 더 미친 듯이 달려볼 걸 그랬어. 차라리 그렇게 원 없이 달리다가 죽어버리게. 하하…….."

허탈한 웃음만 남겨놓고, 태호는 스피드의 세계에서 조용히 사라졌다.

그 후, 지방에 내려간 태호는 제법 큰 카센터에서 기술실장으로 일하며, 삶을 꾸려 나갔다. 몸이 불편해서 직접 차를 만질 수는 없었지만, 풍부한 지식과 경험으로 고장원인을 쉽게 파악하고 직원들에게 수리작업을 지시했다. 그의 솜씨가 워낙 좋아서 수입이 꽤 좋았다.

그러던 어느 날, 카센터에 찾아온 손님들이 '매드스피드'를 얘기하는 걸 우연히 듣게 되었다.

뭐? 그런 게 있다고?

장애인도 아무런 제약 없이 자유롭게 차를 운전할 수 있는 메티비스.

가상공간 속에 무한히 펼쳐진 고속도로.

그 위에서 시작도 끝도 없이 광란의 레이싱을 벌이는 수백만 대의 경주용 차들.

"정말로 그런 게 있어요? 어떻게 가입하면 되죠? 내 컴퓨터로도 될까요? 컴퓨터는 얼마나 빨라야 돼요?"

항상 생기가 없던 태호의 눈동자에 눈부신 광채가 되살아났다.

그렇게, 태호는 질주의 세계로 다시 돌아왔다.

그리고 매드스피드에 가입한지 겨우 6개월만에 '한국 최고속'이 되었다.

* * *

"흠…… 이걸 이쪽에 붙이면 차체가 더 가벼워질까?"

태호가 VR기기를 머리에 쓰고 컴퓨터 앞에 앉아 있었다.

산산조각난 자기 차를 대신해서 '눈먼 짐승 2호'를 만들려는 것이다.

그는 벌써 며칠째 매드스피드의 차량제작 메뉴를 붙잡고 밤낮으로 씨름하고 있었다.

신규유저가 매드스피드에 가입하면 기본차량을 무료로 제공받는다. 하지만, 기본차량은 사양이 워낙 낮아서 최고속도가 시속 200킬로미터밖에 안 나온다.

미래학자 엘빈 토플러는 이렇게 말했다.

앞으로의 세계는 '강자'와 '약자' 대신 '빠른 자'와 '느린 자'로 나눠질 거라고.

태호는 당연히 '빠른 자'가 되고 싶었다.

그러려면 돈이 많이 든다.

무한 고속도로를 제대로 달리려면 비싼 돈을 들여서 고성능 차를 사야 한다. 더 빨리 달리고 싶다면 더 많은 돈을 들여서 차를 개조하면 된다. 무척 이해하기 쉬운 '돈의 법칙'이었다.

매드스피드의 유저들은 차고처럼 생긴 가상공간에서 자기 차를 개조한다.

자유롭게 차체를 늘였다가 줄였다가 하면서, 찰흙처럼 마음대로 붙였다가 떼었다가 하면서 정밀하게 모양을 깎고 다듬는다. 커다랗고 무거운 차량부품을 이리저리 돌려보면서 여기저기 끼워 맞춰본다. 당연히 현실세계에서 차량을 개조하는 것보다 훨씬 더 쉽고 재미있다.

그래서 중요해지는 게 바로 '상상력'이다.

상상한 것을 실제로 이룰 수 있는 가상세계에서는 상상력의 크기가 모든 것을 좌우한다.

태호는 더 빠른 속력을 얻기 위해서 '자동차 엔진'을 버리기로 했다. 그 대신 '전혀 다른 엔진'을 차에 싣기로 했다.

매드스피드의 규정에 따르면, 차가 어떤 엔진으로 달리든지 전혀 상관없다.

자동차와 다른 탈것을 구분 짓는 가장 결정적인 요소. 그것은 바로 '바퀴'이다.

매드스피드에서 '규정에 적합한 자동차'라고 인정받으려면 중요한 건 오직 두 가지뿐이다.

첫째, 바퀴가 네 개 이상 달려 있어야 한다.
둘째, 바퀴가 땅에 접촉해서 달려야 한다.

매드스피드의 레이서들은 천성적으로 비행기를 무척 혐오했다.

"날개 달린 건 흉측해."

"바퀴가 달려야 아름답지."

그래서 '바퀴 근본주의자들'이라고 불릴 정도로 레이서들은 바퀴에 집착했다.

* * *

그로부터 몇 주 후.

마침내 눈먼 짐승 2호의 설계도가 완성되었다.

태호가 괴물 같은 형태의 머신을 가상공간 속에서 이리저리 돌려보면서 모든 각도에서 자세히 점검했다.

완벽했다.

하지만, 언제나 그렇듯이, 문제는 '돈'이었다.

제작비 견적을 한번 뽑아보니까 대략 47억 5천만 원이 나왔다. 여기에 연료비까지 합하면 최소한 60억 원은 필요하다.

태호가 VR기기를 벗고 곰곰이 생각해봤다.

어떡하지?

매드스피드를 시작한 이후, 그의 수입은 별로 많지 않았다.

매드스피드 개발사에서 레이싱 순위에 따라서 매달 지급해주는 상금이 주된 수입원이었다. 그리고 팬클럽과 후원회에서 가끔씩 보태 주는 후원금이 조금 있었다.

여기에 펜션 사고 때 받은 보상금을 다 합쳐도 턱없이 돈이 모자랐다.

아무리 고민해도 그런 거금을 마련할 수 있는 뾰족한 방법이 없었다.

"……다 버려……."

태호가 무의식 중에 혼잣말을 중얼거렸다.

"가족도 애인노 다 필요 없어……. 집도 뭣도 다 필요 없어……. 다 버려……. 그리고 전부 다 쏟아붓는 거야…….

네 인생의 전부를…….”

전에는 입버릇처럼 늘 하던 말이었는데, 정말 오랜만에 그의 입에서 다시 나왔다.

오랜만에 이 말을 해보니까, 그 어감이 참 좋았다.

어둡던 시야가 확 밝아지는 느낌이었다.

태호가 주위를 한번 둘러봤다.

그동안 살아온 이 작은 방이 오늘따라 더 작게 느껴졌다.

“그래. 다 버려야지.”

마침내 결심을 하니까 마음이 무척 편해졌다.

태호가 그의 손때가 묻은 낡은 휠체어를 천천히 손으로 쓰다듬어줬다.

“그동안 정말 고마웠다……. 내 발이 되어줘서…….”

* * *

“삼삼칠이 돌아온다!”

삼삼칠이 매드스피드에 복귀한다는 뉴스가 나오자 한국 커뮤니티가 후끈 달아올랐다.

그것도 새로운 머신인 ‘눈먼 짐승 2호’를 타고 나온다고 하자, 아주 그냥 난리가 났다.

만년 제2그룹에 머물러 있는 삼삼칠이 과연 이번에는 최선두 그룹으로 올라갈 수 있을 것인가.

항상 5등으로 끝난 삼삼칠이 과연 이번에는 1등을 할 수 있을 것인가.

한국에서 과연 '매드스피드 전 세계 1등'이 나올 수 있을 것인가.

이제 삼삼칠은 한국뿐만 아니라 전 세계의 매드스피드 팬들에게도 초미의 관심사가 되었다.

그래서 레이싱을 시작하기 전에 '전자인간 삼삼칠'이 아닌 '인간 윤태호'를 취재하려고 방송국에서 취재진이 찾아왔다.

"……근데, 여기 정말 맞아요?"

여성 리포터가 고개를 갸웃거렸다.

이상하게도 인터뷰 장소는 일반 집이 아니라 어느 대학 병원의 병실이었다.

병실에 들어온 리포터가 태호의 모습을 보고 깜짝 놀랐다.

커다랗고 두꺼운 유리 실린더 안에 투명한 액체가 가득 차 있고, 그 속에 사람의 뇌와 척수가 둥둥 떠 있었다.

뇌와 척수에는 수많은 호스가 꽂혀서 혈액과 영양분을 공급하고, 노폐물을 밖으로 배출했다.

대뇌 부위에는 초소형 컴퓨터칩이 여러 개 꽂혀서 옆에 있는 컴퓨터와 원격으로 연결되어 있었다.

이것이 지금 태호의 모습이었다.

"윤…… 태호씨……? 어떻게…… 저기, 그……."

몹시 당황한 리포터가 할 말을 찾지 못했다.

"안녕하세요. 뭘 먼저 얘기할까요?"

컴퓨터 스피커에서 태호의 목소리가 자연스럽게 흘러나왔다.

태호는 뇌와 척수를 제외한 자기 육체 전부를 미국의 첨단 생명공학 회사에 팔았다.

그의 물질적인 육체뿐만 아니라 유전자 정보, 혈액 정보, 신경세포 정보, 호르몬 정보 같은 생물학적인 정보까지도 전부 다 해당 회사의 소유물이 되었다.

여기에 더해서, 그의 육체와 생물학적인 정보를 이용해서 앞으로 개발하게 될 모든 신약에 대해서도 회사가 영구적이고 독점적으로 소유하게 되었다.

그 대신 태호는 현금 100억 원을 일시불로 받았다.

그의 뇌와 척수를 적출하는 고난도의 수술비용은 당연히 회사에서 부담했다.

뇌와 척수를 보관할 생명유지장치를 제작하는 비용, 뇌와 컴퓨터를 연결하는 인터페이스를 제작하는 비용도 모두 회사에서 부담했다.

뿐만 아니라, 그의 생명유지장치와 뇌-컴퓨터 인터페이

스를 유지 보수하려면 매달 많은 비용이 들어가는 데, 이것도 앞으로 태호가 사망할 때까지 회사에서 전액 지불해 주기로 했다.

태호는 이 정도면 제법 좋은 조건으로 거래한 거라 생각했다.

이렇게 마련한 돈으로 그는 눈먼 짐승 2호를 제작할 수 있었다.

옆에서 이야기를 듣다가 눈물이 그렁그렁 맺힌 리포터가 결국은 울음을 터뜨렸다.

"……죄송…… 죄송합니다……. 으허엉…… 엉엉……."

"괜찮아요. 난 지금 행복합니다."

"윤태호씨. 그럼 인터뷰를 끝내기 전에…… 훌쩍, 마지막으로 팬들에게…… 훌쩍, 하고 싶은 말이 있나요?"

"글쎄요……."

잠시 침묵하던 스피커에서 태호의 밝은 목소리가 흘러나왔다.

"전자인간 삼삼칠이 진짜로 '전자인간'이 됐습니다! 축하해주세요! 아, 이거 너무 썰렁한가? 아하하하!"

이 방송이 인터넷을 통해서 전 세계로 스트리밍되자 매드스피드의 동시접속자가 폭발적으로 증가했다. 신규가입자수도 갑자기 수직으로 치솟았다.

모두가 삼삼칠을 보려고 매드스피드에 몰려드는 것이다.

언론에서는 이 현상을 '삼삼칠 효과'라고 불렀다.

두 시간 동안 진행된 눈먼 짐승 2호의 시스템 최종점검이 마침내 끝났다.

드디어 무한 고속도로에 뛰어들어서 레이싱을 다시 시작할 때가 온 것이다.

* * *

삼삼칠이 눈먼 짐승 2호의 운전석에 앉은 채로 '대기실'에 있었다.

이곳은 레이싱에 뛰어들기 전에 운전자와 차량이 대기하는 가상공간이다.

"선미야, 그동안 잘 있었어? 나 보고 싶었지?"

"······."

삼삼칠이 운전보조 인공지능인 선미에게 쾌활하게 말을 걸었지만, 그녀는 아무런 대답이 없었다.

"너······ 혹시 삐졌냐?"

"삐지긴 무슨······ 저번에 내 말대로 했으면 사고 안났잖아요!"

"······하여간 까칠한 가시나."

"뭐라고요?"

"아냐. 이번엔 네 말 잘 들을 게."

"당연히 그래야죠! 근데, 좀 이상하네요?"

"응? 뭐가?"

"예전보다 성격이 더 밝아진 거 같네요."

"그런가? 확실히 갑갑한 육체를 벗어버리니까 더 가벼워진 거 같아. 몸도 마음도."

"흠, 좋아요. 컨디션도 좋고. 그럼 한번 달려볼까요?"

"그래, 가자."

삼삼칠이 홀로그램패널을 열고 레이싱 스타트 버튼을 눌렀다.

* * *

무한 고속도로.

이번 배경은 얼어붙은 남극이었다.

눈폭풍이 휘몰아치는 동토의 땅에 거대한 고속도로가 지평선 끝까지 일직선으로 쭉 뻗어 있었다.

앞만 보고 미친 듯이 질주하는 여러 대의 차량 중에 현재 122등인 차가 있었다. 흰색 바탕에 검은색 동그라미를 찍은 달마시안 무늬의 포르쉐 911 터보였다.

그 바로 옆에 눈먼 짐승 2호가 스폰(Spawn, 플레이어가 게임내 월드에 생성되는 것)되었다. 초기 속도는 달마시안 포르쉐와 동일한 시속 378킬로미터.

삼삼칠이 드디어 등장하자 매드스피드의 시청자들이 일제히 환호성을 질렀다.

그가 탑승한 새로운 머신의 모습을 보자, 시청자들이 처음에는 당황해서 멈칫했다가 더 크게 소리를 질렀다.

눈먼 짐승 2호는 전체 길이가 20미터를 넘는 거대한 크기였다.

페라리 스트라달레 세 대를 옆으로 나란히 붙여서 앞바퀴 부분을 만들고, 마찬가지로 스트라달레 네 대를 옆으로 나란히 붙여서 뒷바퀴 부분을 만들었다.

태호는 항상 이태리 슈퍼카를 이용해서 개조차량을 만들었는데, 그게 태호의 작품을 상징하는 시그니처였다.

엔진은 일곱 대의 차량들 위에 F119-PW-100 터보팬 엔진을 두 기를 올렸다. 이 엔진은 현재 지구상 최강의 전투기인 F-22 랩터의 제트엔진으로, 랩터를 최고속력 마하 2.4로 날게 해준다.

삼삼칠이 탑승한 운전석은 맨 앞에 있는 세 대의 스트라달레 중에 가운데 차에 있었다.

압도적인 크기의 몬스터 머신이 갑자기 도로 위에 나타

나자, 시청자뿐만 아니라 같이 달리고 있던 레이서들도 깜짝 놀랐다.

"엔진 점화."

삼삼칠이 버튼을 힘차게 누르자 두 기의 제트엔진이 동시에 불을 뿜었다.

눈먼 짐승 2호를 뒤에서 바짝 쫓아오던 십여 대의 차량이 그 화염폭풍에 휩쓸려서 날아가버렸다. 몇 대는 뜨거운 열기를 견디지 못하고 그 자리에서 폭발했다.

오랜만에 매드스피드에 접속해서 무한 고속도로를 달리기 시작하면, 처음에는 그 미친 속도를 감당하지 못해서 머신이 너무 빠르다고, 너무 강력하다고 느껴진다.

하지만, 몇 분이 지나면 금세 익숙해져서 오히려 머신이 너무 느리다고, 충분히 강력하지 못하다고 느끼게 된다. 그래서 레이서는 늘 더 강한 파워를 가진 더 빠른 머신을 갈망하게 된다.

"현재속도 시속 610킬로미터. 음속의 절반입니다."

"차체 상태는?"

"완벽 그 자체."

"좋아. 이대로 계속 간다."

눈먼 짐승 2호가 멀리 앞서가던 제2그룹을 순식간에 따라잡았다.

그대로 힘차게 계속 앞으로 치고 나가서 제2그룹의 최선두에 섰다.

현재 순위는 5등.

너무나 익숙하고 지긋지긋한 그 숫자.

"선미야, 지금부터가 승부다. 준비됐어?"

"엔진 온도 양호. 차체 상태 양호. 올 그린(All Green)."

"좋았어. 간다!"

삼삼칠이 엔진조작 스위치를 모두 올리고 엑셀을 끝까지 꽉 밟았다.

제트엔진 두 기의 노즐이 활짝 벌어지면서 최대출력으로 불을 뿜었다.

어마어마한 가속도가 삼삼칠을 뒤로 밀어붙였다. 그대로 운전석 의자에 파묻혀 들어갈 것 같았다.

주변이 빠르게 스쳐 지나가면서 정면 가운데 부분으로 삼삼칠의 시야가 좁아졌다. 마치 터널 속에서 앞을 바라볼 때 터널 출구만 동그랗고 밝게 보이는 것 같았다.

레이서들에게는 이미 익숙한 '터널비전(Tunnel Vision)' 현상이었다.

"시속 1000킬로미터. 음속에 가까워집니다."

"끄으윽……."

삼삼칠이 이를 악물고 살인적인 가속도를 버텼다. 생각했던 것보다 훨씬 더 고통스러웠다. 그만큼 훨씬 더 즐거웠다.

그는 속도에 중독되었다.

속도가 그를 자극하고 쉴 새 없이 몰아붙였다.

만약, 그가 느린 삶을 살거나 단 한 번이라도 질주를 멈춘다면, 그때는 갑자기 감당할 수 없을 정도로 커다란 공허가 찾아올지도 모른다.

그는 그런 두려움에 빠져 있었다.

"시속 1224킬로미터. 음속돌파."

눈먼 짐승 2호의 전면부에 원뿔모양으로 강력한 충격파가 발생했다. 동시에 콰쾅! 하는 엄청난 폭발음이 터졌다.

음속돌파의 상징인 '소닉붐(Sonic Boom)' 현상이었다.

그 강렬한 모습에 매료된 매드스피드의 시청자들이 열광적으로 환호했다.

* * *

겨우 몇 초 만에 눈먼 짐승 2호가 제1그룹을 따라잡았다.

그 여세를 몰아서 초음속으로 계속 질주했다.

일본 레이서 '엠페러'의 '미드나잇 블루'를 제치고 4등.

영국 레이서 '하복'의 '소닉크루저'를 제치고 3등.

이태리 레이서 '밀레니오'의 '라돌체72'를 제치고 2등.

시청자들이 미친 듯이 열광했다. 한국 커뮤니티는 이미 광란의 분위기였다.

이제 한 대만 더 제치면 전 세계 1등이다.

"선미야, 우리도 1등 한번 해보자!"

삼삼칠의 가슴이 뜨겁게 벅차올랐다.

저 앞쪽에서 달리고 있는 미국 레이서 '엑셀F'의 '갓모드'가 시야에 들어왔다. 그런데, 그걸 보고 삼삼칠이 깜짝 놀랐다.

"저게 뭐지?"

"……데이터에 없습니다. 신형 머신입니다."

엑셀F도 새로운 머신인 '슈퍼 갓모드'를 타고 있었다. 차체길이가 100미터를 훌쩍 넘을듯한 엄청나게 거대한 머신이었다.

그리고 무엇보다도, 그 머신을 달리게 하는 동력원은 바로…….

"로켓엔진이다! 제기랄!"

삼삼칠이 탄식했다.

그것은 항공기용 제트엔진의 수준이 아니었다. 우주개발에 사용되는 '슈퍼 헤비' 로켓엔진이었다.

길이가 무려 70미터이고 소형 로켓엔진 33개를 하나로 묶은 이 로켓은 미국의 우주개발 기업인 스페이스 엑스가 만들었다. 현재 지구상에서 가장 크고 강력한 로켓이다.

슈퍼 갓모드가 거대한 로켓엔진에서 불을 뿜으면서 더 빨리 달리기 시작했다.

"선미야, 우리도 가자!"

"언제든지요."

삼삼칠이 애프터버너(After Burner, 재연소장치)를 켰다. 그러자, 제트엔진 두 기가 분사구에서 눈부시게 새하얀 불꽃을 길게 내뿜었다. 그 폭발적인 힘으로 차체를 힘차게 가속시켰다.

"끄으으…… 으으으으윽……."

삼삼칠이 이를 악물자 우드득 소리가 났다. 무서운 가속도가 그를 납작하게 만들 것처럼 짓눌렀다.

"마하 1.5."

음속의 1.5배 속도로 달리고 있었다.

하지만, 슈퍼 갓모드를 따라잡을 수가 없었다. 손에 잡힐 듯이 도무지 잡히지 않았다.

"끄아악…… 더…… 더 빨리……!"

차체가 부서져 나갈 것처럼 진동했다.

"차…… 차 상태는?"

"걱정 마세요. 이상 없습니다."

속도가 더 빨라지자 그를 짓누르는 가속도가 더욱 커졌다.

"마하 2."

음속의 두 배.

눈먼 짐승 2호가 낼 수 있는 최대속력이었다.

하지만, 슈퍼 갓모드는 그를 비웃듯이 속도가 더욱 빨라지면서 점점 더 멀어져갔다.

"더…… 더…… 빨리……!"

"남은 연료 20퍼센트."

"……뭐어?"

애프터버너를 사용하면 연료 소모속도가 5배로 크게 증가한다.

"남은 연료 10퍼센트."

"……아…… 안돼!"

"5퍼센트."

"뭔가…… 뭔가 방법을……! 제발……!"

"0퍼센트."

"안돼……!"

눈먼 짐승 2호의 제트엔진이 힘없이 꺼졌다.

삼삼칠은 머신의 무게를 줄이려고 자동차 연료는 최소한으로만 실었다. 그래서 자동차 엔진도 곧 꺼져버렸다.

그의 속도가 느려지자 슈퍼 갓모드가 어마어마한 속도로 멀어져서 순식간에 눈앞에서 사라져버렸다.

뒤이어 제1그룹의 다른 차들이 그를 추월하면서 또다시 5등이 되었다.

"으아아악! 안돼! 왜…… 왜 안되는 거야! 왜! 왜 난 안되는 거야!"

삼삼칠이 운전석에서 발버둥치며 악을 썼다.

그의 발악에도 불구하고 눈먼 짐승 2호가 허무하게 멈춰서 버렸다.

차량의 연료가 다 떨어져서 주행불능이 되자, 자동으로 매드스피드에서 로그아웃 되었다.

"으아아아악!"

태호의 컴퓨터 스피커에서 비통한 절규가 터져 나왔다.

그의 병실을 담당하는 간호사가 잠시 망설이다가 스피커 볼륨을 작게 줄였다. 다른 병실에 있는 환자들에게 방해가 되기 때문이다.

그후 몇 시간 동안을 태호가 울부짖고, 흐느끼고, 절규하는 소리가 스피커를 통해서 작게 흘러나왔다.

* * *

그로부터 며칠이 지났는지 모른다. 오늘도 태호는 한밤중에 잠을 이루지 못하고 계속 깨어 있었다. 사실, 유리 실린

더 안에 들어 있는 태호의 뇌가 잠자고 있는 건지, 아니면 깨어 있는 건지는 눈으로 봐서는 알 수 없었다.

태호가 원격으로 컴퓨터를 켰다. 오랜만에 이메일함을 열어보니 그동안 쌓인 이메일이 무척 많았다. 대부분이 그의 팬들에게서 온 팬레터였다. 외국인 팬이 영어로 써서 보낸 이메일도 많았다. 태호는 그런 이메일은 하나도 읽지 않았다. 관심이 전혀 없으니까.

그는 인기를 얻기 위해서도, 스타가 되기 위해서도 달리지 않는다. 그냥 그저 자기가 좋아서 달린다. 오직 자기자신만을 위한 질주.

그런데, 어떤 이메일 한 통이 그의 주의를 끌었다.

미국의 칼텍(Caltech, 캘리포니아 공과대학)에 있는 어느 한국인 물리학교수가 보낸 이메일이었다.

이메일 내용은 딱 한 줄이었다.

윤태호 씨, 혹시 '축지법'이 진짜로 가능할까요?

뜬금없는 질문이었지만, 태호는 곰곰이 생각에 잠겼다.

지금까지 오랫동안 자동차와 기계를 만지고 매드스피드에서 혁신적인 컨셉의 머신을 설계하면서, 그는 자연스럽게 첨단과학이론에 대해서도 깊은 관심을 갖게 되었다.

그래서 지금 물리학교수가 무슨 말을 하고 싶은 건지 쉽게 눈치챌 수 있었다.

태호도 답장을 딱 한 줄 써서 보냈다.

제가 알기로는, 현대물리학에서 '이론적으로는' 가능합니다.

그러자, 교수에게서 곧바로 답장이 왔다.

이론적으로, 수학적으로 가능하다면…… 현실세계에선 아직 불가능하더라도 가상세계에서는 가능할 겁니다. 정말 궁금하네요. 함께 한번 시도해보실래요?

그때부터 태호와 교수는 하루에 네다섯 시간씩 통화를 하면서 서로 의견을 주고받았다. 교수가 태호에게 그때마다 작업에 필요한 최신 이론물리학을 가르쳐줬다. 그 대신 태호는 교수에게 매드스피드에서 적용되는 물리법칙을 가르쳐줬다. 가상세계에서는 차량제작과 주행에 있어서 현실세계와 비슷하지만 약간은 다른 물리법칙이 적용되기 때문이다.

그렇게 두 사람은 서로를 가르치고 배우면서 하나의 목표를 향해 나아갔다.

그 목표는 바로, '눈먼 짐승 3호'의 제작.

교수가 태호를 돕는 조건은 단 하나였다. 자기가 그를 돕는다는 것을 무슨 일이 있어도 절대 비밀로 할 것. 왜냐하면, 지금 그들이 하고 있는 실험은 현대물리학계에서 이단으로 치부되는 일이었다. 그래서 만약 이 일이 세상에 알려지면, 교수가 학계에서 퇴출당할지도 몰랐다.

여러 달이 지나서 마침내 눈먼 짐승 3호의 설계도가 완성되었다. 교수가 자기 연구실에서 비밀리에 시뮬레이션을 돌려본 결과는 성공적이었다. 시뮬레이션이 성공했다면, 마찬가지로 가상세계인 매드스피드에서도 반드시 성공할 것이다.

예상되는 제작비는 무려 300억 원.

하지만, 이번에는 의외로 쉽게 돈문제가 해결되었다. 태호가 이전에 탔던 눈먼 짐승 2호를 중동의 스피드광인 왕족에게 거액을 받고 팔았다. 여기에 교수가 개인적으로 보유한 암호화폐를 조금 보태서 그 돈이 마련되었다.

고민해야 될 진짜 문제는 따로 있었다. 눈먼 짐승 3호가 실제로 작동했을 때 발생하게 될 '물리학적인 결과'였다. 차량제작을 시작하기 전에, 교수가 전화통화에서 다시 한번 다짐받듯이 물어봤다.

"태호 씨, 어떤 결과가 생길지 분명히 알고 있습니까?"

"예, 잘 압니다."

"어디까지나 이론일 뿐이지만…… '그 일'이 실제로 벌어져도 상관없습니까?"

"상관없습니다. 저는 그저, 그 망할 놈의 커다란 로켓보다 더 빨리 달릴 수만 있다면……. 1등만 할 수 있다면……. 다른 건 아무것도 상관없습니다."

"……알겠습니다."

태호가 매드스피드의 차량제작 메뉴를 열고 눈먼 짐승 3호를 제작하기 시작했다.

언제나 그랬듯이, 이번에도 역시 가장 기본이 되는 차체는 이태리 슈퍼카 중에서 골랐다.

* * *

"윤태호 씨, 왜 머신 이름을 항상 '눈먼 짐승'이라고 지으세요?"

여성 리포터가 레이싱이 시작되기 전에 그를 취재하려고 또다시 병실에 찾아왔다.

그녀는 저번에 태호를 인터뷰하다가 엉엉 울던 모습 덕분에 큰 인기를 얻게 되었다.

태호가 명쾌하게 대답했다.

"눈이 멀어버린 짐승은 오로지 앞만 보고 달리니까요. 옆도 안 쳐다보고, 뒤를 돌아보지도 않습니다. 오로지 앞만 보고 달려요. 마치 내 인생처럼."

"와아……. 정말 멋지네요!"

"아뇨. 그냥 미친 거죠."

"오늘, 자신 있으시죠? 세계 1등! 우리나라도 1등 한번 꼭 해봐야죠!"

"그럼요. 꼭 될 겁니다. 세계 1등. 세계 최고속."

"자 그럼, 마지막 질문을 하고 마칠 게요. 태호 씨, 만약에…… 만약에 말이예요……. 과거로 돌아갈 수 있다면, 인생을 다시 시작할 수 있다면, 그래도 또 레이싱을 할 거예요?"

"아뇨."

태호의 단호한 대답에 리포터가 몹시 당황했다.

"예에에? 저기요, 당연히…… '나는 레이싱을 또 할 거다!'라고 대답하실 줄 알았는데요?"

"아하하하!"

유리 실린더 안에 들어 있는 태호의 뇌가 즐겁게 웃고 있는 것처럼 보였다.

"지금은 스피드에 중독되어서 벗어날 수가 없어요. 이번 생은 망했습니다. 하지만 만약에 과거로 돌아간다면, 절대

로 레이싱 안 할 겁니다. 다시는 빨리 달리지도 않고, 차도
타지 않고, 천천히 걸어 다닐 거예요."

"왜요?"

"천천히 걸을 때만 눈에 들어오는, 그런 풍경이 있으니까
요."

그 말에 눈시울이 살짝 붉어진 리포터가 천천히 고개를
끄덕였다.

"무슨 말인지 잘 모르겠지만……. 왠지 알 것 같아요."

매드스피드가 유저들의 뜨거운 열기로 폭발하기 직전이
었다. 오늘 매드스피드는 창사 이래 최고의 동시접속자수
를 기록했다. 커뮤니티 게시판이 벌써 다섯 번째로 서버가
다운되었다. 삼삼칠을 응원하려고 폭주하는 게시물들 때문
이었다.

이게 다 '삼삼칠 효과'였다.

전 세계의 수많은 유저들이 오늘 무한 고속도로에 복귀
하는 삼삼칠과 그의 새로운 머신을 보려고 매드스피드에
몰려들었다. 한국에서는 많은 회사들이 오늘을 임시 휴무
일로 정하고, 그를 응원하려고 단체로 매드스피드에 접속
했다.

마침내 모두가 기다리던 눈먼 짐승 3호의 시스템 최종점
검이 끝났다.

그리고, 그의 레이싱이 시작되었다.

* * *

뜨거운 태양아래 펼쳐진 드넓은 푸른 바다. 사방 어디를 둘러봐도 온통 수평선뿐이고, 거친 파도가 시원스럽게 물결쳤다. 그 망망대해 위에 우뚝 세워진 거대한 다리가 끝도 시작도 없이 일직선으로 쭉 뻗어 있었다. 그 무한 고속도로 위를 수십 대의 차량이 초고속으로 질주하고 있었다.

현재 5등으로 달리고 있는 자동차는 형광 핑크색으로 차량 전체를 도색하고 다이아몬드 720개를 박아 놓은 부가티 시론이었다. 미국의 데이팅앱 매출 1위 회사가 마케팅용으로 운영하는 차였다. 바로 그 옆에 삼삼칠의 눈먼 짐승 3호가 스폰되었다.

기다리고 기다리던 삼삼칠의 등장에 시청자들이 열광적으로 환호했다. 하지만, 그 환호성은 곧 당혹스러운 침묵으로 바뀌었다. 사람들은 이번에 삼삼칠이 압도적인 크기에 상상을 초월하는 형태를 가진 괴물 같은 머신을 타고 나올 거라고 무척 기대했다.

하지만, 눈먼 짐승 3호는 지금까지 삼삼칠이 선보였던 차 중에서 가장 작은 크기였다. 게다가 디자인도 너무 평범했다. 그의 머신은 람보르기니 우라칸 스파이더의 차체를 그대로 사용했는데, 앞바퀴 앞쪽과 뒷바퀴 앞쪽에 각각 직경이 8미터 정도되는 커다란 반지모양 구조물이 설치되어 있었다. 이 반지모양 장치는 차체를 바깥에서 감싸는 형태였다. 그래서 마치 커다란 두개의 반지 속에 자동차가 들어가 있는 것 같은 모습이었다.

눈먼 짐승 3호는 우라칸의 엔진을 거의 개조하지 않은 데다가 대형 구조물까지 부착하고 있어서 속도가 시속 100킬로미터도 안 나왔다. 뒤에서 맹렬히 달려온 수십 대의 머신이 그의 옆을 질풍처럼 스치고 지나갔다. 그래서 삼삼칠이 순식간에 제3그룹으로 밀려나버렸다.

하지만, 그는 전혀 서두르지 않았다.

"선미야, 이제 슬슬 충전이 다 됐나?"

"현재 70퍼센트."

"다 되면 알려줘."

삼삼칠이 느긋하게 말했다.

눈먼 짐승 3호는 소형 핵발전기를 탑재하고 있는데, 여기서 생산되는 막대한 전기로 두 개의 커다란 반지모양의 장치를 충전하고 있었다.

반지처럼 생긴 이 장치가 바로 '알큐비에레 드라이브(Alcubierre Drive)'이다.

1994년에 멕시코의 이론 물리학자인 미구엘 알큐비에레 박사가 제안한 이 장치는 지금까지 알려진 모든 물리법칙에 위배되지 않으면서도 '워프(Warp)'를 가능하게 해준다. 물론 상대성이론에도 위배되지 않는다.

워프라는 건 '휘다' 또는 '비틀다'라는 사전적인 의미처럼 '공간을 접어서' 이동하는 것이다. 동양적인 시각에서 보자면 그야말로 '축지법'이다. 이론적으로 워프의 속도는 빛보다 빠른 초광속도 가능하다.

워프를 가능하게 하는 시공간 왜곡현상은 이미 소립자의 세계에서는 유사현상이 관측되고 있다. 그래서 소수의 과학자들은 워프 기술을 인류가 아는 물리법칙 내에서 실현 가능하다고 굳게 믿고 있었다.

삼삼칠을 도와준 교수도 그런 '낭만적인 과학자'중에 하나였다.

"……워프를 현실세계에서 실제로 구현하려면 많은 기술적인 문제점이 있습니다. 시공간을 팽창시키는 데 필요한 '음의 에너지 밀도(Negative Energy Density)'라던가, '별난 물질(Exotic Matter, 질량이 음수인 물질)'이라던가……. 하지만, 수학적인 계산으로는 얼마든지 가능합니다. 그렇다면, 가상세계인 메타버스에서도 이런 수학방정식을 프로그래밍해서 워프를 실제로 구현할 수 있지 않을까요……?"

그 한국인 물리학교수는 열띤 목소리로 그렇게 말했었다.

"충전 100퍼센트 완료."

드디어 선미가 쿨한 목소리로 말했다.

* * *

"좋아."

삼삼칠이 계기판에 있는 커다란 빨간색 버튼에 손가락을 대고 누르려다가 문득 멈췄다. 지금 이 순간의 느낌을 잘 기억해 뒀다가 앞으로 영원히 간직하고 싶어서였다. 하지만, 생각보다 의외로 담담한 기분이 들었다.

삼삼칠이 알큐비에레 드라이브 가동버튼을 지그시 눌렀다. 그러자 차체를 중심으로 직경 20미터인 '워프 버블(Warp Bubble)'이 생성되었다.

워프 버블은 비누방울처럼 눈먼 짐승 3호를 감싸서 내부 시공간과 외부 시공간을 분리한다. 그래서 워프 버블 안에 있는 눈먼 짐승 3호와 삼삼칠은 관성이나 중력가속도의 영향을 전혀 받지 않는 상태가 된다.

이렇게 시공간이 분리될 때 발생한 막대한 에너지가 감마선 폭발처럼 분출되었다. 그래서 주변에서 함께 달리고 있던 수십 대의 차량이 가루처럼 분해되고, 박살 나고, 폭발했다. 곧이어 알큐비에레 드라이브가 워프 버블의 앞쪽에 있는 시공간을 압축시켰다. 그래서 압축된 시공간이 워프 버블을 앞으로 끌어당겼다.

동시에 알큐비에레 드라이브가 워프 버블의 뒤쪽에 있는 시공간을 팽창시켰다. 이렇게 팽창된 시공간 자체가 워프 버블을 앞으로 밀어냈다. 이 작용에 의해서 워프 버블과 그 안에 있는 눈먼 짐승 3호가 쏜살같이 앞으로 질주하기 시작했다.

"시속 1224킬로미터. 음속 돌파."

시공간 압축과 팽창이 더 커지면서 워프 버블을 앞으로 추진시키는 가속력도 더욱 커졌다.

"마하 2."

하지만, 워프 버블 안에 있는 삼삼칠은 가속력을 전혀 느끼지 못했다. 오히려 아주 편안했다. 알큐비에레 드라이브가 웅웅 하며 떨리는 진동만 기분 좋게 느껴졌다.

"마하 5. 극초음속 돌파."

저 멀리 엑셀F의 슈퍼 갓모드가 보였다.

현재 1등인 슈퍼 갓모드는 거대한 로켓엔진을 최대출력으로 분사하면서 초속 11.2킬로미터로 달리고 있었다. 만약 우주선이 이런 속도로 날고 있다면 지구의 중력에서 벗어날 수 있기 때문에 '지구 탈출 속도'라고 불린다.

"초속 50킬로미터."

눈먼 짐승 3호가 슈퍼 갓모드를 가뿐히 제쳐버렸다. 순식간에 뒤로 지나가버린 슈퍼 갓모드가 까마득히 멀리 사라졌다.

"현재 1등입니다."

"아…… 그래?"

삼삼칠이 허무한 미소를 지었다.

그토록 원했던 1등이었지만, 이제는 관심 없었다. 미친듯이 질주할 때마다 해일처럼 밀려와서 온몸을 떨리게 했던 아드레날린 폭풍도 이제는 없었다. 그저 이대로 영원히 달리고만 싶을 뿐.

워프 버블의 안쪽 공간이 무척 평온한 것과 달리, 바깥쪽 공간은 완전히 아수라장이었다. 워프 버블이 극한의 속도로 폭주하면서 앞쪽 공간을 압축시키고 뒤쪽 공간을 팽창시켰다. 이렇게 공간이 왜곡되니까 무한 고속도로뿐만 아니라 그 주위에 있는 바다와 하늘까지도 압축되고, 접히고, 팽창하고, 휘어지고, 뒤틀어졌다. 눈먼 짐승 3호의 가속력이 기하급수적으로 더욱 커졌다.

"초속 10만킬로미터. 광속의 33퍼센트."

눈먼 짐승 3호의 속도가 더 빨라질수록 공간 왜곡도 더욱 커졌다. 이 불가사의한 현상을 컴퓨터로 연산하고 데이터를 처리하느라고 매드스피드의 시스템에 과부하가 걸렸다. 결국은 시스템이 3D 그래픽을 더 이상 렌더링하지 못해서 워프 버블이 지나가는 곳마다 가상공간이 통째로 무너져 내렸다. 전 세계 곳곳에 있는 매드스피드 서버센터가 엄청난 과부하를 견디지 못하고 하나씩 다운되기 시작했다.

"초속 20만킬로미터. 광속의 67퍼센트."

"선미야, 만약 빛보다 더 빨리 달리면…… 현대물리학에선 무슨 일이 벌어질 거라고 하는 지 알아?"

"초속 30만킬로미터. 광속 돌파."

* * *

태호가 눈을 몇 번 깜박였다. 멍한 표정으로 주위를 두리번거렸다.

그는 지금 '송도 도심서킷' 입구에 서 있었다. 이곳은 인천 송도에 있는 자동차 경주장이다. 태호가 고개를 갸웃거렸다. 주변풍경이 아무래도 왠지 낯이 익었다. 문득 자기 몸을 살펴보니까, 고등학교 교복을 입고 책가방을 어깨에 메고 있었다. 태호가 급히 호주머니를 뒤져서 학생증을 찾아냈다.

중현 고등학교 2학년 3반 윤태호

아, 이제야 기억이 났다. 오늘은 학교를 땡땡이 치고 자동차 경주를 보려고 인천 송도까지 갔던 바로 그날이었다.

"하하……. 정말로 과거로 온 건가?"

매드스피드에 접속해 있던 태호의 '의식'이 빛의 속도를 넘어서자 시간을 거슬러서 과거의 자신에게로 온 것이다. 그게 아니라면, 평행세계에 있는 또다른 자신에게로 온 것인지도 모른다.

솔직히 모르겠다.

그 이상의 자세한 설명은 태호도 할 수가 없었다.

"와아아!"

송도 도심서킷 안쪽에서 관중들의 환호성이 우렁차게 터져 나왔다. 부릉부릉 땅이 울리는 레이싱 머신들의 엔진소리도 들려왔다. 언제 들어도 피가 끓어오르고 가슴이 시원하게 뻥 뚫리는 소리였다.

하지만, 태호가 아무런 미련도 없이 휙 뒤돌아섰다. 가방을 어깨에 들쳐 메고 천천히 걷기 시작했다.

스피드는 이제 됐다. 새롭게 주어진 인생이라면 새롭게 살아야지.

태호의 머리속이 앞으로의 인생에 대한 여러가지 생각으

로 가득 찼다. 천천히 여유롭게 걸어가니까 주위 풍경이 하나둘 씩 눈에 들어왔다.

저 멀리 호수공원에서 아이들이 놀고 있었다. 태호가 이끌리듯이 거기로 가서 아이들을 한참동안 바라봤다.

예전 인생에서, 빠르게 질주하기만 할 때는 전혀 모르던 풍경이었다.

앞으로 뭘 하게 될지 모르지만, 뭐든지 다 할 수 있을 거야. 저 어린아이들처럼. 태호의 입가에 저절로 흐뭇한 미소가 지어졌다.

기분 좋게 돌아서는데, 세발 자전거를 탄 어린아이가 그의 앞을 휙 스쳐 지나갔다. 그 순간, 살랑거리는 '바람'이 그의 피부에 살짝 와닿았다.

태호가 그 자리에 우뚝 멈춰 섰다.

바람.

속력.

속도감.

태호의 혀끝에서 비릿한 신맛이 느껴졌다.

마치, 레몬즙 속에 담가 놓은 배터리 같은 맛이었다.

그것은 바로, 아드레날린의 맛이었다.

속도의 맛.

두근.

두근.

두근.

그의 심장이 또다시 두근거리기 시작했다.

속도의 맛

이경희(SF작가)

　김상윤 작가의 「속도의 맛」은 제목처럼 질주하는 속도감이 일품인 작품이었다. 속도에 중독된 메타버스 레이서 '삼삼칠'은 오직 자신의 욕망을 충족하기 위해 인생의 바닥까지 긁어 쏟아붓는다.

　눈앞의 한점에 집중하는 에너지가 꽝장하다. 「속도의 맛」에서는 주인공도, 세계도, 스토리도, 간결한 문장 연출마저도 오직 이야기를 가속시키기 위해 존재한다. 그 덕에 다소 부실해지는 개연성과 설명이 아쉬울 때도 있지만, 한편으로 그러한 부분을 과감히 잘라낸 것이 이 작품이 질주하는 원동력이라는 생각도 든다.

　현실의 슈퍼카에서 출발해 점차 스케일을 키워가는 '삼삼칠'의 자동차는 어떠한 물리적 한계나 상식에도 얽매이지 않고 자유로운 도약을 거듭한다. 상상이 곧 현실로 치환되는 메타버스 소설로서 훌륭한 미덕이라 생각한다.

더 마더

강태준

강태준

현직 기자. 대만 거주 중. 고려대학교 경영학과를 졸업하고, 영국 케임브리지대학교 대학원 문예창작학과(범죄, 스릴러 소설 창작)에 재학 중이다. 2023 SF스토리 공모전에서 「에코」로 웹소설 부문 우수상을, 「더 마더」로 소설 부문 특별상을 수상했다.

2175년

2175년 스코틀랜드 포트 윌리엄. 미래에도 영국 사람들의 정치에 대한 관심은 여전해 보였다. 지역 국회의원의 유세 현장엔 추운 날씨임에도 불구하고 꽤 많은 사람들이 밀집해 있었다.

"개인의 자유와 인권을 침해하는 '마더' 시스템은 폐지돼야 합니다!"

대중들 앞에 선 포트 윌리엄의 의원이 확성기에 대고 목청껏 외치기 시작했다. 그의 발언에 여기저기서 환호가 터져 나왔다.

"쓰레기 같은 놈. '마더' 덕분에 살기 좋아진 세상에 태어나 놓고. 저런 망언을 내뱉다니."

그 모습을 지켜보던 선임 요원 제임스가 욕지거리를 내뱉었다.

"데이비드, 자네는 미래에서도 마더에 대한 믿음이 꽤 굳건했나 보군. 저 괘씸한 의원 놈을 벌건 대낮에 사람들 앞에서 쏴 죽인 거 보면. 그나저나 슬슬 움직이도록 하지. 곧 자네가 살인을 저지를 시간이야."

제임스는 나에게 눈짓을 보내며 내 반대쪽 군중 속으로 이동했다. 내가 실패했을 시 나 대신 상황을 마무리 짓는 것이 선임 요원인 그에게 주어진 임무였다.

수많은 인파 속에서 나 자신을 찾아내는 건 그리 어렵지 않았다.

미래의 나에게 다가갈수록 그의 모습이 더 선명하게 보였다. 얼굴, 목과 손의 주름. 하얗게 새버린 머리카락. 앙상하게 말라버린 몸. 다리 한쪽은 심하게 절고 있었고, 그마저 지팡이에 의존해야만 겨우 발을 내딛는 게 가능해 보였다. 게다가 그는 임무 중 큰 부상을 입었는지 왼쪽 얼굴부터 목을 타고 멀리서 보아도 눈에 선명한 깊고 긴 흉터를 가지고 있었다. 마치 살이 반으로 찢겼다가 겨우 다시 붙어 가까스로 아물었을 경우에나 생길 법한 흉측한 자국이었다.

하지만 그는 누가 보아도 나, 데이비드 로이드의 모습을 하고 있었다. 그걸 알아챈 순간 주변 사람들의 시선이 의식되어 모자를 푹 눌러썼다. 비록 외향에서 풍기는 연륜은 다르지만 같은 모습을 한 사람 둘이 한 장소에 있다는 걸 알아챘을 때 이를 의아하게 여기지 않을 사람은 없으니 말이다.

폭삭 늙어버린 자신을 바라보고 있자니 복잡 미묘한 감정이 들었다. 그의 볼품없는 모습에 조금 서글픈 생각이 들기도 했다. '어떤 모습으로 늙고 싶다'라는 생각은 단 한 번도 진지하게 해 본 적 없지만, 지금 눈앞에 우두커니 서 있는 저 남자처럼 늙는 건 달갑지 않았다.

그의 행색을 위아래로 훑다가 그가 가슴에 배지를 하나 달고 있음을 발견했다. 특수 정보국 마크가 새겨진 배지. 퇴직 요원들에게 주어지는 영예로운 배지였다. 저 나이가 되어서도 여전히 특수 정보국 요원이었음을 자랑스럽게 여기고 있다니. 나는 멀리서 훈장과도 같은 그 배지를 뚫어져라 응시했다. 그는 저 배지 뒤에 암살에 사용할 총을 숨기고 있는 걸까?

긴장감에 가슴이 뛰기 시작했다. 하지만 이게 마더를 향한 믿음을 군건히 하고 조금 더 뛰어난 요원이 되기 위한 길이라 생각하며 마음을 다잡았다. 어차피 몸도 제대로 가누지 못하는 노인 한 명을 죽이는 거다. 오히려 그에겐 그게 더 좋을 수도 있다. 오늘 이 자리에서 죽어버리면 얼마 남지 않은 인생 더 이상 저런 볼품없는 모습으로 하루하루 연명하며 버틸 필요가 없게 될 테니 말이다.

심호흡을 하고 천천히 그와의 거리를 좁혀갔다. 대각선 방향에 밀집해 있는 군중 사이로 내가 서 있는 방향을 매서운 눈으로 노려보는 제임스의 모습도 얼핏 보였다. 마른침을 꿀꺽 삼킨 후 군중들 사이에 공간이 생길 틈을 엿보며 오른손을 왼쪽 가슴팍 안주머니 속 총으로 서서히 가져갔다.

이때다!

가슴팍의 총을 꺼내 들려는 찰나 한 어린 여자아이가 갑작스럽게 내 시야를 가로막더니 미래의 나에게 달려드는 모습이 눈에 들어왔다.

"할아버지~!"

여자아이의 등장에 미래의 내 얼굴에 환한 미소가 번지기 시작했다.

"아이고, 우리 예쁜 손녀딸 왔구나. 엄마 아빠는?"

"저기 뒤에 오고 있어요. 할아버지 빨리 보고 싶어서 뛰어왔어요."

할아버지?

총에 닿은 손가락이 얼음장처럼 차가워지는 걸 느꼈다. 그리고 그 서늘한 기운은 곧바로 가슴으로 전해졌다.

특수 정보국에서의 커리어만이 내 인생의 전부라고 믿고

그렇게 하루하루를 살아가는 나다. 연애나 결혼 따위는 단한 번도 생각해 본 적 없다. 그런데 지금 눈앞 50년 뒤의 나에게 손녀가 있다니. 내가 미래에 결혼을 해 자식을 낳고, 손녀를 보게 된다고?

소녀의 뒤를 따라 한 부부가 등장했고 그들 역시 미래의 나에게 가볍게 포옹을 하고 그의 곁에 섰다. 딸인지 며느리인지는 가방에서 손수건을 꺼내 미래의 내 얼굴에 맺힌 땀을 닦아주기 시작했다.

그 자리에 동상처럼 우두커니 서 그들의 모습을 지켜봤다. 먼발치 미래의 나는 너무 행복하게 미소 짓고 있었다. 단 한 번도 상상해 본 적 없던 내 모습. 가정을 이루어 행복해하는 그 모습이 지금 눈앞에 펼쳐지고 있었다.

순간 손목에 미세한 진동이 느껴지기 시작했다. 손목에 삽입된 마이크로칩 형태로 된 시계로부터 살인이 벌어지기 3분 전이 되었다는 알림이 울려온 것이었다. 하지만 지금 저렇게 가족과 함께 행복해하고 있는 노인이 당장 3분 뒤에 살인을 저지를 것이라고 믿기 어려웠다. 자식들과 손녀가 보는 앞에서 총으로 사람을 쏴 죽인다고? 저렇게 힘없고 지팡이 없이는 거동도 못하는 늙은 노인이?

난생처음 마더의 예측이 틀린 건 아닐까라는 의구심이 들기 시작했다. 손목시계의 알림이 한 번 더 울렸다. 사건 발생까지 2분밖에 남지 않았다. 나는 손목시계와 저 멀리 환한 얼굴로 가족들과 담소를 나누고 있는 미래의 나를 번갈아 가며 쳐다봤다. 동시에 반대편에 자리 잡은 제임스가 허리춤에 찬 총에 손을 올리고 서서히 다가오는 모습 역시 눈에 들어왔다.

사건 1분 전 알람이 울렸다.

59, 58, 57……. 시간이 다가올수록 내 심장도 덩달아 빨리 뛰기 시작했다. 사나운 표정의 제임스와 행복한 웃음을 짓고 있는 미래의 내 모습 사이에서 나는 그 순간까지도 결정을 못 내리고 갈팡질팡하고 있었다.

10, 9, 8, 7, 6, 5, 4, 3, 2……1.

'탕!'

스코틀랜드 포트 윌리엄 중앙 광장 한복판에 쓸쓸한 총성 한 발이 울려 퍼졌다.

2125년

"데이비드 요원님. 국장님이 뵙자고 하십니다."

내가 속한 수사팀 2부의 비서가 무표정한 표정으로 다가와 말을 건넨다. 국장이 나를? 국장이 일반 요원과 직접 면담하는 것은 매우 드문 일이다. 그런데 이제 갓 5년 차에 접어든 나를 보자고 했다라.

국장실로 향하는 내내 기대감에 가슴이 두근거렸다. 내 모든 촉이 이 부름은 최근 진행 중인 승진과 관련한 일이라고 이야기하고 있었다.

2105년. 인류는 비로소 범죄 없는 세상을 이루어 냈다. 모든 것은 영국의 한 과학자의 연구 덕분이었다. '마더 (Mother)'라 불리는 미래의 범죄자를 예측해 내는 프로그램을 개발해 낸 것이다.

시스템의 사용 방법은 간단했다. 마더는 미래에 범죄가 일어나는 시간, 범죄를 저지르는 인물과 주변 정황을 예측해 짧은 보고서 형태로 출력해 낸다. 현세계에서는 마더가 지목한 인물을 미리 체포해 가두거나 처벌하면 되는 일이었다. 간단한 사용 방법과 달리 시스템을 개발한 과학자의 신원, 시스템을 가능하게 만든 과학적 원리 등, 이 마더에 대한 거의 모든 정보는 현재까지도 철저하게 비밀리에 부쳐지고 있다.

학부생 시절 마더와 관련된 강의를 들었던 경험이 있다. 당시 교수는 마더를 가능케 한 기술은 국가 기밀이기 때문에 극소수의 사람만 알고 있으며, 학계에서도 정확하게 그 원리를 알지는 못하지만 추측을 할 뿐이라고 말했다. 당시 그가 내세운 가설은 바로 마더의 기술이 양자물리학의 양자 얽힘의 원리에 기반을 두고 개발됐다는 것이었다.

한 근원에서 태어난 한 쌍의 입자는 아무리 멀리 떨어져 있다 하더라도, 심지어 수십억 광년 거리로 서로 떨어져 있더라도 얽힌 상태가 풀어지지 않는다. 그게 양자 얽힘의 기본 개념이다. 왜 다들 그런 경험을 해본 적 있지 않은가. 연인 사이나 가족들 사이에서 눈에 보이지 않고 전혀 예상치 못했던 신비한 어떤 연결 고리들이 존재하는 경우들. 거리의 멀고 가까움에 상관없이 서로 통하는 그 무언가를 발견하게 되는 경우 말이다.

이런 연결이 아원자의 세계에도 존재한다. 고로 한쪽 입자에 어떤 변화가 일어나면 즉각적으로 10억 광년 바깥에 있는 다른 입자에게도 그 변화가 나타나게 된다. 이들 사이의 공간은 아무런 의미가 없다. 한 근원에서 태어난 한 쌍의 입자는 서로가 우주 양쪽에 있더라도 한쪽이 변화하면 즉각적으로 다른 쪽에 영향을 미친다.

교수는 마더가 과거와 미래의 인물들을 연결 짓는데 이 양자 얽힘의 원리를 이용하고 있을 가능성이 크다고 말했다. 현재 알려진 양자 물리학에서 양자 얽힘으로 '공간'적인 부분은 설명이 가능하지만, '시간'적인 부분은 설명이 불가능하다. 그래서 아마 당시 교수는 자신이 이야기를 추측에 불과하다고 말했던 것일 게다.

대중은 이런 이론적인 이야기에 큰 관심을 가지지 않는

다. 사람들은 단순히 마더로 인해 더 살기 좋은 안전한 세상이 된 사실에 만족하고 열광했다. 게다가 시간이 지남에 따라 마더에게 지목 당하지 않기 위해 사람들은 스스로는 주변 검열을 철저하게 실시하는 단계에 이르렀다. 마더는 삽시간에 사람들이 믿고 따르는 단 하나의 지표의 자리에 올랐다.

영화에나 등장할 법한 기술이 현실화되자, 영국을 중심으로 몇몇 강대국들이 발 빠르게 움직여 이 마더를 독점하기에 이르렀고, 그 결과 마더를 차지한 국가들이 합동해 세운 '특수 정보국'은 세계를 지배하는 새로운 권력의 중심으로 우뚝 서게 됐다. 정보국이 촉망받는 젊은이들로부터 가장 선망하는 직장이 된 것 역시 우연은 아니다. 나 역시 어린시절부터 이 정보국에 들어오는 것이 목표였고, 요원들에게 으레 요구되는 엘리트 코스를 악착같이 밟아 이 조직의 일원이 될 수 있었다.

국장실의 문을 두드리자 안쪽으로부터 들어오라는 그의 목소리가 들렸다. 무척 긴장됐지만, 평온하고 자신감 있는 모습을 보이기 위해 노력했다. 정말 승진 통보를 위해 나를 부른 것이라면 요원다운 기개를 보여야 함은 당연한 것이었다.

국장은 사무용 책상에 두 다리를 올려놓은 채 서류 하나를 들여다보고 있었다. 그는 내게 대충 앉으라고 손짓한 뒤 말없이 한동안 서류를 앞뒤로 넘겨가며 읽어 나갔다. 얼마의 시간이 흘렀을까. 그가 짧게 기침을 하더니 서류를 책상 위에 '탁' 올려놓으며 내게 말했다.

"데이비드 요원. 케임브리지 대학에서 컴퓨터 공학을 전공했어? 수석 입학에 수석 졸업이라."

"네, 맞습니다."

나는 침을 꿀꺽 삼키며 대답했다.

"입사 2년 차에, 큰 사건을 맡아 해결했고."

"네, 영국의 악명 높은 해커였던 '블랙 닥터'와 관련한 사건입니다. 마더에게 미래 살인자로 지목됐는데, 이를 자신의 해킹 기술을 사용해 은폐하려 했고 실제로 한동안 수사망을 피해 도망 다녔습니다."

"근데, 어떻게 잡았지?"

"대학교 때 해킹에도 관심이 있어 관련 강의를 열심히 들었던 것이 도움이 됐습니다."

"고작 대학교 때 배운 지식으로, 영국에서 가장 유명한 해커를 잡아냈다?"

"아, 그건……."

내가 대답을 머뭇거리자 국장이 얼굴에 뭔가 의미심장한 미소를 지으며 내 말을 가로챘다.

"자넨 어쩌다가 요원이 됐나?"

어느 정도 예상은 했지만, 여전히 나에겐 답하기 힘들 질문이다. 하지만 흔들리거나 주저하는 모습을 보여선 안 됐기에 마음을 굳게 먹고 답했다.

"어린 시절 아버지가 출장을 가셨다가 괴한에게 총을 맞고 돌아가셨습니다. 마더 시스템이 있었다면 막을 수 있었겠지요. 그 후로 아버지 몫까지 살아야겠다고 다짐했습니다. 저 같은 피해자가 더 이상 나오지 않도록, 마더가 만든 이 이상적인 세계를 지켜나가는 데 일조하겠다고 말입니다."

국장이 흥미롭다는 듯 물었다.

"아버지는 뭘 하시는 분이셨지?"

"케임브리지에서 물리학을 가르치셨었습니다."

"오호. 그래서 자네도 케임브리지로 진학했나?"

"영향이 없진 않았습니다. 하지만 어릴 때부터 컴퓨터 공학이 전공하고 싶었고, 이 분야에서 세계 최고의 자리에 있는 케임브리지에서 공부하는 게 당연하다고 생각했습니다. 전 항상 제가 하고자 하는 분야에서 최고가 되고자 노력하고 이루어 냅니다. 특수 정보국에 입사하게 된 것도 그 이유입니다."

"특수 정보국이 세계 최고다?"

"그렇습니다."

국장이 피식 웃어 보였다.

"그래? 그럼 어머님 밑에서 컸나?"

나는 그의 질문에 잠시 머뭇거리다가 힘겹게 답했다.

"어머니 역시 제가 태어난 지 얼마 되지 않아 교통사고로 돌아가셨다고 들었습니다. 음주운전을 하던 차량에 치이셨다고 하더군요. 이 역시……."

"마더가 있었으면 막을 수 있었겠군."

국장이 내 말을 가로챘다.

"그렇습니다."

나는 목소리에 힘을 주어 답했다. 내가 딱하다고 생각했던 걸까? 국장은 그런 날 한동안 말없이 내 얼굴을 빤히 쳐다봤다.

"부국장이 자네가 보기 드문 인재라고 하던데."

"과찬이십니다."

"겸손하고 성실하기까지 하고 말이야."

나는 이때 확신했다. 이 자리가 내 승진 통보 자리라는 것을.

"앞으로 우리 조직을 이끌어갈 리더로 성장할 친구라고 칭찬을 마다하지 않던데."

"감사합니다."

"최연소 선임 요원 자리에 자네가 거론되고 있다는 이야기도 들었을 테지?"

"그런 이야기가 있다는 건 소문으로만 들었습니다."

"그래서 말인데."

국장이 아까 읽다 책상 위에 던져 놓은 서류를 내 앞으로 밀어 보였다. 나는 국장의 얼굴을 잠시 쳐다보고는 서류를 열어보라는 신호라는 것을 알아채고 재빨리 그 서류를 집어 들어 첫 장을 펼쳐 들었다.

"이건……?"

서류를 펼쳐든 나는 흠칫 놀랐다. 국장이 건넨 서류는 바로 마더의 범죄 예측 보고서였던 것이다. 그리고, 그 보고서에 등장하는 인물은 다름 아닌 바로 나 자신이었다.

"한 번 소리 내어 읽어 보지."

당황한 나에게 국장이 지시를 내렸고, 나는 떨리는 목소리로 천천히 마더의 보고서를 읽어 내려가기 시작했다.

"2175년 1월 8일. 스코틀랜드 포트 윌리엄. 지역 국회의원의 유세 현상에서 해당 의원 사망. 사망원인은 총격. 살인자 이름은…… 데이비드 로이드…… 사건 번호 217XDS……."

마더가 미래의 살인자로 나를 지목했다.

내가 살인을 저지른다고? 말도 안 된다. 나는 시스템을 맹신하고 마더 덕분에 범죄가 사라진 이 세계를 사랑한다.

마더의 예언을 현실화시키는 이 특수 정보국이 내 꿈의 직장인 것도 바로 그 이유다. 근데 내가 살인자라니.

순간 머릿속에 생각 하나가 스쳤다. 그렇다. 이건 바로 승진의 한 관문이 분명했다. 이 보고서는 가짜고, 나에게 이 가짜 보고서를 보여줌으로써 내 반응을 보려는 것이다. 이게 바로 내 승진의 최종 관문인 것이다. 나는 잠시 놀랐던 마음을 재빨리 추스른 뒤 보고서를 읽기 전과 마찬가지로 평온하지만 기개 있는 표정을 지어 보였다.

내가 보고서를 다 읽어 내려갈 때까지 아무 말 없이 날 지켜보던 국장이 입을 열었다.

"자, 마더가 자네를 미래의 살인자로 지목했네. 그리고 자네는 그 사실을 지금 이 자리에서 알게 됐고. 어찌할 텐가?"

국장의 얼굴에서 얼핏 아까 봤던 의미심장한 미소가 다시금 스멀스멀 올라오고 있었다. 역시 날 시험하려는 게 분명했다.

"죗값을 받겠습니다."

한 치의 망설임 없이 대답했다. 내가 도덕적으로 올바르고 마더 시스템을 전적으로 믿고 있으며, 경찰국에 충성하는 뛰어난 인재라는 것을 보여줄 절호의 기회였다.

"오호."

"전 마더가 만들어낸 범죄 없는 평화로운 세상을 믿고,

이를 지켜나가기 위해 정보국에 입사했습니다. 제 믿음을 저버리는 일은 할 수 없습니다."

"안 그래도 부국장이 자네라면 그렇게 이야기를 할 것이라고 했었지."

"정보국 요원으로서 당연한 일입니다."

"잘 알겠네."

됐다. 해냈다. 이걸로 승진은 확정이다. 최연소 선임 요원의 타이틀을 손에 거머쥘 순간이 코앞으로 다가온 것이다.

국장은 말이 끝나기 무섭게 책상 위 붉은색 버튼을 누르고, 다른 서류를 꺼내 읽어 내려가기 시작했다. 나가보라는 말이 없었기에 어떻게 행동해야 하는지 고민하고 있던 찰나 국장실 문이 열리더니 건장한 요원 둘이 들어와 나를 제압하기 시작했다. 마더에게 지목된 미래 범죄자들은 이렇게 정보국 요원들에 의해 연행되어 심문을 받은 뒤 그 결과에 따라 처벌을 받는다.

이미 '처벌을 받겠다'라고 말한 것으로 테스트가 끝난 줄 알았는데 요원들이 생각보다 나를 거칠게 다룬 탓에 이렇게까지 해야 하나 싶은 생각이 들었지만, 내 진심을 확인해 보려 하는가보다 싶어 순순히 체포해 응했다. 나는 그렇게 눈이 가려지고 포박된 채로 어디론가 이송되었다.

얼마의 시간이 흘렀을까. 안대와 포박이 풀리자 눈앞에

커다란 기계가 놓여 있는 게 보였고, 곧바로 기계 뒤쪽에서 부국장이 모습을 드러냈다.

"데이비드 요원은 운이 참 좋아."

부국장이 천천히 다가오며 운을 뗐다. 드디어 승진 이야기를 하려나 싶어 흥분됐지만, 겉으론 아무렇지 않은 듯 답했다.

"부국장님! 마더가 저를 미래의 살인자로 지목했습니다. 저는 죄인입니다. 죗값을 받아야 마땅합니다. 저를 처벌해 주십시오!"

부국장이 피식 웃어 보였다.

"그렇게 해야 맞는 거지만, 이번엔 조금 상황이 달라. 그래서 내가 데이비드 요원 운이 좋다고 한 거야. 일단 이걸 착용하게나."

부국장은 이야기가 끝나자마자 옆에 놓여 있던 작은 헬멧 하나를 나에게 내밀었다. 복잡해 보이는 전선과 회로가 덕지덕지 붙은 헬멧은 긴 선으로 아까 봤던 커다란 기계에 연결돼 있었다.

"이게 무엇이죠?"

"마더."

"네?"

부국장이 무심한 목소리로 답했다.

"새로운 임무를 하나 주겠네. 지금부터 마더의 힘을 이용해 자네가 살인을 저지를 2175년으로 가게나. 그곳에 도착해 미래의 데이비드 요원이 살인을 저지르기 전에 그를 사살하도록."

"……?"

한동안 멍하니 부국장을 응시했다. 지금 부국장이…… 무슨 소리를 하는 거야? 미래? 나를 죽이라고?

"임무를 제대로 수행하는지 보기 위해 여기 제임스 선임 요원이 동행할 걸세. 그가 보는 앞에서 미래의 자네 자신을 사살하고 돌아오면 돼. 성공적으로 임무를 완수하면 범죄자로 지목된 일은 없던 걸로 하고 자네를 선임 요원으로 승진시켜 주도록 하지."

순간 머릿속이 하얘져 아무 말도 할 수 없었다. 아까 봤던 그 보고서가 진짜라는 이야기인가? 내가…… 미래의 살인자? 지금 이 상황이 내 승진을 위한 테스트가 아니었단 말이야?

아니, 그보다. 마더를 이용해 미래로 가라는 이야기는 무엇이며. 미래에 가서 미래의 나를 사살하라는 건 또 무슨 이야기인가. 하나부터 열까지 이해가 가지 않았다. 혼란스러웠다.

"아까 본 보고서가 가짜라고 생각했을 게야. 이해는 가네.

하지만 안타깝게도 그 보고서는 가짜가 아니야. 마더는 데이비드 요원이 지금으로부터 약 50년 뒤 살인을 저지를 것이라고 예언했네."

믿을 수 없어…….

"원래대로라면 다른 사람들처럼 처벌을 받아야 맞지만, 내부적으로 검토해 본 결과 자네를 정보국 소속으로 남기는 것이 좋겠다는 결론에 다다랐네. 그래서 이렇게 기회를 주는 거야."

"기회…… 라고요?"

"그렇네. 죄를 씻고 다시 시작할 수 있는 기회. 시간이 촉박하니 서둘러 떠나는 것이 어떻겠나? 마더 보고서 처리 내용은 사흘 안에 의회에 제출을 해야 해. 제임스 요원?"

"네, 부국장님."

그동안 말없이 한구석에 서 있던 제임스 선임 요원이 모습을 드러냈다. 185센티미터는 족히 되어 보이는 커다란 키. 그런 키에 걸맞은 어마어마한 덩치. 이름으로만 들어온 제임스 피터슨 선임 요원.

특수 정보국 소속 선임 요원들의 신상이나 그들이 구체적으로 어떤 활동을 하는지는 철저하게 비밀리에 부쳐져 같은 정보국 소속인 일반 요원들도 잘 알 수가 없다. 한 가지 확실한 건 요원 신분으로 눈에 띌 만한 공을 세운, 뛰어난 인재들만이 선임 요원의 자리에 오를 수 있다는 사실이다.

"지금부터는 제임스 요원의 지시를 따르도록 하게나. 그럼 행운을 빌겠네."

부국장은 그 말을 남기고 바로 자리를 떴다.

"마더 사용은 처음이겠지?"

제임스가 건조한 목소리로 물어왔다.

"처음이다 마다요. 마더에게 시간 여행을 가능케 해주는 능력이 있는지도 몰랐습니다."

"일단 이걸 써. 사건 발생 몇 시간 전으로 이동하게 될 테니 도착해서 이야기하도록 하지."

제임스는 부국장이 건네준 헬멧을 내 머리에 강제로 씌웠다. 그러더니 아무렇지 않게 기계 쪽으로 걸어가 무언가를 조작하기 시작했다.

"조금 어지러울 거야."

제임스가 자신도 헬멧을 착용하며 말했다. 그는 지체 없이 스위치를 눌렀고, 곧바로 기계가 굉음을 내기 시작했다. 그와 동시 머리를 조이고 있던 헬멧에서 화끈한 열기가 느껴지더니, 나는 그대로 정신을 잃고 말았다.

2175년

우리는 정말 시간을 뛰어넘어 2175년 스코틀랜드의 소도시 포트 윌리엄에 도착했다. 제임스는 이 모든 것이 익숙하다는 듯 태연하게 행동했지만 나는 여전히 충격에서 쉽사리 빠져나올 수가 없었다.

놀라움과 당황도 잠시, 곧 마음 한편에서 현실적인 불안감이 차오르기 시작했다. 나에게 주어진 '임무' 때문이었다. 미래의 나를 죽이라는 그 황당한 임무말이다.

그때까지도 이게 내 승진 시험의 한 관문이 아닐까 하는 희망을 품어보았지만 줄곧 진지한 자세로 임하는 제임스를 보며 그건 헛된 희망이라는 것을 깨달았다. 그렇게 나는 제임스에게 이끌려 마더가 예측한 살인이 일어나는 장소인 중앙 광장으로 향했다.

얼마의 시간이 지났을까. 그때까지 줄곧 침묵을 지키던 제임스가 드디어 입을 열었다.

"특수 정보국에 입사하고 나서 활약이 대단했나 봐? 이렇게 특별 대우를 받는 걸 보면."

다소 빈정거리는 제임스의 말투.

"특별 대우라뇨? 미래의 나 자신을 죽이는 게 특별 대우입니까?"

모든 것에 민감했던 나는 까칠하게 답했다.

"임무를 마치고 돌아오면 계속 일도 할 수 있게 해주고 승진도 시켜주겠다고 하잖아? 자네 올해 30세인가? 나는

40대가 다 돼서야 선임 자리에 올랐어. 그 정도면 특별 대우 아닌가?"

"여전히 이해가 가지 않습니다. 전 그 마더의 보고서가 가짜라고 생각했던 말입니다."

"마더 보고서를 가짜로 쓰는 일은 없어. 자네가 본 그 보고서는 진짜야. 실제로 마더는 자네를 미래의 살인자로 예측했어."

어색한 침묵이 흘렀다.

"제가 임무에 실패하면 어떻게 되는 거죠?"

"돌아가서 처벌을 받아야지."

그의 차갑고 무심한 말투에 말문이 턱하고 막혔다. 미래의 나를 죽여야 내가 산다. 미래의 나를 제거해야 내가 사랑하는 일을 계속할 수 있다. 미래의 나를 죽여야 현실에서의 내가 존재해 나갈 수 있다.

"질문이 하나 있습니다. 시간 여행이 가능한 건 어찌어찌 머릿속으로 이해를 했습니다. 마더로 미래의 범죄도 예측 가능한 세상에 이상할 것 없지요. 근데 대체 왜 그 기능이 정보국에서 사용이 되고 있는 건지 도통 모르겠습니다. 설마 정보국에는 모두 저처럼 미래에 살인을 저지를 사람들이 모여 있습니까? 그래서 자신들을 지키기 위해 이렇게 미래로와 자기 자신을 살해하는 겁니까?"

"음…… 반은 맞고 반은 틀렸어."

제임스가 자리에서 일어나 기지개를 쭉 켜며 답했다.

"왜 국가 정상들이나 대기업의 총수들 중엔 마더의 살인 예측에 이름이 오르는 사람들이 없는지 궁금하지 않아?"

"……!"

제임스의 말이 맞았다. 각국 정상들, 거물급 정치인, 유명 기업인 중 마더의 보고서에 이름이 오른 사람은 이 시스템이 도입된 후 단 한 명도 없었다. 지금까지 그게 당연한 일이라고 생각해 왔다. 그렇게 높은 위치에 올라 사회적 명예와 부를 갖춘 사람들이 범죄 따위를 저지를 일은 없다고 생각했기 때문이다.

"마더의 보고서에 그런 사람들의 이름이 오르고 실제로 처벌을 받으면 어떻게 될까? 사회가 혼란스러워지겠지. 마더의 존재 목적이 뭐야. 사회 질서 유지잖아. 그 목적에 반하는 일이 일어나게 할 수는 없는 일이고."

제임스의 이야기를 이해하기 위해 머리를 열심히 굴리기 시작했다.

"그 이야기는…… 마더 보고서에 이름을 올린 사람의 미래로 가 그 사람이 살인을 저지르기 전에 먼저 제거한다……?"

"그래, 그게 우리 특수 정보국, 특히 선임 요원들의 주된 임무 중 하나지. 마더 보고서에 이름이 오른 사람들은 미래의 자신을 제거함으로써 현재에서의 삶을 이어갈 수 있는 일종의 면책권이 생겨. 당장 처벌받지 않고 자신이 누리던 것들을 누릴 수 있고, 또 미래에 살인 사건에 연루돼 사회적으로 추락하지 않아도 되는 이점도 있고 여러모로 그들에겐 이득이지."

"그럼…… 미래의 자신이 죽은 사람들은 현실 세계에서 어떻게 되죠?"

"수명이 줄어들 뿐 아무 일도 일어나지 않아. 미래의 자신이 살해당한 날이 그 사람이 사망하게 되는 날이야. 보통은 자연사한다고 하더군."

범죄. 이건 명백한 범죄 행위다. 범죄 없는 세상을 위해 태어나 운영되는 특수 정보국이, 기득권층의 전유물이 되어 범죄를 방조하고 선량한 시민들을 기만하고 있었던 것이다.

충격에 빠진 나와 달리 제임스는 이 모든 게 너무 당연하다는 듯 별다른 감정의 동요 없이 이야기를 이어나갔다.

"하지만 정보국이 뒤를 봐주는 사람들은 매우 한정적이야. 그래서 자네가 특별 대우를 받는다고 이야기한 거야. 자네는 유명한 정치인이나 기업인도 아니지 않은가. 이제 곧 미래의 자네가 살인을 저지를 시간일세. 이 역시 임무라는 걸 잊지 마. 현실 세계에서 자네의 목숨은 이 임무의 성공 여부에 달렸어."

내 목숨이 이 임무의 성공 여부에 달렸다는 말이 참 아이러니하게 들렸다. 내가 맡은 임무라는 것이 결국 내 목숨을 끊는 것이었으니 말이다.

* * *

'탕!'

커다란 총성이 울리자 시끌벅적했던 광장이 한순간 침묵에 휩싸였다. 곧바로 여기저기서 놀란 사람들의 비명이 들려오기 시작했다. 우왕좌왕하는 시민들 사이에서 나도 질끈 감았던 눈을 떴다. 멀지 않은 곳에 말없이 쓰러진 제임스의 모습이 보였다. 총알이 관통한 배에서는 피가 콸콸 쏟아져 나오고 있었다.

사람들이 제임스의 주변으로 달려가 그를 살피기 시작했다. 정신을 차리고 주변을 둘러봤을 땐 이미 미래의 나와 그의 가족들은 자리를 떴는지 흔적조차 보이지 않았다. 이윽고 내 시선이 머문 곳엔 마더 반대 시위를 펼치던 지역 국회의원이 머리를 감싼 채 웅크려 앉아 있었다. 그에게서 총상의 흔적은 전혀 찾아볼 수 없었다.

의원이 살아 있어? 미래의 나에게 총격을 당해 죽는 게 아니었나?

제임스를 쏜 총을 여전히 손에 쥔 채로 그 자리에 앉아 있던 나에게 경찰로 보이는 사람들이 달려들었다. 그들은 내게서 총을 빼앗고 나를 포박해 무력화시켰다. 나는 저항하지 않고 무기력하게 체포당했다. 아니 저항할 의지가 없었다고 하는 게 맞을 거다. 아무리 생각해 봐도 지금 이 상황이 이해가 가질 않았다. 의문의 사람들에 의해 강제로 차로 이송됐다. 눈을 가린 안대 때문에 앞이 하나도 보이질 않았다. 그렇게 나를 태운 차는 요란한 엔진소리를 내며 어딘가로 달리기 시작했다.

* * *

날 싣고 가던 차가 멈추는 게 느껴졌다. 눈을 가린 안대 사이로 스며들어오는 빛이 줄어든 것을 보니 이미 꽤 오랜 시간이 지나 밖이 어두워진 듯했다. 앞좌석 문이 열리는 소리가 들리고 이윽고 나를 포박해 놓은 뒷좌석 문이 벌컥 열렸다.

"내려."

투박한 목소리의 남성이 내 안대를 벗기더니 곧바로 날

차에서 끌어내렸고, 나는 힘없이 차에서 내려 바닥에 두 발을 디디며 주변을 살폈다. 한눈에 봐도 그리 넓지 않은 버려진 공사장 같은 공간이 눈에 들어왔다.

"어서 오게나."

순간 멀지 않은 곳에서 남성의 거친 목소리가 들려왔다.

"이리로 가까이 와서 앉지."

분명히 어디선가 들어본 목소리다. 주변은 여전히 어두웠다. 목소리의 주인공 곁에 놓인 작은 전등에서 새어 나오는 불빛 만이 그의 주변을 희미하게 밝히고 있을 뿐이었다.

"충격이 클 거 이해하네. 생각을 정리할 시간이 필요할 테지."

목소리의 주인공이 손짓하는 것이 그림자에 비추어 보였다. 그러자 방금까지 나를 포박하고 있던 사람들 중 하나가 다가와 내게 물이 담긴 병을 내밀었다. 하지만 나는 그 병을 뿌리친 채 목소리의 주인공을 향해 말했다.

"당신 목소리. 어딘가 익숙하다 했어. 아니, 익숙할 수밖에 없지…… 당신은…….."

목소리의 주인공이 조금 더 내게 가까이 다가오자 비로소 그의 얼굴이 선명하게 보이기 시작했다.

내 눈앞에 서 있는 인물은 나, 아니, 미래의 나 자신. 방금 유세 현장에서 사라진, 미래의 데이비드였다.

"마더 시스템은 위험하지만 불완전하기도 하지. 물론 그 덕에 이렇게 자네를 미래로 불러올 수 있었지만."

미래의 데이비드는 내 앞에 서류 뭉텅이를 하나 툭 하고 던졌다. 불빛에 그의 왼쪽 얼굴에 난 흉터가 더욱 확연하게 눈에 들어왔다.

"마더는 애당초 만들어질 때부터 허점투성이였어. 시스템이 가진 허점을 이용해 누구든 미래의 살인을 조작할 수 있다네. 마더는 더 나은 세상을 만들기 위해 존재하는 게 아니야. 썩어 빠진 몇 안 되는 기득권층이 나머지를 억압하고 지배하는 수단으로 쓰일 뿐이지."

나는 손을 뻗어 미래의 데이비드가 던진 서류를 집어 들고 한 장 한 장 넘기기 시작했다. 서류에는 지난 수십 년간 특수 정보국 고위 간부들과 강대국 지도층들 사이에 오간 일급 기밀 내용들이 담겨 있었다. 대부분 마더를 이용해 미래의 살인을 꾸며내 정적을 제거하거나, 지목된 사람들 중 영향력 있거나 중요한 인물들에게 면책권을 주어졌다는 내용이었다.

"이딴 서류…… 조작하면 그만 아닌가?"

내 이야기에 미래의 데이비드가 피식 웃어 보였다.

"아까 유세장에서 내가 지역 의원을 총으로 쏘지 않은 걸 보면 이미 알 수 있지 않나? 나는 살인을 조작하는 방법을 알아냈다네. 마더를 쥐고 흔드는 기득권층이 지금까지 해 온 일과 마찬가지로 말이야. 마더를 속여 자네를 미래의 이 자리에 오게 만들지 않았는가."

그의 말에 어떤 대꾸도 할 수 없었다. 과거의 마더는 미래 의 나를 살인자로 지목했다. 마더는 지금 눈앞의 이 남자가 지역 국회의원을 총으로 쏴 죽일 거라 했다. 하지만 그는 의 원을 쏘지 않았다. 그는 사실을 이야기하고 있었다.

"제임스 요원에겐 안 됐지만 어차피 그의 미래는 정해져 있었어. 죽음이 조금 앞당겨졌다고 하는 게 맞겠지."

"무슨 소리를 하는 거야."

"마더를 이용해 시간 이동을 한 선임 요원들 대부분 결국 매우 심각한 부작용을 겪게 된다네. 정신적, 육체적으로 불 구가 되는 사람이 태반이야. 자네, 정보국에서 공개적으로 퇴임한 선임 요원을 한 명이라도 본 적 있나?"

"……."

없다. 그런 사람은. 나는 지금까지 이 모든 게 선임 요원 들에게 주어진 임무의 특수성 때문이라고 생각했다. 대중 에게 드러나서는 안 되는 비밀스러운 그들만의 임무 때문 이라고.

"쓸모없어진 선임 요원들은 미래의 살인자로 지목돼 또 다른 요원들에 의해 죽임을 당한다네. 정보국에게 요원들은 '쓰고 버리는 일회용품' 그 이상도 그 이하도 아닐세. 마더는 태어나서는 안 되는 괴물이었네. 이 세상에서 사라져야 마땅해."

미래의 데이비드가 방금 한 이야기는 그가 내게 건네준 문서에 모두 상세하게 기록돼 있었다. 역대 정보국 국장들의 서명, 강대국 지도자들의 서명이 빼곡한 이 문서에 말이다.

"당신 대체 왜 나에게 왜 이런 이야기를 늘어놓는 거지?"

상기된 얼굴로 자신을 노려보는 나를 향해 미래의 데이비드가 희미한 미소를 머금으며 말했다.

"자네가 처음이거든. 나를 찾아온 수많은 과거의 나 자신들 중 내가 아닌 제임스를 쏴 죽인 사람이."

2100년

눈을 떠보니 저 멀리 산 중턱에 작은 산장이 보였다. 미래의 데이비드가 설명한 그대로의 모습이었다. 머리가 조금 어지러웠지만 금세 적응됐다. 그가 만들었다는 마더의 복제품이 내가 과거에서 미래로 갈 때 사용했던 마더 보다 더 성능이 좋아서 그런 건지 아니면 이번이 두 번째 여행이라 그런 건지는 확실하지는 않았지만 말이다.

최대한 기척을 숨긴 채 오두막집으로 향했다. 밖은 이미 어둑어둑해져 있었고 산장에선 안에 벽난로가 피워져 있는

지 굴뚝을 통해 새하얀 연기가 뿜어져 나오고 있었다.

"서재로 향하면 책상에 엎드려 잠자고 있는 남성이 보일 걸세. 그가 바로 마더를 개발한 과학자야. 그 사람을 죽이면 이 세상을 마더의 위선에서 구해낼 수 있어. 자네마저 실패한다면 마더도 이 계획을 알아채게 될 테고 자체적으로 그에 응당한 조치를 취하게 될 걸세. 불완전한 시스템이라지만 그 정도 능력은 갖춘 게 마더이니까."

미래의 데이비드가 불구가 되어버린 자신의 한쪽 다리를 내려다보며 말했다.

"남자를 죽인 후 꼭 집을 불태워 남자가 남긴 모든 연구의 흔적을 사라지게 해야 한다네. 내가 간과한 부분이 바로 거기야. 남자를 죽인 것으로 모든 게 끝난다고 생각한 나머지 바로 오두막집을 나선 것이 화근이었어. 강대국들이 남겨진 자료를 가져다가 불완전하지만 마더를 만들어 낼 것이라곤 전혀 생각을 못 했던 게지······."

미래의 데이비드가 당부한 내용을 되새기며 조심스레 산장 안으로 몸을 옮겼다. 내부는 어둡고 고요했다. 벽난로에서 탁, 탁, 하며 나무 재가 튀는 소리만 간간이 들려올 뿐이었다. 최대한 발소리가 나지 않도록 앞으로 한 걸음 한 걸음 옮겨가자 저 멀리 방에서 희미한 불빛이 새어 나오는 게 보였다. 그가 말한 마더를 개발한 과학자의 서재가 분명했다. 내부 분위기가 무언가 익숙하다는 느낌이 문득 들었지만 이내 그 생각을 떨쳐버렸다. 영화나 드라마에 나오는 산장들은 다 그 모습이 비슷비슷하지 않은가.

열린 문틈 사이로 서재 안쪽을 훔쳐봤다. 방 한편에 놓인 거대한 책상, 그리고 그 위에 엎드려 자는 한 남자가 눈에 들어왔다. 바로 저 남자다.

조심스레 서재 안쪽으로 발걸음을 옮겼다. 나무 바닥에서 '삐걱'하는 소리가 났지만 남자는 깊은 잠에 빠졌는지 미동조차 하지 않았다. 방 사방 벽면에는 그동안의 연구 흔적을 기록해 놓은 종이들이 덕지덕지 붙어 있었고, 그가 엎드려 있는 책상에도 각종 서류들이 산더미처럼 쌓여 있었다.

나는 그의 등 뒤로 조심스레 다가가 허리춤에 차고 있던 총을 꺼내든 후 총구를 남자의 머리에 갖다 댔다.

돌아가신 아버지. 특수 정보국. 시간 여행. 미래의 데이비드. 피를 흘리며 죽어가던 제임스. 온갖 생각들이 그 짧은 찰나에 주마등처럼 머릿속을 스쳐 지나갔다. 한때 내 믿음의 전부였던 마더 역시도.

탕!

둔탁한 소리와 함께 사방으로 피가 튀었다. 남자는 총알이 머리를 관통했음에도 여전히 같은 자세로 엎드려 있었다. 한 가지 다른 건 그가 더 이상 숨을 쉬지 않는다는 것뿐이었다.

산장을 불태우기 위해 곧바로 거실에 있는 벽난로로 향했다. 타고 있는 장작을 가져다 불을 붙일 요량이었다. 장작을 집어 드는데 벽난로 위에 놓인 액자들이 눈에 들어왔다. 불빛이 희미해 잘 보이지 않았다. 집어 든 장작을 가까이 가져가 액자를 밝혔다. 액자에는 한 남자와 그에 손에 안긴 어린 남자아이의 사진이 담겨 있었다.

달그락.

나는 무의식적으로 손에 들고 있던 장작을 바닥에 떨어뜨렸다. 장작에 맺혀 있던 불기운이 카펫으로 옮겨붙었지만 아랑곳하지 않았다. 나는 그대로 액자를 손에 쥔 채 다시 서재로 발걸음을 옮겼다. 온몸이 덜덜 떨려왔지만 아닐 거라고 스스로 되뇌었다.

피범벅이 되어 고꾸라져 있는 남자 곁에 다가섰다. 천천히 손을 내밀어 그의 얼굴을 확인했다. 그러고는 곧바로 바닥에 털썩 주저앉았다. 더 이상 제힘으로 버티고 서 있을 수가 없었다.

환히 웃으며 어린 시절의 나를 안고 있는 사진 속의 남자. 내가 어릴 때 의문의 총격사로 목숨을 잃은 우리 아버지가 지금 내 눈앞에 차가운 주검이 되어 쓰러져 있었다. 사진 속 남자의 팔에 안겨 환하게 웃고 있는 어린아이는, 바로 어린 시절의 나였다.

숨이 끊긴 채 엎드려 있는 아버지의 머리맡에 놓인 작은 수첩을 집어 들었다. 마더의 개발과 관련된 일화, 감상, 상념 등이 적힌 일기장이었다. 한 자 한 자 꾹꾹 눌러쓴 한 글귀에 눈이 갔다.

사랑하는 아들 데이비드를 위해 새로 개발할 시스템의 이름은 '마더'로 결정했다. 이 마더가 창조해 낼 범죄 없는 아름답고 평화로운 세상 속에서 우리 데이비드가 안전하게 살아갈 수 있도록⋯⋯.

이 시스템의 이름이 마더였던 이유⋯⋯.

산장 곳곳에서 불길에 치솟아 올랐고 곧바로 그 불길은 삽시간에 모든 것을 집어삼켜 버렸다.

2125년

"데이비드 요원님. 국장님이 뵙자고 하십니다."

내가 속한 수사팀 2부의 비서가 무표정한 표정으로 다가와 말을 건넨다.

"⋯⋯."

과거, 아니, 내가 존재했던 현재로 돌아왔다. 현재라고 부르는 게 올바른 건지도 이제는 잘 모르겠다. 뭐가 진짜고, 뭐가 옳은 건지. 머릿속이 혼란스러웠다.

아버지의 산장이 불에 타 없어지기 전 미래의 데이비드가 건넨 마더 장치를 이용해 모든 것이 시작됐던 그 시점으로 돌아왔다. 미래의 데이비드는 내게 임무를 완수한 뒤 다시 자신이 있는 2175년으로 돌아올 것을 주문했고, 실제 마더 장치의 시간을 2175년으로 설정해 내 팔목에 채워주었다. 내가 온 2125년에서 사용하던 마더 보다 훨씬 기술적으로 진보한 스마트 워치와 비슷한 크기의 소형 장치였다.

미래의 데이비드와의 대화가 떠올랐다.

"이 마더는 크기가 작은 대신 기존에 사용하던 큰 장치보다 안정성이나 내구력이 떨어지는 게 단점일세. 최대 세 번, 아니 자칫하면 두 번만 사용해도 사용해도 수명이 다해 버리기는 경우도 있지."

나는 그런 그에게 되물었다.

"사용 도중에 고장 나는 경우도 있나?"

"시간 이동을 하게 해주는 장치일세. 기계가 고장 나면 시간과 시간 틈 사이에 끼이게 되어버려. 어찌어찌 빠져나온다 해도 사지가 찢겨나가 흔적도 없이 사라질 걸세. 물론 운이 좋다면 살아남는 경우도 종종 있지만…… 가능성은 희박하다고 봐야지."

순간 분노가 치밀어 올라 몸이 부들부들 떨렸다. 감히 나에게 아버지를 죽이도록 만들다니. 아니, 애당초 아버지를 죽인 건 다른 시대에 존재하는 수많은 자신들 중 하나였던 건가? 그는 '자신을 찾아온 수많은 데이비드들'에 대해 이야기했었다. 그들은 모두 어떻게 된 걸까? 내가 만약 그가 지시한 대로 2175년으로 돌아간다면 나는 어떻게 되는 걸까?

아버지의 산장을 집어삼키던 불길이 나를 덮치던 그 순간, 수많은 질문이 머릿속에 떠올랐다. 물론 그중 내가 답할 수 있는 건 하나도 없었다. 하지만 한 가지 확실해진 것은 있었다. 내게 '아버지를 구할 수 있는' 기회가 주어졌다는 사실이었다.

나는 비서에게 알겠다고 말한 뒤 국장의 사무실이 아닌 마더가 위치한 방으로 곧장 향했다.

2100년으로 돌아가는 좌표는 정확하게 기억하고 있었다. 현시대의 마더를 이용해 2175년이 아닌 2100년으로 향할 요량이었다. 시간이 얼마만큼 꼬여 있는지 저 바깥세상에 몇 개의 시공간에서 몇 명의 내가 활개치고 있는지 따위 중요하지 않았다. 내가 만난 미래의 데이비드는 무슨 수를 써서라도 아버지를 사살하고 마더 프로젝트 자체를 폐기시킬 생각에 매몰돼 있었다. 뭐가 어떻게 되든 간에 아버지의 죽음을 막아야 했다.

마더가 설치된 방에 들어서자 대화를 나누던 부국장과 제임스 선임 요원이 놀란 눈으로 나를 바라봤다. 그럴 만도

했다. 원래 계획대로라면 나는 다른 요원들에게 포박당해 이 방으로 끌려왔어야 하는 것이니 말이다.

"데이비드 요원……?"

재빨리 국장과 제임스 요원을 위아래로 훑었다. 무장을 한 건 제임스 요원뿐이었다. 나는 말없이 허리춤에서 총을 꺼내 들어 제임스 요원에게 총을 겨누었다. 그는 나를 향해 무어라 말하려던 제스처를 취하다 가슴 한 가운에 총알이 관통하자 그대로 앞으로 고꾸라졌다. 나는 이번엔 총구를 겁에 질려 벌벌 떠는 부국장 쪽으로 돌렸다.

"이…… 이게 뭐 하는 짓인가, 자네?"

부국장이 가까스로 목소리를 쥐어짜내어 물었다. 나는 어깨를 으쓱해 보이며 답했다.

"왜요. 마더에서 오늘 제가 부국장님을 죽인다는 보고서는 받아보지 못하셨나 보죠?"

이번엔 총알이 부국장의 머리를 관통했다. 그는 즉사했고 제임스와 달리 뒤로 고꾸라졌다. 마더를 이용해 기득권층의 뒤를 봐주는 데 일조한 둘, 죽어 마땅했다.

복도 쪽에서 어수선한 소리가 들려왔다. 총성을 듣고 사람들이 달려오고 있는 게 분명했다. 나는 지체없이 마더에 기억하고 있던 좌표를 입력한 뒤 실행 버튼을 눌렀다. 전과 같이 마더로부터 굉음이 들리기 시작하더니 머리가 화끈해지는 게 느껴졌다.

2100년

눈을 떠보니 저 멀리 산 중턱에 익숙한 산장이 보였다. 밖은 이미 어둑어둑해져 있었고 산장에선 안에 벽난로가 피워져 있는지 굴뚝을 통해 새하얀 연기가 뿜어져 나오고 있었다. 그때와 같았다.

나는 서둘러 산장으로 향했다. 산장이 불타지 않았다는 건 아직 아버지가 살해당하지 않았다는 이야기였다. 아버지를 깨워 피신시켜야 한다. 미래의 데이비드들의 손길이 닿지 않은 곳으로…….

"젠장!"

산장 입구에 다다르자 문이 살짝 열려 있다는 걸 알아챘다. 한발 늦었다. 미래에서 보내진 또 다른 데이비드들 중한 명이 이미 도착해 있었던 거다.

"아버지! 일어나세요! 위험합니다!"

나는 있는 힘껏 소리를 지르며 총을 겨눈 채 산장 안으로 뛰쳐들어갔다.

동시에 아버지의 서재 쪽에서 둔탁한 총성이 들려왔다.

이윽고 방에서 등장한 한 남성.

데이비드. 나였다.

"이…… 이, 멍청한."

놀란 눈으로 날 응시하는 그를 향해 총을 겨눴다.

"무슨 짓을 한 거야!"

"너…… 너 뭐야? 너도 미래에서 왔나? 이 과학자를 죽이기 위해서?"

눈앞의 데이비드는 방금 자신이 무슨 일을 저질렀는지 전혀 알아채지 못하는 눈치였다. 어차피 늦었다. 아버지는 이미 목숨을 잃었다. 그렇다면…….

저 녀석이 사용하는 마더라도 빼앗아야 한다.

내가 사용하던 마더는 이미 수명이 다해 더 이상은 사용할 수 없을지도 모른다. 놈의 마더를 빼앗아 시간 설정을 제대로 해 아버지를 반드시 구해야 했다.

"과학자는 내가 처리했어. 그러니까 총 내려놔."

눈앞의 데이비드가 엉거주춤 다가오며 말했다.

"움직이지 마. 움직이면 머리를 날려버리겠어."

"이 과학자를 죽이러 온 게 아니라면 대체 목적이 뭔데?"

"닥치고 내가 시키는 대로 해. 지금 당장 손목에 마더를 풀어서 이쪽으로 던져."

"마더를?"

"목숨 건지고 싶다면 하라는 대로 하는 게 좋을 거야."

"아…… 알겠어. 그러니까 총은 내려놓고……."

294

"지금 당장!"

내 호통에 데이비드가 체념했다는 듯 손목에 차고 있던 마더를 풀기 시작했다.

"허튼짓하면 바로 쏴버리겠어."

나는 그런 그에게 계속 총구를 겨누며 말했고 미래의 데이비드는 순순히 내 쪽으로 마더를 던졌다.

마더를 받아 든 그 순간. 뒤쪽에서 익숙한 목소리가 들려왔다.

"너네들…… 뭐야?"

우리 둘에게 총구를 겨누고 있는 남자.

또 다른 나 자신. 데이비드였다.

"대체 무슨 일이 일어나는 거야? 왜 같은 장소, 같은 시간에 우리 셋이 있는 거냐고!"

앞에 서 있던 데이비드가 말했다.

뭔가 잘못된 게 분명했다. 하지만 지금 당장 내가 걱정할 일은 아니다. 내겐 아버지를 구해야 하는 임무가 우선이니.

나는 별다른 대꾸 없이 마더를 작동시켰다.

탕!

동시에 들려온 총소리. 방금 나타난 데이비드가 내 쪽으로 총을 발포한 것이었다.

마더가 이미 작동하고 있었기에 주변 모든 것이 슬로 모션으로 보였다. 총알이 날아오는 모습이 생생하게 보였지만 이를 멈추거나 피할 순 없었다.

마더가 작동함에 내 주변 공간이 일그러지기 시작했다. 그리고 그 공간이 나를 삼킴과 동시 총알 역시 빨아들였다.

2165년

눈을 떠보니 시야가 흐렸고 주변이 온통 하얀색이었다. 사람들이 나를 둘러싸고 웅성거리는 소리가 들려왔다. 의사와 간호사 복장을 한 사람들이었다.

"기적이라고 할 수밖에 없어요. 이런 중상을 입고도 숨이 붙어 있는 걸 보면."

"수술은 다 마친 상태인가요?"

"네."

"수술 부위를 조금 살펴볼 수 있을까요?"

"물론이죠."

간호사가 내 몸을 덮고 있던 비닐 같은 것을 들춰냈다.

"환자 기준 왼쪽은 목부터 하반신까지 다 영향을 받았습니다. 사실상 살이 반으로 찢긴 거나 마찬가지죠."

"다리는?"

"다리도 아마 한 쪽은 불구가 되어 제대로 사용하지 못하게 될 것 같아요."

"그렇군요. 그래도 최대한 살려보는 쪽으로 해보자고요."

"알겠습니다."

나를 둘러싸고 있던 사람들이 우르르 떠나자 다시금 주변이 고요해졌다. 단지 방금 대화에서 들었던 몇 가지 단어들만 내 머릿속을 시끄럽게 떠돌고 있을 뿐이었다. 그리고 얼마 후 이 단어들은 조금씩 조합되기 시작하며 하나의 기억이 되어 떠올랐다.

미래의 나를 죽이라는 임무를 받고 2175년 포트 윌리엄을 날아갔던 그날.

거기서 본 미래의 내 모습. 왼쪽 얼굴부터 목을 타고 멀리서 보아도 눈에 선명한 깊고 긴 흉터를 가지고 있던 그. 마치 살이 반으로 찢겼다가 겨우 다시 붙어 가까스로 아물었을 경우에나 생길 법한 흉측한 자국들.

내게 아버지를 죽이라고 명령했던.

바로 그 데이비드의 모습이었다.

더 마더

양자나노과학연구단

시간여행을 소재로 흥미로운 스토리를 풀어나갔다. 과거와 현재를 넘나들며 주인공 데이비드가 '마더'에 대한 진실을 파헤쳐지는 과정이 잘 묘사되어 있다. 반전이 있는 열린 결말을 통해 독자들이 뒷이야기를 다양하게 상상할 수 있도록 하였다. 이러한 점을 높이 평가했다. 한편으로는 대부분의 시간여행 소설이 그렇듯이 서로 다른 년도에서 시간여행을 한 주인공들이 서로 마주하는 장면이 나오는데 이에 대한 배경 설명이 더 자세했다면 좋았을 것 같다.

양자 주제에 대해서는 소설 속 핵심적인 장치인 '마더'가 양자 얽힘을 기반으로 만들어졌다고 사람들이 추측한다고 설명한 것이 억지 논리를 만드는 것보다 자연스러웠다. 양자 얽힘에 대한 비유도 양자에 대한 독자들의 이해를 도왔으리라고 본다. 만약 양자 내용이 스토리 속에 더 깊이 녹아들었다면 한층 더 풍성한 SF스토리가 됐을 것 같다.

김민지 지구로 돌아오다

유나무

유나무

전주에서 태어나 글을 쓰는 웹디자이너. 산책하는 걸 좋아해서 어디에 있든 간에 매일매일 근처의 숲을 찾아 음악을 들으며 걷는다. 「김민지 지구로 돌아오다」로 세상에 글을 소개할 기회가 생겨 매일매일 실시간 감동 중. 자는 걸 워낙 좋아해서 이제 다른 사람들에게 "취미는 수면입니다"라고 당당히 말하고 다니게 되었다.

"어딜 가도 다 적뿐이야? 어차피 죽을 거라면 마음 가는 방향으로 가보자. 우리 가슴 깊은 곳엔 돛단배 한 척이 있고 순풍도 아닌 마음만이 바다 한가운데로 보내주기 마련이거든."

에키드나 타로 가게

이런 문을 열고 싶지 않았다. 하지만 다른 방법도 시간도 없었다.

소행성촌 에키드나의 한 궁벽한 타로 가게. 거리의 불빛도 제대로 들어오지 않는 골목에 자리한 수상한 가게의 녹슨 문고리를 돌려 건물 안으로 들어가자 그 안에서는 저렴

한 시트러스 향이 풍겨왔고 그 안의 연세 지긋한 할머니 한 분이 모조품일 게 뻔한 다이아몬드 반지를 낀 왼손으로 불이 붙지 않은 긴 담뱃대를 잡은 채 소행성촌 라디오 방송을 들으며 안락 의자 위에서 자락이 긴 다채로운 색상의 옷을 까딱까딱 흔드는 중이었다.

"안녕하십니까, 사람을 찾고 있습니다만."

"여긴 돈 받고 운세 봐주는 곳이지. 흥신소나 인력 시장이 아닌데."

"할로우 라이더란 길잡이를 찾는 중입니다. 궤도 터미널의 불친절한 안내원은 3번가의 술집으로 가보라고 했었고, 3번가의 바 데이드림에선 골목의 밑바닥 불량배들이라면 알지도 모른다고 해서 그 녀석들과 얘기 좀 나누다 몇 대 패줬더니 여길 얘기하더군요."

백발이 머리카락을 반쯤 물들인 할머니는 나의 질문에 아랑곳하지 않고 타로 덱을 섞더니 탁자 위에 늘어놓았다.

"카드 안 뽑을 건가?"

답답했다. 여기서 시간을 낭비하고 있을 여유가 없었다. 하지만 이곳에 실마리가 있을지도 모른다는 가느다란 희망에 매달리기 위해 나는 탁자 위의 카드를 두 장 뽑았다.

"스타, 타워. 그런데 둘 다 역방향이야? 재물운이 영 아니로군. 당분간 지갑 조심하게."

"쓰잘데기 없는 미신은 됐고 이제 제 질문에 대답해주실 차렌데요."

"할로우 라이더라…… 과거에 그런 사람이 있었다고 들었지만 나도 소문으로만 들어봤을 뿐이야. 길잡이를 찾고 있다는 건 여기서 사업이라도 하겠다는 얘기인가? 다른 곳도 아닌 이 암흑천지 에키드나에서?"

"전 한시라도 빨리 성간 도로 게이트로 가야만 해요. 표준 항속보다 조금 더 빠르게 가면 가장 가까이 있는 캐서린 게이트에 나흘 만에 갈 수 있겠더군요."

타로 숍 할머니는 혀를 끌끌 차며 안타깝다는 투로 이야기했다.

"어떤 멍청이가 나흘 거리라고 한 거야. 캐서린 게이트까지는 일주일은 걸리는 거리고 표준 시간계로 3주 뒤에 정기 셔틀이 올 거니까 21일 동안 술집에서 퍼마시다 그때까지도 돈이 남아 있으면 그거 잡아타고 가면 돼."

"그만큼 더 기다릴 수 없어요. 전 바로 출발해야 하거든요. 그리고 멀리 돌아가는 안전한 길이 그만큼 걸리는 거지. 캐서린 게이트까지 직진해서 똑바로 가면 나흘밖에 걸리지 않죠."

"설마 자네……."

"네. 직진하는 길에 옛날 전쟁터가 있잖아요. 30년 전 에키드나 전투가 벌어졌던 전장을 지나갈 겁니다."

"정신 나갔구만. 미궁이라 불리는 그곳이 어떤 곳인지는 알긴 하나?"

30년 전 변방 소행성대인 에키드나 인근에서 양측 함선 수만 척이 맞붙은 대규모 함대전이 벌어졌다. 암석과 얼음, 가스층이 어지럽게 널려 있는 복잡한 지형은 매복에 적당한 곳이었고 그런 곳은 으레 매력적인 전장으로 탈바꿈했다.

그 장소에서 수만에 달하는 함선들은 치열한 전투 끝에 피아를 가리지 않고 대부분이 파괴되었고 승무원들도 대거 전사했다. 잔해의 규모가 어마어마했는데 이런저런 데브리, 각종 폭발물, 미확인 기뢰, 디코이, 넘쳐나는 교란 신호, 꺼지지 않은 전파 차단장치, 불운한 병사들의 시체 등이 대부분 수거되지 않고 지금껏 방치되어 있다.

가뜩이나 복잡한 지형에 인적도 드문 곳이었는데 30년 전 전투 이후로는 아무나 들어가지 못하는 무시무시한 죽음의 미로로 탈바꿈했고, 이곳을 제집 드나들듯 훤히 왔다갔다한다는 소문의 길잡이가 할로우 라이더였다.

"이제 할로우 라이더를 찾는 이유를 아시겠죠? 전 그 미로를 가로질러서 나흘 안에 캐서린 게이트에 가야만 합니다."

"어째서 그렇게 시간에 쫓겨야 하지 여군 친구?"

"개인적인 일이니 아실 필요 없고요. 알려드리지도 않을 거예요. 내가 군인인 건 어떻게 아셨죠?"

"에키드나에선 '안녕하십니까' 같은 말 아무도 안 해. 사복 차림으로 감추고 있지만 자세가 필요 이상으로 곧으며 뻣뻣하기 그지없군. 규율에 얽매여 살아가는 시시한 인간의 모습이야. 그리고 난 군인이라면 질색이지, 짜증 나는 것들 같으니."

이런 궁벽하고 인심 나쁜 곳에서 딱히 환대를 기대하진 않았지만 매우 기분 나쁜 무례가 아닐 수 없다. 하지만 내 기분 따위 상관 않고 노인의 말은 멈추지 않았다.

"그리고 할로우 라이더 같은 건 나도 몰라. 이 동네에선 확실히 그 미궁에 가끔 드나들며 군용 보급품 등을 캐오는 사람들이 있긴 한데 전장의 미궁을 단번에 주파할 수 있을 정도로 그곳을 잘 아는 길잡이 같은 건 이제 없으니까."

"망할…… 그건 됐고 대신 악마의 손이란 사람은 어딨는지 아시나요? 그 사람이라도 있으면 좋겠는데."

"처음 듣는 이름인걸. 그게 누군데?"

더 이상은 아무 소득도 없을 것 같아 복채를 지불하고 자리에서 일어났다. 한시바삐 캐서린 게이트로 가야 하는데 여기서 실랑이할 시간 따위 없었으니까.

"자 이제 어떻게 할 텐가."

"저 혼자서라도 지나가야죠."

"30년 전 전투 때 그 미궁에서 160만 명이 죽어나갔지. 자살하고 싶으면 어디 해보게. 며칠만에 조난당하고 죽을지 관심 있으면 카드 한 장 더 뽑아보라고. 특별가로 해줄테니."

"전 군인이고 전투도 여럿 참전했고 죽을 위기도 몇 번 넘겨봤죠. 제가 죽는 걸 두려워할 거 같나요?"

불만스런 리뷰를 가게의 문을 쾅 닫으며 나오는 걸로 대신했다. 가뜩이나 시간에 쫓겨 초조한 참인데 이 글러먹은 동네에선 다른 사람을 존중하는 방법 따윈 조금도 가르치지 않는 건가.

고민거리와 불쾌함에 잠겨 주의력을 잃었기에 길가의 남자아이 하나가 어슬렁거리며 필요 이상으로 가까이 다가오던 것을 눈치채지 못했다. 그리고 낌새가 이상해 뒤돌아봤을 땐 이미 그 어린 녀석이 내 지갑을 들고 등 뒤로 쏜살 같이 달려나가는 중이었다.

거기 서라고 고함을 지르며 지갑을 훔친 소년을 쫓았지만 거리의 사람들은 아무도 도와주지 않고 멀뚱멀뚱 쳐다보기만 할 뿐. 생각해보면 딱히 이상한 일은 아니다. 텁텁한 인공 조명이 깜빡이는 에키드나 소행성촌은 이렇다 할 산업이 있는 것도 아니며 근처엔 성실한 과학자들마저 유령을 믿게 할 법한 음울한 미궁까지 있다. 구석진 변방의 숨기 좋은 소행성대라는 특성상 범죄자와 무법자들이 판치고 제대로 된 교육기관조차 거의 없으며 치안은 당연히 최악. 이런 망할 동네에서 꼬마 소매치기가 돌아다니지 않는다면 그게 더 이상할 노릇이다.

녀석의 다리는 잽싸긴 했으나 전장에서 단련된 나만큼 기민하진 못했다. 거리의 탁자와 가판대 몇 개를 뒤집어 엎고 부실하게 만든 벽과 바리케이드도 망가뜨린 뒤 12살 남짓한 남자아이를 막다른 골목으로 몰아붙이자 녀석은 이내 포기했다.

가뜩이나 타로 가게 할머니의 무례 때문에 화가 치밀어 있던 터라 아이의 먹살을 잡고 당장 지갑을 내놓지 않으면 목을 비틀어주겠다고 소리를 지르자 건방진 꼬마도 지지 않고 언성을 높였다.

"보면 알아, 너 군인이지! 돈도 많잖아! 사람들 쏴 죽이고 돈을 버는 게 일이잖아!"

이 비열한 거리에선 내가 제복 없이도 군인이라는 게 그렇게 티가 나나 보다. 아까 타로 가게에서도 대번에 알아보더라니. 그러나 이 꼬마는 뭔가 단단히 오해하고 있는데 하급 장교란 시대불문, 죽지 않을 만큼의 박봉만 받으며 연명하는 처지란 것이다. 설령 내가 갑부라 해도 그게 거리에서 소매치기를 당할 이유가 될 수 없는 건 상식이잖은가.

소년은 내 지갑을 돌려줄 의사가 전혀 없었고 빠져나가

려고 온갖 힘을 다해 바둥댔기 때문에 힘을 세게 쥐어 강제로 손아귀에서 지갑을 끄집어냈다.

"쓰레기! 살인마 군인 새끼야! 우리 아빠도 너 같은 군인들이 죽였어!"

조급함은 짜증을 부르고 짜증은 곧 폭력을 유발한다. 소년을 벽으로 던져 밀어붙이고 주먹을 꽉 쥔 채 일격을 날려주려 했다.

아이는 몸을 웅크린 채 머리를 부여잡고 스스로를 보호하려 했다. 하지만 무의미한 일이었다. 소년을 향해 날아가던 주먹은 도중에 힘을 잃고 멈춰서서 어디에도 닿지 않았으니까.

"멍청아! 군인은 네가 생각하는 것보다 훨씬 가난뱅이야. 아빠 일은 안 됐지만 내가 안 죽였어! 다시는 이런 짓하지말고 뭐라도 좋으니 일을 해. 술집에서 접시를 닦던지 터미널에서 관광 팜플렛을 팔던지. 하여튼 이제 도둑질은 하지 마."

"내가 이렇게 안 하면 엄마랑 여동생이 굶는단 말이야."

그 말에 난 지갑을 열어 30달러를 꺼내 소년에게 쥐어주고 돌아섰다.

"군인 아줌마, 더 주면 안 돼?"

"누굴 아줌마라고 불러 이 버릇없는 새끼가. 말했잖아 누나도 가난뱅이라고. 그리고 난 지금부터 돈이 굉장히 많이 들어갈 일 투성이라 머리가 돌 것 같아. 일주일 이내에 지구로 가야한단 말이야."

코인 달러를 받아 벙찐 소년을 뒤로하고 나는 다시 길을 나섰다. 더 이상은 여유가 없다. 혼자서라도 미궁을 돌파해 성간 도로를 지나 지구로 향해야만 했다. 반드시 일주일 안으로.

"저기…… 고마워 군인 누나!"

소년의 어설픈 감사에 나는 돌아보지 않고 손만 흔들어 대답을 해주었다. 기분 탓이려나, 그때 어디선가 희미한 시트러스 향이 내려온 것 같았는데.

에키드나 터미널

다음날 호언장담한대로 혼자서라도 캐서린 게이트로 가기 위해 내 개인 함선이 정박되어 있는 터미널로 향했다. 변두리 소행성촌의 터미널답게 시설은 좁고 낙후되어 있고, 사람들은 불친절하며 라디오에서 흘러나오는 철지난 스래시 메탈의 소음이 내 심기를 한없이 불편하게 만드는지라 한시라도 빨리 조용한 우주 공간으로 떠나고 싶은 마음만 가득할 뿐. 지금부터 지나갈 곳은 굉장히 위험한 곳이시만 뭘 해도 여기보단 낫겠지.

매점에서 산 맥주를 들이키며 내 함선으로 다가가는 찰나 뒤에서 누군가 다가오고 있었다.

"어른이 충고하면 좀 주워들어. 그 미궁에선 자네같은 정신머리론 두 시간 안에 미아 신세니까."

타로 가게의 점술사 할머니였다. 어제와는 복장이며 이미지가 굉장히 달랐다. 점쟁이 코스프레 비슷하던 어제와는 달리 지금 이 노인네는 알록달록 화사한 색의 셔츠에 챙이넓은 선 햇을 쓴 채 선글라스를 끼고 나타났는데 누가 봐도 흥청망청 유람을 떠나는 졸부 관광객의 모습이었으니까.

"어르신, 돌팔이가 아닌 것 정도는 인정해드리죠. 어제 지갑이 실제로 위험했지 뭡니까. 여긴 왜 오셨어요."

"질문은 내가 하네. 캐서린 게이트를 통해 어디로 가는 거지?"

"지구로 갈 겁니다."

"어째서? 군의 임무인가?"

"아뇨, 개인적인 일이 있어요."

"대체 무슨 일인데 그렇게 서둘러. 어떤 일이 있길래 죽음을 무릅쓰면서까지 전장의 미궁을 지나려 하는 건데?"

"그것까지 알려드릴 의리는 없는 것 같군요. 이 동네 인심이 너무 각박한 터라 난 지금도 댁을 경계하고 있다는 것정도는 알아두시죠."

"아니 넌 이야기해야만 할 거야. 왜냐면……."

점쟁이 노인은 거기서 거절할 수 없는 이야기를 시작했다.

"지금 할로우 라이더가 널 그 미궁 너머로 무사히 데려다 줄지 말지 이야기를 들어보는 중이니까."

이 노인네가 지금 제정신으로 말하는 건가. 이곳의 길잡이들 중에서도 미궁에 대해 가장 훤하다는 할로우 라이더가 이 돌팔이라고? 도저히 믿을 수 없어하는 나의 의심에 그녀는 이렇게 대답했다.

"믿음이 가지 않는다면 어쩔 수 없겠지만 어차피 지금 꼴을 보니 혼자 갈 수밖에 없잖아. 날 데려가서 손해볼 건 없을 거야. 그 미궁에 대해 나보다 잘 아는 사람은 우주 어디에도 없어. 하지만 나도 자네를 믿을 수 없는 건 마찬가지지. 믿을 수 없는 사람과는 일할 수 없으니까 말이야. 자 마음대로 하게. 할로우 라이더가 필요하면 지구에 왜 가는지 말해."

어차피 이판사판이라 내가 군이 손해볼 건 없었다. 지금의 나는 분명 저 위험한 미궁을 지나다 죽을지도 모를 신세니까.

"지구까지 일주일 안에 전달해야하는 화물이 있습니다. 됐나요?"

내 대답에 그녀는 가늘게 홋 하고 웃으며 다가와 내 어깨를 툭 치며 지나갔다.

"저 미궁을 얕보면 안 돼. 보수는 비싸게 받을 거야. 총
9천 달러. 3천 달러를 먼저 받고 캐서린 게이트에 도착하면
6천 달러를 마저 받도록 하지. 코인은 위조 가능성이 있으
니 연합의 인증서가 동봉된 공인 계좌를 사용해서 직접 내
보안 계좌에 이체해. 그리고 항행 난이도에 따라 추가 금액
이 발생할 수도 있다는 것 정도는 알아두고."

"좋습니다."

그녀의 제안에 동의했다. 어차피 이 사람이 사기꾼이라면
미궁에서 밖으로 내다 버리면 그만이려니.

"캐서린 게이트는 나도 오랜만이군. 거기 얘야. 캐서린 게
이트 쇼핑 단지 팜플렛 하나만 주렴."

팜플렛을 들고 온 소년도 내가 아는 얼굴이었다. 바로 어
제 내 지갑을 슬쩍했던 바로 그 녀석 말이다. 소년은 네에
라고 말하며 조르르 달려와 그녀에게 캐서린 게이트 관광
안내서 하나를 건네주었다.

"점술은 미친! 당신들 다 한패였잖아!"

"만약에."

돌팔이 점술사는 팜플렛을 펼치며 말했다.

"거기서 픱을 때렸으면 자네는 동네 거한들에게 뒤지기
직전까지 맞았을 거야. 그리고 30달러를 훌쩍 넘는 돈을 빼

312

앗겼을 테지."

물론 어린이를 때리는 건 잘못된 일이다. 하지만 돌팔이 점쟁이가 애와 짜고 손님을 등쳐먹으며 사적으로 두들겨팬 다는 말을 아무렇지도 않게 하는 꼴도 참으로 놀랍지 않은 가. 에키드나의 학교란 곳에선 법과 치안과 상식이란 걸 뭐라고 가르치고 있는 걸까.

"핍에게 준 30달러는 할로우 라이더의 소개료라고 생각하게. 이런 일을 겪고 이상하게 들릴지도 모르겠지만 난 자네가 꽤 맘에 들었어."

"내가 이 꼬마한테 얼마를 뜯겼는지도 알고 계시네요. 그럼 좀 깎아줘요. 제가 쪼들리며 산다는 건 진짜거든요."

"안 돼. 미궁은 그만큼 위험해. 게다가 나흘 내로 캐서린 게이트까지 빠른 속도로 날아갈 거라면 더더욱. 당부했지만 여기서 추가수당이 더 나올 수도 있으니까 각오하라고."

우리 대화를 듣고 있던 핍이란 범죄 새싹은 어제와는 다르게 싱글싱글 웃으며 살갑게 굴었다.

"나리 할머니, 캐서린 게이트 다녀올 때 펀치 젤리 사와. 이번엔 코코넛 맛이란 걸로. 포장지도 그대로 가져와 줘. 코코넛이 어떻게 생겼는지 보고 싶거든."

"핍, 할머니는 네 선물 사오는 택배 로봇이 아니란다. 넌 저번에 학교 열심히 다니겠다는 약속도 안 지켰잖아."

"누나랑 엄마 것도! 젤리 못 사면 입고될 때까지 돌아오지 마! 젤리 없이 돌아오면 할머니 가게 망하라고 반값 할인 쿠폰을 에키드나 전역에 뿌리고 다닐 거야."

막무가내인 소년에게 할로우 라이더는 고개를 절레절레 흔들며 굴복하고 말았다.

"오냐오냐 코코넛 맛 젤리 꼭 사오마. 하지만 돌아올 때까지 그 말버릇 안 고쳐놓으면 네 눈앞에서 젤리 한 상자를 나 혼자 다 먹는 꼴을 보여주지."

노인은 소년의 머리를 쓰다듬으며 이제 그만 가보라고 보낸 뒤 나를 돌아보며 얘기했다.

"우리도 슬슬 가볼까. 핍! 할머니 올 때까지 그 망할 말버릇 꼭 고쳐놔라!"

나는 고개를 끄덕이고 내 함선이 정박되어 있는 곳으로 향했다.

"엘 블레즐리 일반 중위입니다. 잘 부탁드려요."

"나리라고 부르게. 직업은 족집게 점쟁이고 부업으로 길잡이를 하고 있지."

"족집게는 무슨……. 이 사기꾼."

보관소 격벽이 열리고 나의 투박한 보급형 개인 함선이 모습을 드러냈다. 가격대 성능비가 좋은 길이 약 55미터의 올리브 패럿 모델.

"이걸 타고 미궁을 지나 나흘 만에 캐서린 게이트에 가려 했나? 이 화물 트럭을 타고? 옮길 물건이란 게 좀 많나?"

"아뇨. 옮길 것은 이거 하나 뿐이에요."

함선의 문을 열어 길다란 직사각형 형태의 상자를 보여 주었다. 나리 할머니는 그 상자를 손으로 더듬어보면서 이 야기했다.

"이거 내 함선으로 옮겨. 이런 둔중한 우주선으로 미궁에 서 속도를 내다 급선회하면 쉽게 사고가 날 거야."

그렇게 카트에 실린 화물을 그녀 소유의 함선 앞으로 옮 겼다. 그녀의 함선은 모델명을 알 수 없는 삼각형 델타익 을 가진 우주선이었는데 작고 날렵하게 생겼다. 길이는 약 14미터 가량이었고 특히 전고(全高)가 매우 낮았는데 높이 가 겨우 4미터 정도나 되어보였다. 이건 척 봐도 장거리 함 선이 아닌 정박지에서 멀리 떨어질 수 없는 모선 분리형에 가깝다. 하지만 내가 가장 불안했던 건 다른 부분에 있었다.

"이거 생활 전기는 도중에 충전 안 해도 안 끊기고 잘 들 어와요?"

"전기는 왜?"

"제 화물은 도중에 전기가 끊기면 절대 안 되거든요."

"이유를 물어봐도 되겠나."

"화물이 뭔지까지 아실 필요는 없잖아요. 절 나흘 내로 캐서린 게이트에 데려다주시고 전 다시 사흘 내에 지구까지 가기만 하면 되는 거니까요."

그 이후 이어진 그녀의 말에 나는 조금 놀라고 말았다.

"전기는 왜? 이게 저온 유지 관이라서 그런 건가?"

정곡을 찔렸지만 나는 아무 말도 하지 않았다. 적당한 대답을 찾고 있었다는 쪽이 맞을지도 모르겠다. 그러나 나리 할머니는 내가 대답을 찾을 시간 따위 주지 않았다.

"딱 봐도 저온 관이잖아. 별다른 장식 없이 무뚝뚝한 외관에 최저 입찰가로 뽑힌 업체가 만든 듯한 간신히 합격선에 들어갈 법한 마감하며, 이건 군대에서 대량 발주한 싸구려 보급형 관이로군. 안에 누가 들어 있지?"

"일하는데 필요한 겁니까?"

"내가 돈을 좀…… 아니 정말 많이 좋아하긴 하는데 범죄에 연루되면서까지 돈벌이를 할 순 없어. 이 관 속에 있는 사람이 만약 범죄로 죽은 사람이라면 정말 골치 아파지니까. 이건 길잡이로서 알아둬야만 해."

그녀의 말이 그르면서도 옳다. 범죄에 연루되는 건 싫다는데 에키드나 같은 우범 지대에서 사기나 다름없는 타로숍을 운영하는 건 합법인가? 하지만 길잡이로서 자신도 모르는 큰일에 연루되지 않을 권리가 있는 것도 타당하다.

나는 관의 상단부를 열어 투명한 유리 케이스 속을 그녀에게 보여주었다. 안에는 어깨까지 머리카락을 기른 앳된 여성이 하얀색 천에 감겨 눈을 감고 자는 듯이 누워 있었다. 오른쪽 머리에는 X형태의 머리핀이 꽂혀 있고 목에는 +모양의 목걸이가 걸려 있었다.

"이건 누군가?"

"이름은 김민지. 클레멘즈 함대 소속의 고속 순양함의 강하병이었죠. 지구 출신으로, 고향에 있는 가족들에게 데려다주러 갑니다. 계급은 일반 상병이었습니다."

"소문으로만 들어본 요람별 출신이군. 전사한 것 치곤 얼굴이 너무 예쁘고 깔끔한데? 엘, 너보다 예쁜 것 같아. 요즘 앰버밍 기술이 이렇게 발전했나."

"당연하죠. 이 멍청이는 전투가 끝난 후에 밤새도록 머리가 깨질 듯이 술을 마시다가 인사불성 상태에서 계단에서 발을 헛디뎌 굴러떨어져 죽었으니까요."

"엘 중위, 자네 친구인가?"

"장교와 병사 사이라 잘 모르겠네요. 병사가 장교에게 친구로 지내자고 하는 것도 이상하고 제가 민지에게 친구처럼 지내자고 해도 민지는 그렇게 생각 안 할테니까요. 같은 중내원이긴 합니다."

생활 전기는 걱정할 필요 없다는 게 노인의 대답이었다. 관 하나의 온도를 낮게 유지하는 정도의 동력은 별일 없으면 무사히 공급될 거라고 한다. 그녀는 핸드백에서 자신의 권총을 꺼내 자신의 함선 안에 대수롭지 않게 던져넣었다. 그 꼴을 보고 현역 군인이 한마디하지 않을 수가 없었다.

"현직 장교도 비무장으로 돌아다니는데 그 총 허가는 받은 겁니까?"

"엘, 여기는 에키드나야. 기껏 총 한 자루 가지고 들썩이지 마."

조종석 바로 뒤에 민지의 관을 옮겨놓고 전기가 공급되게 플러그를 연결한 뒤 내 물건과 보급품들도 옮겨 적재하고 우리는 터미널에서 우주 궤도로 옮겨질 준비를 했다. 날렵해보이지만 아무리봐도 너무 아담한 우주선이다. 전기 공급이 끊기는 것도 문제지만 캐서린 게이트까지 무사히 갈 수나 있는 건지 불안했다. 게다가 에키드나 소행성군 근처엔 항성이 없어서 태양광 충전 같은 건 사용할 수 없다. 한 번 출발하면 동력을 공급받을 수 있는 수단은 전무해보였다.

터미널에서 우리 우주선이 위치한 셀이 10분 정도에 걸쳐 우주 궤도로 옮겨지고 관제소에서 출항 허가를 받은 뒤 우리는 암흑만이 가득한 우주 공간으로 나아갔다. 이 함선은 크기는 작았지만, 굉장히 날렵해서 순식간에 가속도가 가파르게 올라 표준 항속, 즉 제3 우주 속도의 1.8배의 빠르기로 나아갈 수 있었다.

하지만 시작부터 조종석에 앉은 노인네의 행동은 이해가 안 가는 것투성이였다.

"트랜스폰더를 안 키셨잖아요. 할머니!"

"내가 말 안 했나? 캐서린 게이트에 도착할 때까지 트랜스폰더는 금지야."

모든 우주선은 상호 간의 식별을 위해 제각기 일련번호와 독자적인 전파 형태를 발산하는 장치가 탑재되어 있는데 이것을 트랜스폰더라 한다. 일종의 신분 증명 같은 건데 이걸 켜놓지 않으면 우주 해적이나 불법 무장단체로 오인받을 수 있는 것은 물론이고 재수 없으면 서로를 식별하지 못한 함선끼리 추돌사고가 날 수도 있다. 이 경우 당연히 트랜스폰더를 꺼 놓은 쪽이 100퍼센트 과실이다.

"만약에 해적으로 오인받아서 공격이라도 당하면 어쩔건데요. 우리 위치가 다른 함선에 기록되지 않으니 만약의 경우에 구조 요청도 오래 걸릴 거구요."

"바로 그게 문제야 이 애송아. 에키드나에 널린 게 그런 불량배들이고 미궁은 특히나 더 위험하다고. 함선 수만 척의 잔해가 널려 있고 거기서 떼오는 함선 장갑의 희귀 소재나 무기 같은 걸 케오는 건 돈이 되거든. 가끔 군자금으로 실린 금괴 같은 게 발견될 때도 있지."

이미 알고 있던 사실이지만 결국은 도굴 산업이다. 길잡이란 게 있는 이유이기도 하다.

"에키드나의 길잡이들이 처음부터 이런 일을 한 줄 알아? 그 전투 이후 30년에 걸쳐 서서히 쌓아올린 지식이란 말이야. 거기서 한탕 노리고 있는 해적들한테 제발 잡아가달라고 하고 싶으면 그 트랜스폰더 스위치 한 번 켜보라고. 그리고 이 할로우 라이더만큼 미궁에 대해 잘 아는 사람은 없지."

"네네 알겠습니다. 노인 양반, 하지만 잘못 알고 계시는 것도 있군요."

그 말과 동시에 검은색 풍경만 보이는 창가를 바라보며 마시던 맥주를 그녀에게 빼앗겨 한 모금이 사라지고 말았다.

"미궁에 대해 가장 잘 아는 건 '악마의 손'이죠. 할로우 라이더는 두 번째구요."

노인은 아무 대답도 하지 않았고 에키드나의 터미널을 떠나 얼마쯤 지나자 검은 우주 사이에 과자 부스러기처럼 바스라져 흩뿌려진 점들이 보이기 시작했다. 미궁의 입구, 먼지처럼 흩어진 부서진 함선들, 암석과 얼음이 얽힌 복잡한 지형. 저 위험한 먼지들 사이로 160만 명에 달하는 망자가 떠돌아다니는 곳.

미궁

이 광대한 미궁은 인간의 손이 빚어낸 재앙이다.

30년 전 다섯 성계의 연합군은 이곳에서 매복해 적을 기다렸다. 이곳의 암석군과 먼지, 얼음층, 이온화 가스 등을 엄폐물 삼아 기동하며 세 배에 달하는 적에게 맞서 싸울 계획이었다.

그러나 전세를 뒤집기엔 역부족이었고 적과 아군이 뒤엉킨 난전 속에서 전투 협정 같은 건 아무 소용도 없었다. 피격당한 전투함과 밖으로 사출당한 승무원들은 피아를 가리지 않고 구조되지 못한 채 영하 270도의 암흑 속에서 죽어갔다.

패색이 짙어질 무렵, 이 지역 전체를 아우르는 광대한 범위에 항행 시스템, 색적 시스템, 피아식별 신호, 장거리 레이더, 암호화 통신을 모조리 교란시키는 정교한 전자전 체계가 가동되었다.

아군과 적군 함선 모두의 문명의 이기가 무력화되자 장님과 벙어리 신세가 된 채 암석에 충돌하거나 함선끼리 부딪히거나 피아를 구분하지 못하고 무기를 있는대로 퍼붓거나. 스스로 매설한 기뢰를 식별하지 못해 폭발하거나. 이곳은 기존에도 충분히 난잡한 곳이었는데 수만 척의 함선이 추가로 고철이 되어 엉키게 되었고 순식간에 양측을 합쳐 160만 명의 병력이 죽고 말았다. 적이 우리보다 세 배 넘게 더 죽었다는 게 그나마 위안거리다.

이 무시무시한 크기의 흉물을 치우는 데 막대한 예산과 시간이 소요될 판이었고 30년 넘게 전쟁이 지속되는 지금까지 그럴 여유는 조금도 없었다. 게다가 에키드나 소행성대 같은 변방은 그럴만한 경제적 가치도 없는 곳이라는 게 연합의 방침이었다.

나는 민지를 신고 이곳을 혼자서라도 지나려 했다. 할로우 라이더를 찾지 못했다면 그렇게 했을 것이다.

할로우 라이더, 돌팔이 점쟁이 나리 할머니는 허풍쟁이는 아니었다. 아직까지 전자전 체계가 가동 중인 미궁 근처에 다가가자마자 단거리 레이더를 제외한 모든 항행 시스템이 오락가락하기 시작해 어느 길이 안전한 경로인지 확신할 수 없었고 레이더에 표시되는 장애물이 진짜인지조차 알 수 없었다.

조종석의 그녀조차 다소 긴장한 기색이 역력했지만 그래도 제법 빠른 속도로 미궁을 통과하기 시작했다.

"실력 하나는 인정해드리죠. 비결이 뭔가요 할머님."

"감이야, 정말로. 이곳은 길잡이들이 30년에 걸쳐서 전자기기에 대한 의존을 최소로 하면서 조금씩 개척해왔지. 그렇게 쌓은 지식과 함께 여러 번 드나들었던 감으로 움직이고 있는 거야."

장거리 레이더와 위치 확인 시스템이 맛이 간 상태에서

그녀는 오로지 눈과 감, 종이 지도, 단거리 레이더만으로 함선을 조종했다. 우주선 창밖을 바라보니, 암흑 속에서 약간의 빛에 반사된 산산조각난 함선들이 돌가루와 얼음 사이에 섞여 여기저기 흩뿌려져 있다. 저 사이 어딘가에 죽은 사람들도 여럿 떠 있으리라.

"마음속 항로를 충실히 따라가는 것만이 이 미궁을 빠져나가는 방법이지. 순풍도 아닌 마음만이 바다 한가운데까지 데려다주기 마련이거든."

"그것 참 신기하네요. 우리 뒤에 있는 녀석도 비슷한 말을 한 적이 있거든요."

"민지란 친구 말인가?"

"네. 민지가 자주 그러더라구요. 우리 가슴 깊은 곳에 돛단배 한 척이 있고……."

"…… 순풍도 아닌 마음만이 바다 한가운데로 이끌어주리라."

"어라 어떻게 아신 거예요?"

예상치 못한 일에 놀란 나를 본 그녀는 한바탕 꺄르륵댔다.

"야 이 멍청아! 이기 유명한 노래 가사야. 엘 너란 녀석은 트렌드와는 거리가 있는 여자로군."

"난 그저 군인일 뿐이에요. 민지도 그랬구요. 오히려 민지

가 이상한 거죠. 세상은, 특히 전쟁터는 위험으로 가득한 곳
이고 거기선 마음대로 날뛰는 게 아닌 냉철한 이성이 목숨
을 구하는 거라구요."

"뒷좌석의 손님이 나와 같은 유행곡을 듣는 사람이었다
니 조금은 반갑구만. 그래 어디 말해봐. 우리 예쁜 민지는
어쩌다 죽게 된 건가?"

"말씀드렸잖아요. 정신을 잃을 때까지 술을 마시다 계단
에서 굴러떨어졌다고."

"어쩌다 정신을 잃을 때까지 술을 퍼마신 건데?"

끈질긴 노인이었지만 굳이 숨길 만한 사실도 아니었다.
나는 한 달 전 이야기를 시작했다.

"얼마 전 전투에서 우리 중대원의 80퍼센트가 죽었죠.
50명 중 7명을 제외하고 모두 죽었어요. 중대장도 죽어버
려서 돌아가면 절 중대장으로 부려먹을 거 같네요. 그 전투
에서 끝내 살아남아서……. 살아남은 우리는 이런저런 핑
계로 내일이 없을 것처럼 술을 퍼마셨죠. 자주 있는 일이에
요. 한 전투에서 40명이 넘게 죽어버린 건 처음이지만."

"자네는 부대에서 무슨 일을 하고 있나?"

"CAS라는 일을 하죠."

"근접 항공지원 말인가? 고도는 어느 정도지?"

돌팔이 점쟁이가 너무 태연하게 군사 용어를 말하기에

옆자리의 노인을 잠시 돌아보았다. 그러나 그녀는 아무 일 없다는 듯이 조종 레버를 움직일 뿐이었다.

"고속 순양함 소속이니 초고궤도죠. 순양함에서 드랍 셀을 타고 행성으로 투입되어 폭격을 유도하는 기습 유닛입니다."

"험한 일 하고 다녔군. 적진 한복판에 떨어져서 적들이 폭격으로 박살날 때까지 버티는 게 쉬운 일은 아니지. 전투에서 무슨 일이 있었길래 그래?"

나리 할머니에게 그간 있던 일을 설명해주었다.

15분, 상급 부대에서 도심 강하 후 딱 15분만 버티라고 했었다. 적진 한복판에 강하하면 재밍으로 통신이 끊길 것이 자명하다. 15분 안에 재밍을 걷어내고 통신망을 복구한 뒤 우리가 겨냥하고 지시한 요소요소마다 우주로부터 폭격이 날아와 몽땅 가루로 만들어버린 뒤 지상군과 합류해 도시를 점령할 예정이었다.

통신은 이틀간 복구되지 않았다.

죽을 각오로 15분만 버티자던 중대원들은 서서히 쓰러져 갔다. 적의 탄환에, 자동 포탑에, 건 런처의 소이탄에, 고층 건물에 몰려서 낙사하기도 했고……. 중대장은 강하 한 시간 만에 저격당해서 내가 임시로 남은 사람들을 이끌어야 했는데 전투를 했다기보단 사냥감이 사냥꾼을 피해 시가지 여기저기로 숨어다니는 도주의 연속에 불과했다.

이틀 후 간신히 소속함과 연락이 닿아 예정대로 폭격 유도를 시작했다. 그때 살아남은 중대원은 나와 민지를 포함해 9명. 그렇게 다 끝났나 싶었더니 본대의 오합지졸들이 폭격 중 공산 오차를 크게 내서 오폭으로 2명이 추가로 전사했다.

거지꼴이 되어 살아남은 생존자들은 함선으로 복귀한 뒤울다가 웃다가 울면서 밤새도록 퍼마셨다. 큰곰자리가 진짜 곰으로 보일 정도로 주구장창 마셔댄 끝에…… 민지는 계단에서 발을 헛디뎌 데굴데굴 굴러 머리에서 퍽 소리를 내더니 다시는 일어나지 못했다. 급히 의무실로 옮겼지만, 하루 정도를 혼수상태로 있다가 마지막 숨을 내쉰 뒤 군용관에 뉘여졌다.

"그래서 이 불쌍한 여자애를 고향으로 데리고 가는 거로군."

"그런 거죠. 관광지로 유명한 지구란 곳 구경도 해볼 겸."

"40명이 넘게 죽었는데 왜 민지만 이렇게 특별히 데려가 주는 건가."

"어느 정도 친한 사이였달까요. 민지도 그렇게 생각했을지는 모르겠지만."

우리 우주선은 이제 미궁의 한복판에 있었다. 살면서 어디에서도 본 적 없는 거대한 쓰레기장, 어느 방향이든 위험하고 복잡하게 엉킨 우주의 먼지들이 둥둥 떠다녔다. 생명 없는 조각난 폐함선들이 아직도 그 전력이 다 방전되지 않았는지 드문드문 불이 켜져 있어서 기묘한 공포심을 자아냈다.

"그런데 왜 성간 도로 게이트까지 나흘 내로 가야 하는데? 그 관, 전기만 공급되면 시체를 온존하면서 몇 달이든 기다릴 수 있잖아. 왜 굳이 이 위험한 미궁을 혼자서라도 건너가려 한 거야?"

"일주일 뒤에 지구 자치정부에서 지구 출신 전사자들을 모아 추모 행사를 연다고 해요. 합동 장례식과, 자원 입대 캠페인, 전황 브리핑, 참전자 초청 등이 어우러진 대규모 이벤트죠. 거기에 민지와 유가족을 데려가야 유족 연금을 수령할 수 있습니다."

"설마 늦으면 연금 안 준대?"

"네! 안 준답니다! 요람별인지 뭔지 그 촌구석 동네는 이 우주 시대에도 행정이 극히 낙후된 나머지 현장에서 지급받지 않으면 이후엔 아무것도 없대요."

가만히 듣고 있던 할로우 라이더의 표정이 약간 우중충해졌다.

"어이어이 엘, 진짜 촌구석 주민 앞에서 촌구석 운운하면

너무 슬프지. 에키드나 정도로 후져야 변방 깡촌 트로피를
딸 수 있는 법이라고."

"어쩌면 에키드나보다 더할 수도요. 지구는 이제 자연 경
관이 보존된 관광 행성이라는 것 외엔 내세울 게 없는 동네
니까요. 에키드나는 적어도 술집에서 홀로그램 결제는 되
잖아요. 민지가 그러더군요. 자기 별은 바다와 숲, 농장과
목장밖에 없어서 따분하기 그지없다고."

"그 행사에서 받을 연금이 그렇게 중요해? 이 미궁에서
목숨을 걸 정도로 말인가."

"민지는 다섯 남매 중 맏이예요. 장녀가 죽어서 돌아가는
마당에 죽은 몸만 달랑 갖다주면……. 그건 너무…… 후우
모르겠다. 뭐라도 해줘야 고개를 들 수 있을 것 같아서요."

민지를 데리고 갔을 때 가족들을 무슨 낯으로 보면 좋을
지 수도 없이 고민했다. 그리고 아직까지도 답이 나오지 않
았다. 그 생각만 하면 너무 우울하다. 전투에서 죽을 고비를
여럿 넘겼는데도 이 우울이 죽음의 공포보다도 더 머리를
복잡하게 한다.

"그건 그렇고 이 함선 굉장히 날렵하고 에너지도 풍부하
네요. 대체 동력원이 뭐죠?"

"별거 아냐. 고급 축전지를 쓰는데 효율이 어마어마하지.
미궁에 사로잡히지만 않으면, 교통사고만 안 나면, 어디서

미사일만 날아오지 않으면 캐서린 게이트까지 전기가 끊길 일은 없으니 안심하라고."

왼손 약지에 다이아몬드 반지가 끼워져 있는 할머니의 손은 말하는 도중에도 노련하게 움직이며 쉬지 않았다.

"계기판도 엉망이고 방향조차 알 수 없고 근거리 레이더 외에는 아무것도 믿을 수 없는 상황인데 이런 속도로 미궁을 주파할 수 있다니. 할로우 라이더라는 명성에 걸맞는 실력이군요."

"말했잖아, 그저 감이라고. 엘 너도 에키드나에 정착해서 미궁 털이를 하며 살아보면 이 정도 감은 생길 거야."

"정착이라……. 이곳 출신은 아니신 모양이네요."

"우범 지대 에키드나가 고향인 놈이 어딨어. 그…… 없지는 않지만 여기 몰려드는 녀석들은 탈영병, 수배범, 갱스터, 현상금 사냥꾼, 미궁 털이범, 자칭 모험가, 그 모두를 등쳐 먹으러 온 바가지 장사꾼들. 이런 까마귀들만 모이는 법이지. 연합 소속이긴 하지만 에키드나 소행성 의회에서는 세금 징수 외에 치안과 통제에 관해서는 진작에 포기한 지 오래야."

"그리고 그런 인간들을 상대로 돌팔이 운세를 봐주면서 생계를 잇고 계셨구요."

"내가 그렇다고 일을 함부로 대충 했던 건 아냐. 지갑을 조심하라는 것도 맞췄잖아."

길거리 소년과 작당해서 셋업 범죄를 저질러놓고 이 무슨 당당함일까.

"우주 시대에 운세라니……. 한심하네요. 우리를 별들 너머로 이끌어준 건 미신이 아니라 이성의 힘이었는데."

"미신? 풋내기 중위 같으니. 난 군인들이 전투에 앞서 죽음의 공포를 앞두고 살아서 집에 돌아가게 해달라고 기도하는 모습을 몇 번이나 보았지. 이 미신은 우리의 거울이야. 우리 자신 그 자체야. 우주든 사건의 지평선 너머이든 영원히 따라다니며 우리를 비출 것이고 인간은 여기서 절대 벗어나지 못해."

그녀는 우주선 앞창으로 들어오는 처참한 전투의 흔적들을 가리키며 말했다.

"이성을 믿었던 자들의 말로를 보도록. 우주에서 눈이 멀자 이 암흑 속에서 160만 명이 넘는 사람들이 순식간에 죽어나갔지."

"어차피 이 미궁이란 것도 전자전 기술자들이 과학의 힘으로 만들어낸 것 아닙니까."

"그리고 그 미궁을 돌파하는 일을 감으로 운전하는 깡촌 출신 점쟁이 할망구에게 맡기고 있는 중이지."

말 많은 노인네는 조종석에서 잠시 고개를 돌려 민지의

관을 바라본 뒤 다시 말을 이었다.

"뭣보다 자네가 데려다주려는 민지란 애는 신을 믿었던 친구 같은데? 분명 보이지 않는 곳에서 기도도 했을 거야."

"그런 걸 어떻게 압니까."

"십자가 목걸이를 하고 있잖아. 지구에서 믿었던 옛 신들 중 하나지."

"아 그런 거였어요? 왜 덧셈 모양의 액세서리를 하고 다니나 했네요."

죽은 민지는 그럼 어떻게 되었을까. 몸은 지구로 데려가는 중이지만 그녀는 자신이 기도드렸던 자신의 신을 만났을까. 과연 어디서? 있다면 어떤 곳일까, 더 이상 전쟁이 없는 곳일까.

짧은 잡상은 갑자기 울린 날카로운 경보음과 함께 사라졌다. 무언가 이 함선에 시커를 겨누어 노리고 있었기 때문이다. 30년 전 수만 척의 함선이 박살날 때 막대한 무기가 복잡한 지형 사이에 유실되었고 통제불능이 된 자동 관제 시스템들도 여전히 가동되는 중이다. 그중 하나가 이 우주선을 포착했다고 해도 전혀 이상할 것 없었다.

"할머니! 속도를 올려요!"

"진정해 엘! 여긴 미궁이야. 이 경보음이 진짜인지 아닌지는 아직 몰라."

교란 전파의 영향을 덜 받는 단거리 레이더에 점 하나가 나타나 우리 함선의 궤적을 따라오다 잠시 멈추었다. 굉장히 위험한 패턴이었다.

"망할! 텔레포트 미사일일 수도 있어요! 저 점이 여기서 사라졌다, 우리 근방에 나타나면⋯⋯."

점이 사라졌다가 우리 측후방에 순식간에 전이되었다. 이때부터 갑자기 급격히 가속도가 붙어 이쪽으로 거리를 좁혀오기 시작했는데 그 와중에도 단거리 순간이동을 의미하는 점이 깜빡이며 나타났다 사라졌다가 반복되었다. 유실된 텔레포트 미사일에 포착된 게 틀림없었다.

"당장 속도 높이고 회피 기동 시작해요! 할머니가 과거에 뭔 짓을 해서 군대에 해박한지 모르겠지만 저 미사일은 내가 더 잘 안다구요! 함선 근처 1킬로미터 안에서만 터져도 중심 파편 수백 개가 이쪽으로 날아올 거고 이딴 종이 우주선은 대여섯 개만 직격되도 끝장이란 말입니다!"

"앞에 빼곡한 암석들 안 보이냐? 여기서 함부로 속도 높이고 서커스라도 벌였다간 미사일에 맞기 전에 교통사고로 저세상행이야!"

"디코이 없습니까? 뱅크각 더 높여요! 위로 가야 해요 위로!"

"여긴 미궁이라니까! 저 미사일이 진짜인지 아닌지는 알 수 없어! 전자파로 만들어낸 레이더의 환영일지도 몰라."

우주선이 방향을 틀어 암석덩이 하나를 일부러 빙글 돌아 미사일을 교란시키자 미사일도 똑같은 기동을 보여주었다. 당연한 얘기지만 이 암석이 30년 전부터 이 자리에 가만히 있었을 가능성은 거의 없다. 만약 이 무작위 패턴을 전자전으로 일부러 구현해낸 인간이 있으면 그야말로 악마의 재능일 따름이다.

"피격되면 어쩔 거예요."

"아니라면? 저게 그저 레이더상의 유령이라면?"

"이런 걸로 도박하지 마세요!"

"도박꾼은 너야 엘! 저 미사일은 가짜일 수도 있지만 여기서 속도를 높였다간 사고 확률은 100퍼센트라고!"

"진짜라면 어떻게 되는 건데요?"

"그때는 홀가분하게 다 내려놔야지. 미궁에 들어올 때 그만한 각오는 하는 게 당연한 거야."

미사일이 후방 1.5킬로미터까지 다가오고 경보음이 멈추질 않자 나는 드디어 이성을 잃었다. 나도 모르게 주먹을 세게 쥐어 다급히 버튼을 조작하던 고집불통 노인네를 한 대쳐서 기절시키고 조종간을 빼앗아 다급한 대로 속도를 최대로 올린 뒤 미사일에서 가능한 멀리 떨어지려 했다.

그러다 어느샌가 암석과 전함 파편이 뒤엉킨 잔해가 바

로 눈앞에 있었고 관절이 나갈 것처럼 핸들을 크게 돌려 피하려 했지만 피하지 못했다. 우리의 작은 우주선에 커다란 충격이 전해지더니 제멋대로 튕겨나갔다.

우리를 쫓던 텔레포트 미사일은 함선에 초근접하더니 갑자기 레이더상에서 경보음과 함께 말끔히 사라졌다. 실체가 없는 전파상의 허깨비였던 것이다.

충격으로 정신을 잃어가면서도 감탄할 수밖에 없었다. 악마의 솜씨로 빚어낸 끔찍한 걸작이라고.

성간 우주

정신을 차리자마자 주먹이 날아와 내 콧등을 강타했고 눈앞에 우주의 것과는 다른 종류의 별이 보이는 듯했다. 할로우 라이더의 왼주먹에 맞을 때 그 손이 비정상적으로 차갑게 느껴져서 더욱 아팠다.

"야 이 후레자식아! 할머니 면상에 죽빵을 날리는 건 우주 어디서 배워 온 예의범절이냐. 느그 부모님이 그렇게 가르치던?"

칭찬받을만한 행동은 아니었다. 할로우 라이더에게 실신할 때까지 맞아도 할 말이 없을 터였다. 그녀에게 솔직하고 정중히 사과를 건넸더니 그녀는 씩씩거렸지만 곧 평정을 찾고 연신 '죄송합니다'만 반복한 내 사과를 받아주었다.

"자 미궁 체험기가 어때?"

"어떤 미치광이 작품인지 몰라도 살아있다면 찾아서 한 대 패주고 싶네요."

"30년 전에……."

조종석에 있던 그녀는 정자세를 풀고 허리를 깊숙이 기댄 채 편안히 앉으며 한숨을 쉬었다.

"저 미궁에 널려 있는 사람들도 다 이런 식으로 죽어갔지. 우주에서 눈이 멀고 옆에 있는 게 동료인지 적인지 믿을 수도 없게 되자 다들 이성과 침착함을 잃고 발버둥치다 삽시간에 모두 죽어버렸지. 엘 방금 너처럼 말이야."

"저 미궁……?"

"그래. 축하하네 엘, 미궁은 빠져나왔어."

자세히 보니 우리 앞에는 다시 티끌 없이 깨끗하고 순수한 검은색 우주만이 자리하고 있었다. 장거리 레이더와 위치 식별 시스템도 돌아왔다. 미궁의 끝자락에서 전함 잔해에 충돌했을 때 운 좋게도 튕겨나간 방향이 미궁의 바깥쪽을 향해 있었던 것이다.

나리 할머니가 내 주먹에 맞아서 기절하기 전에 다급히 눌렀던 버튼은 함선 실드를 수동으로 전환하는 장치였다. 그녀가 이런 일을 예상했는지 다급히 실드 비중을 최대치로 해놓은 덕분에 그 충돌에도 함선은 무사할 수 있었다.

그러나 그 대가로 전력 사용량이 너무 높아진 나머지 함선의 전기는 아주 간당간당한 상태였다. 앞으로 나아갈 수 있을지 없을지조차 몰랐다.

"우린 이제 어떻게 되는 거예요?"

"우주 표류자 신세지 뭘. 걱정은 마, 캐서린 게이트로 가는 관성 동력은 얻었고 방향 자체는 제대로 가고 있긴 해. 그 근방은 통행량이 많아서 누가 보고 구조해주긴 할 거야. 다만……."

이어지는 말에서 내가 예상한 최악의 상황이 닥쳐왔다.

"예정 시간 내에 도착하긴 무리겠군."

"뭐라구요! 안 돼요!"

"함선 내 전기도 거의 떨어졌어."

정신을 차리고보니 함선 내의 전등이 모두 꺼져 있고 필수적인 생명유지 장치와 계기판에만 불이 들어와 있는 상태였다. 이제야 상황 파악이 된 나는 다급히 말했다.

"민지 관은요! 이대로 두면 시체가 부패……. 민지 몸이 상해버릴 거예요."

"엘, 산 사람이 먼저야. 이미 죽은 사람 때문에 어리석은 짓 하지 마."

"이렇게 늦어버리면 가족들이 유족 연금도 받지 못할 테고…… 민지가 어떻게 되버리면 가족들한테 어떻게 전해줘야 해요. 난 못해요! 제발 어떻게든 해봐요!"

"이런 건 어때? 밖의 우주 공간은 천연 냉장고잖아. 관을 우주 유영줄로 매달고 밖에 던진 다음에 우주선을 졸졸 따라오게 하면?"

"미쳤어요? 안 돼요! 민지를 저 밖에다 물건처럼 내던지라니! 게다가 줄이 끊어지기라도 하면 어쩔 건데요."

나도 모르게 눈에 눈물이 그득 고여 뺨을 타고 흘러내렸다. 그 모습을 보이기 싫어 손을 모아 얼굴을 감싸 쥐자 할머니는 그런 나를 바라보더니 스위치 하나를 딸칵 올렸다. 트랜스폰더였다. 이제 이 함선의 고유 식별 전파가 주변으로 퍼져나가고 곧 근처의 모든 함선들이 알아볼 수 있을 것이다. 긴급 구조 신호도 같이 전송되기 시작했다.

"이런 건 계획에 없었는데……. 근처에 마음씨 좋은 사람이 지나가길 빌자고. 말해두지만 이건 추가 보수 받아낼 거야."

나는 아무 말도 하지 못했다. 내라면 내야지 어쩌겠는가.

"말도 못하고, 눈도 뜨지 못하고, 차갑기 그지없으며 썩어가기만 할 뿐인 시체가 그렇게 소중한가? 왜 우린 시체를 보석처럼 소중히 여기곤 할까."

그 질문에 대한 답을 고민하던 순간 노련한 노인이 먼저 내 대답을 가로챘다.

"소중하겠지. 그리고 우리 인간이 죽은 사람을 소중히 여기는 한 내 타로 사업은 절대로 망하지 않을 거야."

점술을 빙자한 셋업 범죄를 저지르는 사기꾼의 말만 아니었다면 참 그럴듯했겠다. 그렇게 하염없이 구조를 기다리는 시간만이 지나갔다. 나는 줄곧 궁금했던 것을 물어보았다.

"나리 할머니, 혹시 결혼하셨나요?"

"안 했는데, 왜?"

그녀의 왼손에 낀 다이아몬드 반지를 물끄러미 바라보자 그녀는 알았다는 듯 대답했다.

"아 이것 말인가? 결혼은 안 했어. 하지만 아들은 하나 있었지."

"결혼은 안 했는데 아들은 있어요? 애 아빠는 누군데요, 아드님은 어딨고요?"

"상대가 너무 많아서 잘 모르겠는데……. 우리 애는 바로 여기 있어."

주름진 손가락이 반지에 박힌 작은 다이아몬드를 톡톡 쳤다.

"아들놈은 태어나서 딱 한 살가량을 살고 돌잔치가 오기 전에 소아폐렴으로 죽었어. 화장한 뒤 뼈에서 추출한 탄소를 압축해 보석으로 만들었지."

"아 이런, 미안해요."

"30여 년 전의 이야기야. 살아 있었다면, 엘 너보다는 좀 오빠였겠군. 우리 아들이랑 영혼 결혼식이라도 해줄래?"

"재수 없는 소리 마세요."

할머니가 내 부탁을 들어줘서 민지의 관에 전기를 우선적으로 공급하고 우리는 돛 잃은 돛단배로 우주를 부유하며 누군가 우리의 신호를 알아차려주기만 기다렸다.

"미궁에 들어가 유령 미사일에게 홀리고 이젠 표류까지……. 최악의 여행이로군요."

"옛날 우리 요람별에 살았던 제논이란 철학자가 배를 타고 폭풍우에 휩쓸렸다 구사일생한 뒤 큰 깨달음을 얻고 한마디 남긴 바 있지. 혹시 관심 있나?"

그 이상한 철학자는 '아 참으로 좋은 항해를 했군'이라고 말했다 전해진다나.

캐서린 게이트

"누님 이런 뻘짓거리 그만두고 타로 가게에서 베이비시터나 하며 사시렸잖아요."

"고마워 지브릴. 이 군인 아가씨에게 추가 보수 받아내면 에키드나 펍에서 한 잔 사줄게."

트랜스폰더를 켜고 우주 표준시간으로 다섯 시간 쯤 지

낮을 무렵, 근처를 지나던 다른 길잡이가 우리의 조난 신호를 포착하고 다가왔다. 그 아담한 함선은 우리 우주선과 비슷한 크기였지만 더욱 투박하고 일반적인 형태였다. 우주에서 미아가 되지 않았다는 안도감에 겨우 가슴을 쓸어내릴 수 있었다.

우릴 구해준 지브릴이란 이름의 덥수룩한 수염의 아저씨 역시 미궁에서 돈이 될 법한 물건을 찾아 돌아다니던 중이었다. 그러나 의아했던 건 그가 조종한 우주선의 트랜스폰더는 처음부터 켜져 있었던 점이다. 그가 우리 우주선으로 여분의 에너지를 송전해주는 동안 물어보았다.

"용감한 지브릴 씨, 우주 해적 안 무섭습니까? '나 잡아줍쇼'하고 트랜스폰더를 켜놓고 다니다뇨."

"군인 아가씨, 해적도 다 먹고 살자고 하는 짓인데 걔들이 미쳤다고 이 귀신의 집 근처까지 다가와. 헛소리 말고 거기 케이블이나 연결해. 미궁에서 식별 전파까지 끄고 다니면 조난 당했을 때 같은 길잡이들이 발견 못해서 영영 미궁에 갇히는 수가 있어."

할로우 라이더는 내게 거짓말을 했다. 트랜스폰더를 끄고 항해한 이유가 무엇일까. 척봐도 내게 숨기는 것이 한가득 있었다. 지브릴은 이 우주선이 워낙 좋은 축전지를 쓰기 때문에 자기 함선의 전기를 너무 많이 가져간다고 투덜댔다.

"이건 딱봐도 군용기야. 옛날 모델 같긴 하지만. 이런 고급 축전지와 실드 발생기는 일반 함선에서 운용하기 힘든 물건이니까."

"대체 나리 할머니는 뭐하던 사람이에요?"

"우리도 몰라, 수십 년 전에 죽은 갓난아기 하나를 이 함선에 싣고 에키드나로 왔지. 딱히 상관없어. 에키드나는 과거에 이런저런 일 하나 없던 사람이 더 드물거든."

거짓말투성이의 사기꾼 늙은이, 하지만 자신의 왼손에 반지로 만들어놓은 아들 얘기 만큼은 진짜였던 듯하다. 지브릴의 말에 의하면 그런 과거 때문인지 아이들에겐 잘 대해준다고 한다. 어떻게 잘 대해주냐고 물어보니 아이들 운세는 무료로 봐준다고.

전력을 나눠받은 우리는 다시 캐서린 게이트로 여정을 떠났다. 중계기가 설치된 우주 이곳저곳으로 전이할 수 있는 성간 도로 거점인 캐서린 게이트. 우주 속에 떠다니는 하나의 도시라 할만큼 웅장했으며 물동량과 유동 인구가 많은 만큼 화려한 복합 쇼핑몰과 유흥 시설들이 잔뜩 들어서 있다. 이 우주 건축을 만드는 데 자재가 얼마나 많이 들어갔는지 질량과 인공 중력이 니무 커서 근처 함선이 스윙 바이를 할 수 있을 정도다.

이곳에 도착한 시간이 정확히 나흘. 도중에 사고만 없었더라면 더욱 일찍 도착했을 것이다. 민지의 시신도 무사했다.

소문으로만 들었던 할로우 라이더의 실력만큼은 거짓이 아니었다. 그제서야 나는 지금껏 조급했던 마음의 여유를 되찾고 그녀에게 조금씩이나마 감사의 마음을 느끼기 시작했다.

이곳에서 태양계의 지구까지 직통으로 연결되는 대형 유람선으로 옮겨 타서 민지를 고향의 가족에게 데려다줄 것이다.

"고마워요 할머니. 보수는 걱정 마세요. 다 지불할 거니까요."

"나이가 드니 허리가 말썽이야……. 에구구 나는 저 벤치에 좀 앉아 있겠네. 다행히 여긴 인파가 없어서 쉬기 좋구만."

그나마 인적이 없는 조용한 공간을 찾는 동안 마주쳤던 것은 시끌벅적한 대형 복합 쇼핑몰에 사람들이 끊임없이 드나드는 모습들, 깔끔하고 화사하게 정돈된 상가 단지에서 팔고 있는 고소하고 달콤한 향기가 나는 먹거리들 앞에서 부모님의 손을 잡고 걷는 아이들, 팔짱을 끼고 즐겁게 쇼윈도 너머를 바라보는 연인들. 밝고 화사한 쇼핑몰 배경음악. 우중충한 에키드나의 분위기와는 정반대다.

"여긴 참 평화롭네요. 지금 일어나는 전쟁 따윈 전혀 모르는 듯이. 이 사람들을 지키기 위해 우리는 지금도 끊임없이 싸우고 있는데……. 민지를 포함해 44명의 중대원이 한 달 전에 죽었는데……. 저 행복한 사람들은 그 누구도 모르겠죠."

"민지는 술 마시고 꽐라가 되서 계단에서 넘어진 거랬잖아."

"분위기 좀 챙겨요. 할머니 전 이제 지구로 갑니다. 할머니는요?"

"마음 같아선 돈 다 받고 곧장 에키드나로 돌아가서 밤새 퍼마시고 싶지만 망할 강아지가 부탁한 게 있었지."

그녀는 내게 10달러 코인을 던져주면서 심부름을 다녀오라고 했다. 핍에게 가져다줄 코코넛 맛 펀치 젤리를 제대로 사오면 추가 보수는 받지 않겠다는 제안이었다. 그녀 나름의 서투른 호의라 생각하고 젤리를 사러 정돈된 상가를 돌아다녔다.

펀치 젤리는 어디에나 있었지만, 코코넛 맛은 신상품이라 재고가 빨리 떨어졌던 모양이다. 편의점을 네 곳이나 돌았지만 모두 허탕이어서 과자 전문점으로 발길을 돌렸다. 시간이 지체되었지만 지구로 띠나는 셔틀 출발 시간까지는 꽤 여유가 있었다.

과자 전문점에서 줄을 서 있는 동안, 낯익은 물건을 보았다. 열댓 명쯤 되는 어느 일행이 여행 복장을 하고 캐리어 봇을 대동하고 지나갔다. 알록달록하게 칠해서 관광용 캐리어 봇으로 위장했지만 내 눈을 속일 순 없다. 저건 군대에서 쓰는 경무장 자동 포탑이다. 굉장히 수상한 사람들이었지만 이 순간에도 우주 한 쪽에서는 우주적인 규모의 전쟁이 진행되고 있다. 누군가 저런 꼴로 돌아다닐만한 이유야 수십 가지도 더 있다. 지금 집중해야 할 것은 무사히 심부름을 마치고 지구행 셔틀에 탑승하는 것 뿐이라고 스스로를 다독였다.

그렇게 시간이 꽤 걸려서 무사히 코코넛 맛 젤리를 손에 넣고 나리 할머니가 기다리던 구석진 대합실로 돌아가자 이상한 일이 벌어져 있었다.

아까 마주친 여행객 무리가 나리 할머니 한 사람을 에워싸고 말을 걸고 있었다. 캐리어 봇으로 위장했던 자동 포탑은 상단 총구가 개방되어 더 이상 정체를 숨기지도 않았다.

"연합 헌병대입니다. 순순히 협조해주시기 바랍니다."

이 할머니가 그런 말에 협조할 위인이었겠는가. 앞에 있는 건장한 사람 둘을 업어치기로 쓰러뜨린 뒤 왼손바닥을 펴 포탑에 갖다 대자 자동 포탑에서 스파크가 튀더니 그대로 주저앉았다. 마법과도 같은 장면이라 이해가 되지 않았지만 지금 생각해보면 그녀의 왼팔 내부에 무슨 장치가 있었던 게 아닌가 싶다.

달려드는 사복 차림의 헌병들을 때리고 차서 또 쓰러뜨리자 그들은 곧장 무기를 꺼내 들었으나 그조차 할머니 쪽이 더 빨랐다. 핸드백에서 권총을 꺼내 굉음을 내며 발사했는데 때마침 뒤에서 수적 우위로 그녀를 덮쳐 자세를 무너뜨린 사람들 덕에 빗나가고 말았다. 그녀는 그렇게 헌병들에게 제압당하고 말았다.

"소문으로만 듣던 마녀를 만나게 되어 영광입니다."

선글라스를 쓴 건장한 체격의 사내가 말했다. 그가 이 무리를 지휘하는 사람이 틀림없다. 나리 할머니는 넉살 좋게 실실 웃으며 그에게 대답했다.

"무슨 오해가 있는지 모르지만 난 에키드나에서 타로 가게를 운영하는 시골 사람이라우. 총은 놀라서 그랬으니까 미안허……."

"당신에겐 다음의 혐의가 걸려 있습니다. 연합 선서 불복종, 기밀 서약 미준수, 동료 폭행, 함재기 탈취, 무단 탈영, 이제 불법 무기 소지 및 발포 혐의까지 적용되겠군요. 민하리 함교 기술 소령! 당신을 체포하겠습니다."

낯선 이름이 나오는 순간 실실 웃던 그녀의 표정이 날카롭게 변했다.

"변호사를 자유롭게 선임해도 좋다는 말은 안 하나?"

"우린 그런 거 지키는 곳 아닙니다. 게다가 <u>스스로</u> 그럴 처지가 아니라는 것 정도는 아시겠죠."

그녀는 더 이상 저항할 수 없었지만 이 사람들은 조금도 방심하지 않고 있었고 마치 위험한 맹수를 다루는 듯한 사냥꾼인 것처럼 굴었다.

"당신이 훔쳐서 도망가는 데 쓴 군용 함재기의 식별 전파는 지금껏 말소되지 않고 감시 대상에 등재되어 있었습니다. 무슨 이유인지 모르겠지만 30년만에 여기서 트랜스폰더를 켜놓으셨더군요."

나는 황급히 부대 신분증을 꺼내 제시하며 그들 사이에 끼어들었다.

"클레멘즈 함대, 데스트리어급 고속 순양함 소속 강하 중대의 엘즈비에타 블레츨리 일반 중위입니다! 뭔가 오해가 있는 것 같습니다만."

"연합을 위해 복무하는 그대의 헌신에 감사를 표합니다 블레츨리 중위. 오해라뇨?"

"좀 이상한 할머니긴 한데 나쁜 사람은 아닙니다. 일단 무기 거두시고 대화로 하시죠."

"이 여자가 누군지 알긴 합니까?"

"나리 할머니는 에키드나에서 허름한 타로 가게를 운영하는 사람입니다. 이 근방 우주에 대해 잘 알길래 이곳까지

오는데 안내를 부탁했을 뿐입니다."

그는 내 말에 조금도 아랑곳하지 않고 되려 이렇게 반문했다.

"블레츨리 중위, 지금까지 전장에서 몇 명 정도를 죽였습니까?"

"여덟…… 아니 열 명 정도. 항공 지원이 아닌 직접 사살한 적은 열 명입니다."

"이 사람이 몇 명을 죽였는지 아십니까? 30년 전 에키드나 전투에서 전자 미궁을 설계하고 발동시켜 아군 적군 가리지 않고 25분 만에 160만 명을 몰살시킨 악마의 손, 민하리 소령이란 말입니다."

악마의 손, 할로우 라이더보다도 미궁에 더 정통하다고 알려진 유일한 존재. 이 사람은 처음 만났을 때부터 나를 줄곧 속이기만 했다.

"누굴 멋대로 악마라 부르는 거야. 난 부대에서 원하는 대로 했을 뿐이야. 미궁을 발동하기 전에 상부에 경고도 했어. 끔찍한 일이 일어날 거라고, 아군도 잔뜩 죽을 거라고. 그럼에도 불구하고 적을 세 배는 더 죽일 수 있다면서 내게 그 스위치를 누르게 했잖아. 그리고 이제 와서 나를 악마의 손이라고?"

"당신의 신병은 전략 무기 같은 거라 그냥 놔두기엔 굉장히 위험합니다. 저쪽에서 댁을 확보하기라도 하면 전세가 크게 요동칠테니까요. 어쨌든……. 여기서 끝입니다. 소령."

쓰러졌던 민하리 소령을 일으키고 수갑을 채워 구속하려 했지만, 그녀는 자신의 발로 가겠다며 헌병들의 손길을 뿌리쳤다.

"당신은 영웅이 될 수도 있었죠. 끔찍한 일이었지만 결과적으로 우리의 대승이었으니까요. 대체 왜 탈영했던 겁니까?"

"근로 조건이 최악인 직장이었거든. 에키드나 전투가 일어날 때 난 임신 6개월 차였어. 임산부를 참전시키다니 미친 거 아냐."

"그게 중요합니까? 다른 수많은 이들은 목숨을 걸고 싸우다 차가운 우주에서 무덤도 없이 죽었고, 지금 이 순간까지도 그런 일이 계속되고 있습니다. 고작 후방 기함에서 버튼이나 누르던 임산부가 뭐 어때서요?"

"30년 전 그날……."

나리 할머니, 즉 민하리 소령은 조금 뜸을 들이며 과거를 회상하고 말을 이었다.

"난 함교 관제실에서 미궁 속 폭증한 통신을 듣고 있었지. 아군도 적군도 신과 가족을 찾으며 살려달라고 비명이 가득했고, 얼마 안 가 침묵만이 맴돌고. 다른 애들은 뱃속에서 클래식 음악을 들으며 크던데 우리 애는 100만이 넘는 사람이 죽어가며 비명을 지르는 걸 들으면서 태교를 해야 했단 말이야."

그리고 이 이야기의 결말을 나는 이미 알고 있었다.

"나를 악마로 만들어놓고 악마의 손으로 아이를 만지고 악마의 팔로 아들을 안아주라고? 거기에 비하면 한 대 없어 져도 티도 안 나는 함재기 한 대 빌려간 게 뭐 어때서."

이 불편한 장소에서 나는 어떤 말을 꺼내면 좋을지 알 수가 없었다.

결국 먼저 이야기를 꺼낸 것도 나리 할머니였다.

"엘, 마음을 따라가. 지금 자네를 여기까지 움직인 건 내가 아니라 민지일테니까. 여기서 자네가 할 수 있는 건 아무 것도 없어."

"할머니 전……."

"이제 보수는 필요 없을 것 같구만. 대신 핍한테 젤리나 갖다 줘."

관광객 차림으로 위장한 열댓 명의 병사들과 나리 할머니는 돌아서서 길을 떠나기 시작했다. 조금 걷던 그녀는 다시 뒤돌아보며 왼손의 다이아몬드 반지를 빼더니 나에게 던지며 이야기했다.

"이거 가져가!"

그녀의 아들로 빚었다는 압축 다이아몬드. 나는 그 보석을 받아 든 채 사람들의 실루엣이 멀어져가는 것을 멍하니 바라만 보았다.

"정말 좋은 항해를 했군."

그것이 그녀의 마지막 모습이었다.

4광년에 걸쳐 70여 개의 중계기를 통과해 지구로 전이되는 셔틀 안에서 줄곧 뉴스를 유심히 보았다. 행여 30년 전에 키드나 전투에서 활약한 악명 높은 악마의 손이 붙잡혔다는 속보 같은 게 나오려나 싶었는데 정말 아무것도 없었다.

그 이후로 나와 함께 미궁을 주파한 돌팔이 사기꾼 할머니의 이야기는 전혀 들은 바 없다.

지구

불편한 상황은 인류의 요람별, 지구에 와서도 계속되었다. 죽은 민지를 데리고 민지의 가족들을 만날 때, 차라리 전투 현장이 낫겠다는 생각만이 머릿속을 떠나지 않았다.

19살에 징병되어 집을 나선 장녀가 6년 만에 관에 누워 돌아오자 민지의 가족들은 다짜고짜 내 뺨을 때리더니 이윽고 주저앉아 울기만 했다.

김민지는 바닷가 마을 다섯 남매 중 맏이였고 어머니는 일찍 돌아가셔서 아버지 혼자 나머지 아이들과 함께 살아가고 있었다. 민지의 동생들은 내게 끊임없이 질문을 퍼부었다.

"누나는 어떻게 죽었나요? 용감히 전사했나요?"

"그럼."

아니. 너희 누나는 밤늦게까지 술을 마시다 계단에서 발을 헛디뎌 죽었어. 어쩌면 슬픔과 절망은 건 런처의 고폭탄만큼이나 위험한 걸지도 모르겠다.

"언니는 훌륭한 병사였나요? 그래서 이렇게 정중히 데려다 준 거겠죠?"

"내가 아는 최고 중에서도 최고였지."

너희 언니는 타고난 겁쟁이었어. 전투 때마다 무섭다고 징징대는 건 일상이고 우리가 유도한 폭격으로 도시와 사람들이 깡그리 불타버리면 하루종일 토하면서 아무것도 못 먹었던 날도 많았지.

"우리 누나는 영웅이었나요?"

"그렇고말고."

나도 마찬가지고 너희 누나도 그렇고 영웅 따윈 없어. 우리가 전쟁 범죄자는 아니지만 그렇다고 영웅 같은 건 더더욱 아니지.

"나쁜 사람들을 많이 무찔렀나요?"

"민지는 살아생전 전장에서 우릴 여러 번 구했단다."

우리와 싸운 적들도 다 우리 또래의 젊은 남녀들이었어. 이쪽의 이십 대에게 총을 쥐여줘서 저쪽의 총 든 이십 대와 싸우라고 갖다놓는 걸 '전쟁한다'고들 하지.

"누나는 좋은 사람이었나요?"

"너희 누나 민지는 정말로 훌륭한 사람이었단다. 지금까지 본 누구와도 비교할 수 없을 정도로 빛나고 아름다운 녀석이었지. 전장이 아니었다면 더 빛날 수 있었을 거야. 너희에게도 소중한 누나, 언니였겠지만 나도 민지를 아마 영원히 잊지 못할 거야. 전장에서 만나지 않았더라면, 장교와 병사 사이가 아니었더라면 동갑내기였던 우린 절친한 친구가되어 매일 웃고 떠들 수 있었을텐데."

민지의 장례식은 마을에 인접한 바닷가에서 진행되었다. 대체 이럴 거면 왜 그 고생을 하며 일주일만에 다급히 왔나 싶지만, 가족들의 뜻이 너무나 완고해서 어쩔 수 없었다. 지구 자치정부의 전몰자 추모식도 유족 연금도 결국 아무 상관 없는 일이 되고 말았다.

모든 인류의 요람별, 오랜 시간 많은 일을 겪고 사람들이 하늘의 별처럼 번성해 우주로 퍼져나간 오늘날, 떠날 사람은 떠나고 남을 사람만 약간 남은 곳. 이곳은 더 이상 인류에게 중요한 장소도 아니며 그저 삼림과 깨끗한 물이 보존된 관광 행성일 뿐이다.

이토록 맑고 푸른 바다는 이곳에서 처음 보았다.

민지를 알던 마을 사람들이 삼삼오오 나와 민지를 실은 배를 타고 먼 바다 한가운데로 나아갔다. 한 달 넘게 저온 유지 관 속에서 충분히 차가워진 민지의 몸을 나무 관으로 옮기고 사람들이 그 곁에 꽃과 기념품 따위를 담아주었다. 누구는 민지의 소꿉친구였고 누구는 민지의 선생님이었고 누군가는 민지가 아르바이트했던 가게의 아저씨였고.

"재는 재로, 먼지는 먼지로. 김민지 루시아에게 안식을 주소서."

모든 준비가 마무리되자 민지의 나무 관은 바다로 내려져 가라앉았다. 김민지는 그렇게 지구로 돌아왔다. 파란색 그림자가 되어 바다 한복판 깊숙한 곳으로 서서히 사라졌다. 파도 소리, 이른 아침의 새 소리 속에서.

"자네는 좋은 사람이야 엘. 하지만 거짓말쟁이로군."

민지의 아버지가 말했다. 우린 민지의 관이 사라진 수평선만 바라보며 서로 눈을 마주치지 않았다.

"내가 민지를 몇 년을 키웠는데……. 우리 겁쟁이 딸이 용감했을리가 없잖아."

마을 근처로 돌아오자 민지가 오른쪽 머리에 꽂았던 흰색 X자 모양 머리핀이 여럿 날아다니고 있어서 신기했다.

"지구는…… 머리핀이 날아다니네요."

"머리핀이 어딨는데?"

"저기요 하얀 거. 막 날아다니잖습니까."

"뭐야 엘 씨. 나비를 처음 보나?"

머리핀이 아니라 나비라는 생물이었다. 민지의 오른쪽 머리에 꽂혀 있던 X자 모양은 흰나비 머리핀이었다는 것을 알게 되었다. 참 예쁘고 우아한 생물이다. 민지가 살아 있을 때 알았더라면 더 좋았을텐데.

"민지가 마지막으로 남긴 말은 뭐였나."

민지 아버님의 부탁에 기억을 더듬어서 민지가 혼수상태에서 마지막으로 했던 말을 떠올려보았다.

"소라게빵……. 소라게빵이라고 했었어요."

"어…… 그게 너무 우리 딸다워서 어이가 다 없네. 죽기 전에 빵이 먹고 싶었던 건가. 좀 더 근사한 거 뭐 없었나?"

"그전에는 바다에 가고 싶다고 했었죠."

민지의 아버지는 그 이야기를 듣고 한숨을 쉬며 나직이 말했다.

"그래……. 소원대로 되었구나."

그날 밤 민지가 살았던 마을에 머물며 해변 근처를 거닐었다. 홀로 여기저기를 걷고 밤바다 먼 곳과 내가 떠나온 별 방향을 바라보며, 그러다 바닷물에 맡긴 발목이 힘을 잃어 기울어지자 그대로 해변에 자빠져앉아 멍하니 시간을 보냈

는데 얇은 파도가 밀려와 밀물을 이루더니 발목 위까지 덮
거니 물러나거니 하였다.

바닷물이 들어온 호주머니가 신경 쓰여 손을 넣어보니
나리 할머니가 준 다이아몬드가 들어 있었다. 오른손 세 손
가락으로 집어 바라보자 광채가 바닷가의 달빛만큼이나 밝
았다.

이 예쁜 보석을 어쩌면 좋을까. 나는 깊게 고민하지 않았
다. 수평선 너머의 달을 향해 반지를 올려 던지자 달빛이 다
이아몬드에 반사되어 나타난 반짝이는 먼 포물선이 되어
아주 잠깐 보이더니 곧 물밑 깊숙한 곳으로 사라져버렸다.
퐁당 소리와 함께.

그렇게 이상한 여행 하나가 끝을 맺었다.

아니지, 아직 하나 남은 게 있었다.

전쟁터로 돌아가기 전에 핍에게 코코넛 맛 젤리를 전해
주러 가야지.

김민지 지구로 돌아오다

연여름(SF작가)

머나먼 소행성촌에서 죽은 동료의 시신을 인도하기 위해 지구로 향해 가는 스페이스 오페라 「김민지 지구로 돌아오다」는 방심할 틈 없는 촘촘한 구성이 맛깔난 활극이다.

'엘 블레츨리'와 '할로우 라이더'라는 개성 만점 두 인물의 로드무비이기도 한 이 작품은, 오랜 전쟁으로 폐허가 된 우주 공간 '미궁'을 우주선으로 가로지르는 여정을 역동적으로 풀어낸다. 마치 독자도 그 함선에 동승해 모험하는 것처럼 마지막까지 긴장을 조금도 놓치지 않게 하는 작가의 필력이 「김민지 지구로 돌아오다」를 항공우주 특별상으로 자연히 이끌었다.

'감정을 따라가라'는 메시지는 다소 고전적이어도 서사의 힘이 무척 강력해 여정의 막바지에는 할로우 라이더처럼 '좋은 항해를 했다'고 고백해야 했다. 속도감 넘치던 이야기에서 마지막 에피소드로 이어지는 잔잔한 여운도 조화로웠다.

2023 SF스토리 공모전 총괄 심사평

이지용(문화평론가)

이번 2023 SF스토리 공모전은 작년에 이어 2회째 열리고 있는 SF 장르 공모전으로써, 특히 청소년 분야의 장르 공모전이 함께 운영된다는 특징을 가지고 있습니다. 그래서 단지 현재 한국의 SF 스토리텔링에 대한 역량뿐만 아니라 미래적인 가능성을 폭넓게 확인할 수 있다는 데서 큰 의미가 있는 행사라고 할 수 있습니다.

이번 심사에서 가장 큰 화두는 공모전이라는 행사의 성격과 SF에서 중요한 것, 그리고 매체별이라고 부를 수 있는 개별 영역들만의 특징이었습니다. 이러한 것들을 두루 아울러 완성도를 갖추고 다양한 가능성들을 보여준 작품들을 수상작으로 결정하였습니다. 또한 일반 부문과 청소년 부문을 심사하면서 완성도나 가능성의 정도를 각기 다르게 판단하여 의미부여를 하는 방식을 심사를 진행하였습니다.

특히 SF 장르가 가지고 있는 특징인 "과학기술을 기반으로 하여 세계의 다양한 변화양상에 대한 사고실험"을 수행하는 작품들에게 좋은 점수를 부여했습니다. SF는 과학기술을 소재화하고 주제화하는데 중요하게 인식하고 있지만, 기술 자체에 대해 설명하거나 그것을 끼워넣었다고 모두 SF가 될 수 있는 것은 아닙니다. SF는 근본적으로는 '이야기'를 만들어내는 형식이고, 이야기는 정확한 구조를 가지고 사람들에게 작가의 메시지를 전달할 수 있어야 합니다. 또한 SF가 근본적으로 수용자들과 호응하는 비중이 높은 대중문화에 속한다는 사실을 상기했을 때, 전체 이야기의 진행과정에서 얻어지는 '재미' 혹은 '흥미' 요소들 역시 무시할 수 없는 부분이라고 할 수 있습니다.

또한 미래를 그리는 방식, 그리고 비인간 캐릭터들을 비롯해 다양한 세계를 상상하는 방식에서 윤리적인 문제를 얼마나 인식하고 사고실험했는가 역시 중요한 부분이었다고 할 수 있습니다. SF는 과학기술과 인문학적이고 예술적인 지점들이 만나는 현대적인 예술방식입니다. 여기에서 발달된 기술의 경이감이 있다면, 그것을 어떻게 바라보아야 할 것인가에 대한 인문학적인 해석들이 반드시 존재하게 됩니다. 그러기 때문에 2023년 현재에서 미래를 어떻게 인식하고, 사고실험해 냈는가에 대한 인문학적 성찰의 지점들 역시 중요하게 판단되었습니다.

수상작으로 뽑힌 모든 작품들은 이러한 지점들을 우선적으로 충족하는 작품인 경우가 많았고, 그 안에서 다양한 의미 부여와 흥미 요소들을 보여준 작품들이었습니다. 이를 통해 한국에서 과학기술을 통해 상상하고 그려낼 수 있는 세계에 대한 스펙트럼들이 얼마나 넓은지를 다시 확인할 수 있었습니다. 수상하신 모든 분들께 축하의 말씀을 드리고, 좋은 작품을 발굴하고 의미부여하시느라 고생하신 심사위원 분들, 공모전을 운영하시느라 애쓰신 모든 분들에게도 감사의 말씀을 전합니다. 모쪼록 한국의 SF 역량을 뿌리부터 만들어나가고 있는 해당 공모전이 계속 이어져 이후로도 과학문화적인 기반들을 밀도 있게 형성하는 데 기여할 수 있길 바랍니다.

해피 메모리 투게더
2023 SF 스토리 공모전 수상작품집

1쇄 발행 2024년 1월 11일

지은이 유파랑, 조예나, 민이안, 강엄고아, 김상윤, 강태준, 유나무
펴낸이 배선아
편 집 차종문
디자인 이승은
펴낸곳 고즈넉이엔티

출판등록 2017년 3월 13일 제2022-000078호
주 소 서울특별시 마포구 성지1길 35, 4층
대표전화 02-6269-8166 **팩스** 02-6166-9199
이 메 일 gozknockent@gozknock.com
홈페이지 www.gozknock.com
블 로 그 blog.naver.com/gozknock
페이스북 www.facebook.com/gozknock
인스타그램 www.instagram.com/gozknock

표지/내지이미지 Designed by Getty Images Bank, Freepik